宁波　王伟江　刘晓丹 ◎ 主编

湛湛人生 2023

上海三联书店

序

    上海海洋大学办学历史悠久，涌现了一代代耕海牧渔的大师名家和平凡而卓越的教育工作者。他们的工作质朴而闪亮，平凡而伟大，洋溢着"勤朴忠实"的光辉，塑造了"把论文写在祖国的江河湖泊和世界的大洋大海上"的办学传统与家国情怀。

    上海海洋大学从 1912 年在上海老西门借求志书院草创，到吴淞口炮台湾、重庆合川、上海复兴岛、杨浦区军工路、厦门集美，再到杨浦区军工路、南汇科教园区学海路，最后到临港新片区沪城环路等地先后办学，多少惊涛骇浪，多少风正扬帆，谱写了扎根中华大地，矢志"渔权即海权"创校初心的办学历程，涌现出一批又一批爱国敬业、艰苦奋斗的专家学者。自 1914 年首任校长张镠设立校训"勤朴忠实"起，这一精神就成为学校传承至今的精神风骨。

    为了传承和弘扬"勤朴忠实"的校训精神和"把论文写在祖国的江河湖泊和世界的大洋大海上"的办学传统，学校在 2007 年曾推出一本人物故事集——《湛湛人生》：一为服务学校历史积淀和文脉传承；二为传承学校代代专家学者的治学精神和家国情怀。这本书出版以后，广受师生和校友欢迎，在存史育人方面发挥了应有的价值和作用。然而，时光荏苒，到 2023 年已过去 16 年，各方觉得有必要将此项工作延续下去。为此，我们推出了《湛湛人生 2023》。遗憾的是，由于新冠病毒疫情的肆虐，也因为一些被采写者一再低调婉拒，此次编撰的《湛湛人生 2023》未能将原定采写计划一一穷尽，拟待今后有机会再采写跟进、付诸文字。

编撰《湛湛人生 2023》，不是为了歌功颂德、树碑立传，而是为了存续文脉、传承记忆，为了立德树人、弘扬精神。此次，依然延续了 2007 年版的采写传统，组织了 100 余名在校本科生、研究生负责采访、记录和撰写。因为，采写本身是为了教育，采写本身也是教育。而且，以学生视角负责采写，有利于贴近年轻人的阅读兴趣，有助于海大人文精神的代代传承。此外，每位被采写者的人生闪光点有很多，但限于篇幅和采写能力无法——穷尽，因此本书重在以点带面、以小见大地展现人物的人生追求和内在精神。

悠悠海大，湛湛其华。2023 年是学校成立 111 周年。百年逐浪成就百年学府，勤朴忠实铸就家国情怀。建设世界一流的高水平特色大学，是代代海大人恢宏壮丽的梦想，是国家和人民寄予的殷殷期望，需要"捋起袖子加油干"的创业激情，更需要脚踏实的、锐志创新的科学精神和人文精神。相信《湛湛人生 2023》的编撰出版，可以给我们以精神营养和内在动力，激励我们踔厉奋发、勇毅前行。

2023 年 5 月 20 日

目　录

周越然

　　周越然（1885—1962），浙江吴兴（湖州）人，复旦大学名誉文学士，现代著名学者、翻译家和藏书家。曾任商务印书馆编辑，南京高等师范学校、上海市立吴淞水产专科学校教授，主要著作有《英语模范读本》《风俗随谈》《文史杂录》《书书书》《六十回忆》《英美文学要略》《旧籍丛话》《版本与书籍》《书与观念》《修身小集》《夹竹桃集》等。

藏书大家　英文教员

儒雅的英语教师

1949 年秋,周越然经陈望道介绍,到上海市立吴淞水产专科学校教英语,以"周复盒"列入教师名册。上海海洋大学保存的 1950 年 11 月所制《教员名册》中,仍登记着姓名:周复盒;性别:男,年龄:66,籍贯:浙江;担任课程:英语;到校年月:1949 年 8 月,底薪:240 元等信息。这位周复盒,就是现代著名学者、翻译家和藏书家周越然。

周越然英文造诣深厚,是一位著名且幽默的翻译家。归吾曾在 2017 年 11 月 23 日《今晚报》第 16 版写了一篇小文,介绍周越然的翻译功力。文章说周越然喜欢读西书,他翻译的作品,不乏独出心裁的有趣译法,如"夜莺(nightingale)"译为"耐听哥儿","虚荣心(vanity)"译为"反义悌","乌龟、使带绿帽子(cuckold)"译为"哥哥"。这种"周氏译法"幽默诙谐,让人

忍俊不禁，且文字明白通畅，又洋溢着中国民俗的生活气息。

　　曾求学于上海市立吴淞水产专科学校的林济时，在写给周越然之孙周炳辉的信中回忆道："周先生是我在水产学院即今上海水产大学50年代读书时的英文老师……初上我班级的课是由教务长秦铮如（也是我同学秦梁之父）陪同进课堂的，秦先生简单作了介绍，大意是周先生的英文功底很深，同学们好好用功可获益匪浅。后来又得知，周先生以前多年在商务印书馆工作，拉丁文造诣也很深，由于有一点'历史问题'，抗战胜利后便退隐。以前用名周越然，从此改用少为人知的另一名字周复盦。在同学们眼前，这位新来的英文老师，是一位中等身材，架一副有特色的眼镜，儒雅、和蔼、风趣的长者。他的教学方法与别的外文老师不同，不主张死记硬背。他曾说，学是为了用，我们这批学海洋渔捞的，学外文只是为了看懂外文专业资料，会写外文论文则更好，不必深造白白花费精力……他不仅教书，在课堂上也与学生交流如何做人，如何持家……据同学秦梁回忆，这些道理让他记了半个多世纪。到了1953、1954年，选修俄文、日文的学生占大多数，而英文在那'左'的年代，有'资本主义'之嫌，所以选读的人愈来愈少，如我们班仅剩我和秦梁等三人……学校便让他在图书馆兼做些翻译、整理英文资料的工作。1954年夏我毕业了，但对许多好老师，包括周复盦先生，我们是永远记得的。"

　　在上海水产学院任教的那段时间，是周越然一生中生活较为安定的阶段。每天，他早饭后步行到北京西路，搭乘有轨电车到位于军工路的学校。虽然路程不短，但是他不论寒暑，风雪无阻，直到下午4点左右才回家。有一时期，电台开设了"广播俄语"，他每日早起打开无线电，音量开到极大，跟着放声朗读。吃晚饭时，他常常会把学校中的见闻告诉家人。譬如，有学生或老师问他，某种水

产的英语怎么说，他说难呀！又有几次，说起午饭时食堂师傅见到他大声叫"周老先生"，并特意给他碗中多盛些菜，他便高兴得像个孩子。周越然在家时一向神态庄严，很少喜形于色。一天傍晚，晚饭早已摆好，全家人按惯例要等他下楼入座后才可用餐，但那天他过了很久才下楼，神情十分沉闷，默默吃饭一句话不说，大家不明就里，也不敢多言。吃好后，他自言自语道："介大，介好的飞机也会失事；介重要的人物也会遇难，可惜！可惜！"大家不知道他在说些什么，也不敢开口过问。几天后，大家才知道，原来是郑振铎因飞机失事而逝世。

晚年与书为伴

1955 年夏，学校动员周越然退职，发了几个月工资。此后，他只好在家终日与书为伴。每天，他一早到书房中理出当天要读的书，叠放在书桌上，逐本检读；冬天，他穿了厚皮长袍，戴着手套，拿着放大镜看；夏天，他赤着膊坐在楼下客堂的吊扇下阅读，倦了便稍息再读。

周越然退职后，与家人很少交流，也不大运动和消遣，顶多听一听收音机里的评弹节目。高兴时，他会超前把每句唱词的最后一个字唱出来。然而，周越然依然耿耿于怀，惦记着有朝一日重回工作岗位，继续为国家服务。1957 年夏，他写了一封信，大意是"我是周越然，前在上海水产学院教英文……不知为什么现在不让我教了……我身体尚健，还想为新中国服务……"。在特定的时代背景下，这封信的诉求自然也不了了之。

1957 年，周越然把一批古籍善本捐赠给上海市文物保管委员会。当年 6 月初的时候，委员会在康乐酒家的大厅里举办了一个"工作汇报展览会"，赠阅的小纪念册上详细列举了各捐献者所捐文物清单，第 6 页上赫然写着"周越然，元明刻本，133 册"。周越然收藏的书中，大多盖有"言言斋善本图书""吴兴周氏言言斋劫后存书""越然过眼"等字样的印鉴。

1958 年下半年起，周越然罹患糖尿病，饮食受限制，但精神状态不错，每天依然手不释卷。遗憾的是，他于 1961 年春突然遭受长子中风逝世之痛,当年入秋后就卧床不起。1962 年初夏,周越然溘然长辞,享年 78 岁。

(改写自周炳辉:《解放后的周越然》,原文载于《万象》2007 年 11 月号)

刘宠光

刘宠光（1905—1977），字宗飞，别名刘文郁，化名张孟浩。1918年，考入安徽省第六中学。1923年，入北京朝阳大学政治经济系学习，后因贫辍学，参加北伐军，任国民革命军柏文蔚部三师二支队副支队长。"四一二事变"后，加入中国共产党，领导阜阳东北乡农民开展抗粮、抗捐、抗税斗争。1928年，参加阜阳四九起义。失败后，参与组建中共阜阳临时县委。1930年4月，参与组建中共阜阳县委，遭通缉。1931年底，化名张孟浩去太和，组织农民游击队。1936年，进入抗日军政大学和中共中央党校学习。1938年，任晋冀豫省委巡视团主任。次年，任新四军六支队政治部民运科长兼豫皖苏边区联防委员会副主任。1942年后，历任淮海、淮北行署民运建设处长，苏皖边区政府建设厅副厅长。后随新四军转移到山东，任山东省实业厅副厅长。1948年1月，任南下干部长江支队政委。同年6月，任豫皖苏六地委副书记兼敌区工作委员会书记。1949年，先后任南京军管会委员、交通接管会主任、军管会水利部长、华东财委农林水利部副部长、华东水利委员会主任。1950年，任华东水利部副部长、党组书记，淮河水利工程总局局长，治淮委员会副主任兼华东水利专科学校校长。1953年整风时，被错误处理，调至上海水产学院任教授。1956年，晋升副院长，著有《中国渔业史》。"文革"中遭受迫害去世。中共十一届三中全会后，中共上海市委予以昭雪平反。

宠爱光明　播种光明

一方面要以正确的态度对待祖国养殖学上丰富遗产，
另一方面要认真学习国际上最新水产科学成就！

刘宠光

刘宠光诞生于中国封建社会最后一代皇帝行将就木的年代，成长在北洋军阀连年混战腥风血雨时期。在 1927 年蒋汪合流，革命处于低潮之际，他为寻求救国救民之路，加入中国共产党。从此，他在革命生涯中，走完了半个多世纪的革命道路。而性情豪放、禀赋忠诚的他，在动荡的童年时代，挣扎着读完小学、中学，直至北京朝阳大学。

颖河之滨的阜阳，地处淮北平原，是皖西北政治经济文化中心。在阜阳城东南 15 公里颖河南岸的洄水溜上，有一座因河命名的繁华码头集镇——洄溜集。1905 年 10 月 18 日，刘宠光就诞生在这帆影如织的集镇上。阜阳是一座有 2500 多年历史的古城，晏殊、吕公著、欧阳修、苏东坡等历史名人曾在此居官。曾经沃野千里、物阜民丰的富饶之乡，这时已几经沧桑和兴衰更迭，因久罹战祸而百业凋零、民不聊生。

青少年求学路

刘宠光出生以后，父亲按照刘氏家谱，取名文郁。在北京读书时，他曾改名刘鹏，字宗飞。入党后，他一度化名张孟浩。刘宠光这个名字是 1937 年初赴延安时改的，取"宠爱光明"的意思。刘宠光其他 5 位弟弟在 1949 年前后都陆续参加了革命工作。

　　刘宠光的祖父家是阜阳东乡颇有名气的富裕之家,但其父亲由于嗜好吸食鸦片,且癖好赌博,致使家境衰落,典田卖地,负债累累。刘宠光在他的回忆中写到:"8岁时,母亲要给我做件新衣,父亲都没钱买布。我气得哭了。这件事对我印象最为深刻。"债主催债上门,受人奚落,遭人白眼,使刘宠光的幼小心灵第一次体验到人间世态炎凉。

　　刘宠光的母亲为了劝丈夫戒赌,决心从阜阳城内搬到乡下种地。年仅8岁的刘宠光,一面念书,一面做些拾柴捞火的家务劳动。放学后,他经常和邻居家农民子女一起拔草喂牛,渐渐和这些放牛娃结为伙伴。农民家纯朴忠厚的性格,在刘宠光的幼小心灵上铭刻下深刻难忘的印象。

　　刘宠光天资聪颖,性情豪爽,8岁入私塾,后入插花庙高等小学读书。1918年,他以优异的成绩考入省立阜阳第六中学。在这里,刘宠光受益匪浅,特别是古典文学,如《古文观止》中的《赤壁赋》《出师表》《进学解》等名篇和唐诗、宋词,为其将来参加革命工作奠定了一定基础,也对他今后写作《中国渔业史》帮助颇大。入学不久,北京爆发了反帝、反封建的五四爱国运动。这一伟大的革命运动,激励着每个爱国年轻人的心灵。刚满15岁的刘宠光在运动中看到了祖国的未来和希望,及时投入到风起云涌的伟大洪流中去,贴标语,散传单,参加游行示威,决心以读书救国来自勉自励。

　　1923年,直系军阀曹锟为夺得民国大总统宝座,不惜以贿赂、封官许愿等卑劣手段,贿选大总统,激起全国人民的愤慨和强烈反对。皖系军阀倪道烺也派其爪牙四处活动,阴谋拉拢各界人士,为他自己竞选国会议员效劳,以便替曹锟拉选票。这时,刘宠光和其他同学联合社会上的爱国进步人士,举行罢课、游行示威,声讨倪道烺十大罪状。结果,倪道烺在竞选国会议员时宣告失败,同时还受到当时省政府通缉。同年秋,19岁的刘宠光考入中国最早创办的法律大学——北京朝阳大学。北京毕竟是古都,北洋军阀政府所在地,车水马龙,有红墙黄瓦的故宫博物院与斗拱飞檐的民族式建筑,街道两旁高楼林立。在高等学府里,文人荟萃,革命气氛浓烈。但是,刘宠光同时看到祖国的大好河山被帝国主义任意宰割,亿万劳苦大众在列强铁蹄下呻吟、挣扎,军阀混战,生灵涂炭、盗匪遍野、民怨沸腾。面对这灾难深重的祖国，年轻的刘宠光忧心忡忡，开始注意观察社会问题。

走上革命道路

1925年，上海发生五卅惨案，年满20岁的刘宠光在政治上已经渐趋成熟，很快投入这一反帝爱国运动，和同学们一起上街宣传，参加游行。他不顾军警疯狂镇压，在街头演讲，控诉帝国主义屠杀工人同胞的滔天罪行。面对帝国主义压迫，刘宠光决心投笔从戎，拯救民众于水火之中。于是，他将学名刘文郁改为刘鹏，字宗飞，是由宋代忠良岳飞字鹏举演变而来。他想效法岳飞抗敌爱国之举，以报效祖国。

1926年，刘宠光在朝阳大学即将毕业之时，家中洪水成灾，父亲染病卧床不起，经济上遭遇了严重困难。他只好中途辍学，在家赋闲。刘宠光在回忆中写到："我开始对私有财产、对地主阶级的痛恨。明白了穷苦大众贫困的根源。人类是天生平等的，由于私有财产制造了社会不平等，有钱任意挥霍，无钱则啼饥号寒。"刘宠光失学以后，想谋取独立生活，却处处碰壁。他瞒着父亲，偷偷地去开封投考保定军官学校，但没有旅以上机关保送，不准报名。后来，他只有在洞溜集小学当一名乡间小学教员，以资糊口。在任教期间，他十分赞成陶行知的办学方法，白天教小学，晚上办平民夜校，招收码头工人、小商小贩和贫苦青年农民入学，一方面教他们学文化，一方面宣传国内形势，讲解时事和北伐战争的意义。刘宠光逐渐得到群众信任，加深了和贫苦人民的感情。他培养的学生吴靖庵、阎树堂、鞠子久、柳培树等人，以后都成为我党领导农民运动的骨干。

1927年初，国民革命方兴未艾，国共两党联合进行的北伐战争在长江以南已取得了决定性的胜利。这时，刘宠光风华正茂。在革命形势影响下，他辞去了洞溜集小学教师职务，满腔热情地投身革命。然而，正值国民革命势如破竹之际，汪精卫在武汉叛变。蒋汪合流，篡夺了北伐革命的胜利果实，并倒转枪口，在全国各地血腥镇压共产党员和工农群众。顿时，白色恐怖笼罩着全国。革命形势瞬间逆转，使刘宠光刚刚迸发出来的希望刹那破灭，他苦思冥想救国救民之路。刘宠光在自传中回忆这一时期说："革命只换了个青天白日旗，反动派的气焰更凶了，最后打破了我对国民党的幻想，把希望寄托于共产党，使我坚定了走共产主义革命道路的决心。"根据党的八七会议精神，省委指示回阜阳把工作重点转入农村，开展农民运动。刘宠光到洄溜集一带组织农民协会，开展抗租、抗捐、抗税的"三抗"活动，给地主豪绅以经济上的沉重打击。1927 年 11 月，革命正处低潮时期，经周传业、吕浩汝的介绍，刘宠光光荣地加入了中国共产党。从此，他踏上了革命的征途。

1928 年，形势急剧变化，一些暴露的党员不得不转入地下，准备成立中共皖北特委，通过"皖北土地革命大暴动"任务，寻找适当时机在皖北举行起义，建立苏维埃政权。刘宠光夜以继日地做好起义准备，但同年 4 月 9 日的四九起义因敌众我寡而失败，70 多位优秀的儿女在起义中献出宝贵生命。面对反动派的白色恐怖，刘宠光并没有气馁，继续坚持做着党的工作。1963 年，刘宠光已年近花甲，但回忆起 1928 年鬼蜮横行的社会，他意识到是许多同志为人类解放碧血长流，才有美好胜利诞生，进而感慨万千，遂赋《阜阳四九起义 35 周年感怀》七律一首，以伸寸怀：

当年鬼蜮纵横行，压榨劳民不聊生。
地下细燃革命火，夜中爆发春雷生。
红旗高举苏维埃，碧血长流工农兵。
卅五年来日月换，建成大业记光荣。

1928 年之后，刘宠光继续发动农民开展"三抗"斗争，并且在 1930 年淮河水泛滥之际，以淮颖中学校长的身份，利用学生会、民众会等场合，发表抗日救亡演说，慷慨激昂地痛斥国民党政府的不抵抗政策。他发动群众"吃大户""扒粮"，得到民众一致支持，使灾民度过了灾荒。

1936 年，刘宠光意外被捕，但他在国民党监狱中积极抵抗，建立秘密支部和政治组，终日看进步书籍。备受严刑折磨的刘宠光出狱伊始遍寻党组织，最终赶赴延安，进入抗日军政大学，成为第二期第十四大队学员，造访毛泽东的窑洞，倾听主席授课。不久之后，刘宠光进入中共中央党校学习。1949 年前后，刘宠光在水利、农林等领域有杰出贡献。现如今著名的河海大学,他有筹备创校之功。从学校走出的万千人才,又为国家农田水利、水电水利做出卓著贡献。

1953年,因历史原因而遭受误解的刘宠光坚持原则,顾全大局,卸任干部来到上海水产学院任教,并且主持马列主义教研室,先后主讲过中共党史、唯物主义哲学、联共(布)党史。凡是听过刘老师讲课的学生,无不敬佩其渊博学识,其课程理论紧密联系实际。那时,政治课一般都在饭厅开班,学生二三百人,蔚为壮观,刘宠光则脱稿演讲,纵横捭阖,声如洪钟,重点难点面面俱到,从旧民主主义革命到新民主主义革命,从历史唯物主义到辩证唯物主义,其知人、论世、说理,稳健持衡,详切洞达,不轻褒贬,而优劣诠次与价值取舍,审慎精微之中自有严明不疑者在。他还自编教材并示范授课,培养上海市年轻师资队伍,承担并完成了全国高等中等水产院校教材的编审出版工作,参与领导创办水产研究所的工作,创办并主持《水产学报》的编辑出版工作。充实热情的生活和工作使得刘宠光暂时忘却了许多不如意的历史负担。他还在教学和行政之余,编撰《中国渔业史》,这项工作具有开疆拓土的意义。刘宠光多次进出各地博物馆和图书馆,网罗相关文字影像资料,恨不得用上全部闲暇时间为中国渔业写部通史。他既无所不知,又有批判怀疑;既冷静自持,又慷慨激烈;既纵横睥睨,又自谦自责。书稿开卷展读,佳景满目,又如趁急流,欲罢不能。可惜天不遂人愿,书稿杀青之时,正值"文革"开端,书稿被严格控制,学校行政机关也遭严重冲击。十年后再去寻找,书稿已不见踪影。刘宠光的秘书——吴有为回忆起这段历史,不禁一读三叹。尽管如此,刘宠光所开创的渔业历史与文化学科,生生不息,后继有人。他对范蠡《养鱼经》的挖掘,在中国渔业史上留下了精彩一笔。如今,范蠡学术大会已成为全国水产学术交流的盛会。

1957年,经国务院任命,刘宠光担任副校长,主管学术和行政。他多次告诫年轻教师要勇于善于学术研究,要攀登学术空白和学术难点,超越老一辈学者,并主持引进苏联水产专家,进而培养了学校第一批研究生。与其共事的校党委书记胡友庭,在1997年校庆85周年谈及刘宠光这段工作时给予热情赞颂:"刘宠光为我校下一步发展和提高打下扎实基础,他辛苦最大、做的最多。"刘宠光已作古多年,令人怀念,他对学校所做的贡献应永载史册!

"昔人已乘黄鹤去,此地空余黄鹤楼。黄河一去不复返,白云千载空悠悠。"刘宠光先生虽已远去,但其坚守信念、不懈奋斗的精神长存不息!

(2003 级行政管理专业　彭国立)

许玉赞

    许玉赞（1909－1985），浙江嘉兴人，航空航天固体力学家和教育家。1932年毕业于交通大学机械系，1934年公费留学赴意大利都灵大学学习航空工程，1936年获博士学位。1937年回国后，曾在南昌飞机制造厂等任工程师。1942年5月后，先后任西南联合大学、交通大学、上海市立吴淞水产专科学校、华东航空学院、西安航空学院和西北工业大学教授。编写了中国第一本有关飞机结构的中文教科书《飞机结构学》，1978年获全国科学大会奖。1980年，任中国航空学会结构与强度专业委员会委员，兼任《航空学报》编委。

传授机械原理　倾情航空航天

　　许玉赞从事科技和教育工作 50 余年，为推动和发展固体力学在航空航天工程中的应用做出了具有开拓性和创造性的贡献，也为中国航空航天工程教育辛勤耕耘，贡献了毕生精力，培养了大批有用人才。

人生经历

　　许玉赞，1909 年 3 月 2 日出生于浙江嘉兴南堰镇，自幼家境贫困，父母早故。1924 年初小毕业后无力继续求学，他赴嘉兴一家南货店当了一年多学徒。其间，少年许玉赞没有放弃学习，反而更加珍惜时间，努力自学文化知识，利用旧包装纸演算数学题并练得一手好字，为有机会再进学校或谋生创造条件。后来，由于一位过继给富家为子的兄长资助，许玉赞得以返校复学。经历过这段艰苦生活和饱尝失学的痛苦后，他深感复学机会来之不易，更加发奋苦读。凭借优异的学习成绩，通过跳级和转学插班，许玉赞在短短三年半（1925 年至 1928 年）时间内完成了高小和中学学业，顺利考入交通大学机械系。毕业后，他先去唐山机车厂见习工作一年，1933 年前往南京社会局工作。1934 年，国民政府教育部受航空委员会委托，公开招考西欧公费生赴意大利学习航空工程，许玉赞从 200 余名考生中脱颖而出，成为被录取的 25 位考生中的一员,赴意大利都灵大学航空研究院学习,1936 年获博士学位。

为抗日救国,许玉赞于 1937 年回国即赴中意合办的南昌飞机制造厂任工程师。1938 年,许玉赞不甘当亡国奴,毅然随工厂内迁,继续为"航空救国"做贡献。到内地后,他辗转汉口、昆明和中缅边境一带,在中美合办的中央杭州飞机制造厂工作,在西南大通道航线上辛勤奉献。工厂时常遭遇日军战机狂轰滥炸,只好后撤。保山浩劫,让工厂器材受到摧毁性损失。那天中午,许玉赞因一闪念去了另一家饭店用餐才幸免于难。战争的残酷和技术落后让他下决心从事航空教育和科研工作。1942 年 5 月起,许玉赞在昆明出任西南联大教授。同年 8 月,上海交通大学重庆分校改名为交通大学,航空系主任曹鹤荪教授邀请许玉赞等一批年轻教授加盟。1949 年上海解放前夕,他毅然选择留下来迎接上海解放,并怀着满腔热情,要为祖国建设事业做出贡献。1951 年抗美援朝期间,祖国人民掀起捐献飞机大炮高潮。许玉赞与夫人商量后,决定将自己包括在校外兼职积蓄下来的几十根金条捐献出来。

上海解放前后这段时间,上海市立吴淞水产专科学校复校不久,缺少教授机械学科的师资。许玉赞不计由交通大学住处到复兴岛授课的交通劳顿,经常横穿、往返大半个上海,受校长、著名水产教育家侯朝海之邀为学生授课。在复兴岛简陋的教室里,他传播了机械科学知识,也为后来的渔业机械学科和工业的发展播下了火种。

1952 年,全国院系调整,交通大学航空工程系与南京大学、浙江大学的航空工程系合并,在南京成立华东航空学院。许玉赞从繁华的上海来到宁静的紫金山麓。4 年后,学院西迁,改名为西安航空学院,他又举家从江南来到大西北,并于同年加入中国共产党。许玉赞经历过新旧中国两个截然不同的时代,对两种制度有着深切的体会,有着鲜明的爱与憎,在大是大非上态度明朗。他一次又一次听从党的召唤,不讲条件,一心一意地为祖国航空航天教育事业辛勤耕耘。1957 年,西安航空学院与西北工学院合并成立西北工业大学。1958 年,西北工业大学自行设计和制造的"延安一号"飞机成功上天,他担任"延安一号"飞机的总设计师。

许玉赞在西工大先后出任飞机设计、飞机强度、导弹设计和导弹强度等专业的学术带头人。他主持筹建航空和航天静动力实验室；主持编写和翻译中国首批航空和航天结构强度方面的教材；主持并亲自参与完成一批固体力学及其在航天工程中的应用等重大课题；亲自执鞭给本科生和研究生上课，并悉心指导青年教师和国内访问学者，为创建和发展壮大这些专业学术队伍做出了重要贡献。西工大飞机强度专业水平高、力量强、贡献大，多年来的重点学科地位没有受到动摇，而导弹设计与强度专业一直以来承担并完成来自航天等部门的多个重大课题，给航天部门研究院、所等输送了一大批科技人才。饮水思源，这些成就的取得，与许玉赞等老一辈科学家和教育家的开创性工作是分不开的。

<h2 style="text-align:center">学术生涯</h2>

中华人民共和国成立后，许玉赞的学术生涯可谓是固体力学在航空航天工程中的应用发展史之缩影。

20 世纪 50 年代，飞机结构多涉及杆系结构，许玉赞从事采用刚度法分析杆系结构和压杆稳定性等研究。20 世纪 60 年代，许玉赞转入宇航工程系后，重点转移到板壳结构受力分析和稳定性分析等研究。1966 年前，他完成了国防部五院提出的两个重要课题。第一个是夹玻璃纤维材料截锥壳在轴压和外压联合作用时的稳定性分析。当时，国外文献只有少量关于缠绕结构玻璃钢的弹性模量确定的报道，如何应用于夹玻璃纤维材料之中尚无文献可供借鉴。许玉赞及其助手在分析大量英俄文献的基础上，从最基本的弹性理论出发，通过一些工程认可的假设，推得适用于不同弹性模量的平衡方程。许玉赞及其助手的贡献是在方程中引进了一个体现壳体几何特征的几何参数，这样方程可适用于分析不同形状的壳体，从而使之具有普遍意义。当时的计算手段比较落后，只有电动计算机可供使用。经过整整两个多月的日夜计算，许玉赞及其助手终于求得临界曲线，其几种特例与已有文献结果相符，以此旁证该研究成果的可靠性。他们原计划采用金属锥壳进行实验验证，可惜因加载测试设备难以落实而被迫中止。此项目前后历经一年有余。与课题相关的论文在 1963 年中国航空学会成立大会上宣读，与会者对该论文很感兴趣，并进行了热烈讨论，评价较高。第二个是局部固定变厚度板的静动力分析。许玉赞及其助手认为，采用解析法求解是不可能的，而数值法中的差分法是可取的。但在当时手摇、电动计算机一统天下的年代里，要实现差分法求解难度很大。许玉赞主持的课题组成员与国防部五院研究人员、中国科学院西北计算技术研究所研究人员和西北工业大学计算数学专业师生通力合作，建立了符合当时计算条件的力学模型、计算方法，并编制计算机程序，在西北计算技术研究所刚建成的一台大型电子计算机上算得满意结果，受到委托单位的好评。这个课题为以后自行研制新产品提供了可行途径，同时也提高了参与人员的业务水平。

20 世纪 70 年代初期，许玉赞虽身陷囹圄，但他不计个人恩怨，对党忠心耿耿，坚持科研与教育事业。他接受了某厂强度组提出的"弹翼应力分析"课题任务。该弹翼是由上下面板中间夹有射线型分布加强梁的变厚度面板，局部嵌入式固持于弹身上，由两块板通过铭铣后热弯合成。此时，有限元法和计算机应用已开始在中国各行业中推广和使用。许玉赞主持的课题组与北航的老师以及厂技术人员通过充分讨论，提出了两种有限元模型，即由上、下面板和梁组合的平面应力元与梁元组合的模型，以及由板和梁组合的中空三层板的板弯模型，推导了变宽度、变高度的梁单元刚度矩阵。此时，计算条件也明显改观，课题组成员可以自编程序、穿孔并调试程序，赴航空航天部所属研究所计算机上算题。经过近两年努力，他们圆满完成该课题，计算结果与工厂实验之差在 5% 之内。厂方对此课题成果很满意，由厂方主动提出共同申报全国科学大会奖。研究表明，对于比较刚硬的翼面宜采用板弯模型，而比较柔软的里面可采用平面应力模型，分析方法和相应程序可适用于实心板和各类夹层板的承弯分析。该项目的相关论文在 1976 年中国航空学会学术会议上交流。论文《翼面矩阵分析》在 1979 年《西北工业大学论文选》上登载。1982 年，美国空军将其译为英文，并作为 NASA N82－10996 报告发表，美国国防技术文献中心也以 AD－A115866 报告转载。此项目荣获 1978 年全国科学大会奖。值得一提的是,改革开放前,高校科研课题来源与经费、成果、出版等方式与现在不可同日而语,加之航空航天课题成果和出版更受到一定限制,能得到上述殊荣实属不易。

20 世纪 80 年代,随着有限元法和计算机技术不断发展和完善,许玉赞开始研究板壳非线性有限元分析。1983 年,他获得中科院科学基金资助立项"板壳非线性分析"。该课题采用有限元法求得考虑材料、几何非线性板壳结构在外载荷作用下全程载荷位移曲线,内容包括前届曲非线性路径描述、临界点(分叉点和极值点)的确定、届曲后路径求解方法的探讨等。课题涉及的一些难点,如组合弧长法求解非线性有限元方程、临界点位置的判定方法、分叉路径描述等,都是当时计算力学中的研究热点。课题组在由国外引进的专供建文非线性板壳单元用的程序系统基础上,修改并插入了上述功能,完成了预期指标。课题组撰写了 3 篇论文,相应的程序也被航空工业部某大型分析程序系统采纳使用。后期,课题组成员赴德国、荷兰讲学,部分内容取自该课题研究成果,获得了包括提供板壳分析系统的国内外同行的一致好评。

教育成就

许玉赞编写了中国第一部有关飞机结构的中文教科书《飞机结构学》。1952 年,许玉赞取材于当时风行美国,由 Niles 与 Newell 合著的《飞机结构》,编写了《飞机结构学》,由中国科学图书仪器公司出版。全国院系调整前,国内工科大学教材大多选自英美教材;华航成立后,苏联教学计划、教学大纲陆续到校,结构强度专业意外得到一本苏联原版《飞机结构力学》。许玉赞利用自己的俄文基础,组织并亲自参与翻译,很快译出,并于 1954 年 6 月由高等教育出版社出版。次年 5 月,他与人合译的《飞机各部件设计》出版。这些教材是中华人民共和国成立以来问世最早的有关航空结构强度方面的苏联教材,所起的作用不可小觑。1959 年,随着航天工业的兴起和发展,西北工业大学新建导弹系。许玉赞由飞机系调入该系,当时面临的首要任务又是教材的选编。根据国防科委的指示,航天结构强度方面的系列教材编选由许玉赞和北航王德荣教授主持组织。他又一次承担起组织编写有关导弹构造设计和强度方面系列教材的任务，在中国亦属首次。

许玉赞作为一位老教授，对新生事物十分敏感并积极投入，精神可嘉。他重视固体力学在工程中的应用，一直很关注弹性力学中的数值解法。早在20世纪50年代，当英美盛行采用力矩分配法、渐松法等求解静不定结构时，许玉赞在苏联教材中发现这些教材偏重于用力法求解，他深思其由，认为电子计算机诞生会促使矩阵力学得到发展。于是，他鼓励青年教师学习矩阵代数。在本科教学中，他也插入这部分内容。在筹建西北工业大学静动力实验室时，一位青年助教（该实验室主任）请教许玉赞如何设计地轨时，他竭力推荐采用差分法进行分析。自20世纪60年代初开始，在给研究生制订的教学计划中，他特别强调学习应用弹性力学，学习用数值方法求解弹性力学问题。到20世纪70年代，他就采用有限元法分析工程实践中的许多固体力学问题。20世纪80年代中期至90年代，许玉赞悉心指导下的一支学术梯队采用有限元法分析弹塑性接触问题、非线性结构稳定性、结构优化设计、热应力分析和结构动力学，完成了某战机全机分析、固体发动机优化设计、发射架静动力分析、翼面屈曲后承载能力、轮胎分析等众多工程实践课题，编制了包括航空航天结构分析系统、接触应力分析等程序系统，供设计、研究单位使用。

许玉赞认为，科技的进步需要注重高校的基础教育。他亲赴教学第一线，上讲台给本科生上课。20世纪50年代，他利用课余时间，与大学生座谈，讲述自己在艰苦条件下如何勤学苦练，勉励大学生珍惜大好时光，好好学习，为祖国航空事业做出贡献。许玉赞自1956年开始招收飞机设计专业两年制的研究生，1958年起招收直升机、导弹、火箭等专业两年制的研究生，1961年起对导弹设计与强度专业研究生进行指导。此外，许玉赞还接待来自地方和军队院校的访问学者，通过交流，共同进步。这些访问学者后来大都成为院校的业务骨干。与此同时，他十分注重学术梯队建设，先后培养出一批又一批高水平的学术骨干。许多年轻教师在专业、基础科学、外语等方面得到他的具体指导和帮助。

　　许玉赞严谨踏实，平易近人，用高尚品质深刻地影响他的同事和学生。他要求研究生阅读经典名著，如铁木辛柯的《板与壳学》和《结构稳定理论》原版，要求学习全部内容。同时，他又十分重视应用性的学习，如选用王启德编著的《实用弹性力学》英文原著，强调弹性理论中数值解法的重要性。当研究生完成论文时，他一定会逐字逐句地亲自进行审查修改，严格把关。平时答疑时，他会先要求研究生对该问题提出自己的看法，充分发挥研究生学习的主动性和积极性，然后再给予指点。他要求论文中的公式必须自己推导证实后才能引用。许玉赞对研究生要求严格，但当研究生遇到困难时，他会全力以赴地协助解决。例如，某研究生在推导充有弹性介质圆筒壳在外载作用下的反力项遇到困难，许玉赞花了几天时间，用了 320 多页纸，一步一步列出演算过程并求得结果，研究生为此十分感动。这足见许玉赞处事认真，言传身教。

　　许玉赞能恰到好处地提出涉及方向性的指导意见。1984 年的一天，许玉赞身体欠佳，行走困难，为了让研究生按时进行论文答辩，他把答辩委员们请到家中来答辩。许玉赞在学术上是一位严师，但在生活上则是研究生们的朋友，可谓严师益友。他对待青年教师和学生谦和、亲切，台上是老师，台下不论年龄差异，是朋友。许玉赞在赠给他助手的第一本书《飞机结构学》扉页上写着"××兄指正，弟许玉赞敬赠"，这让这位老师内心涌起一股莫名的感动，眼泪都要流出来。许玉赞经常走访研究生宿舍，但由于患气喘病，上楼吃力，要休息几次，此番情景令研究生们动容。难怪不少人对他的研究生说："你们真幸福啊！"记得1980 年初，得知一位青年教师拟赴国外进修，许玉赞十分高兴，翻箱倒柜找出西装送给他。他还经常给有困难的青年教师和学生们物质帮助，平时嘘寒问暖，犹如长辈一般。他为人低调，从不与人争名争利，从无贬人之言，甘当老黄牛。

　　许玉赞的一生是艰苦奋斗的一生，是为中国航空、航天科研和教育事业鞠躬尽瘁的一生。他出身清贫，苦难的历程促使他不断钻研，奋发图强，获得了事业上的成就。他为人谦和、正直、真诚，待人厚，处己俭，日常生活中平易近人，大家都说他是平民教授。他治学十分严谨，一丝不苟，数十年如一日，是一位杰出的航空航天专家和教育家。

（引自竺润祥、顾松年、焦景广：《航空航天固体力学专家：许玉赞》//陈小筑、汪劲松主编：《华航西迁：新中国航空教育的基石》，西北工业大学出版社，2016年版第122—129页，略有改动）

陈克

陈克(1919.12—2016.1)，生于福建福州。1941年，毕业于马尾海军学校，赴英国留学；1949年，开始在华东军区参与中华人民共和国海军的早期建设；1964年，从部队转业到上海水产学院任航海组主任；1985年，离休。

坚定不移水兵路　相伴终生海洋心

陈克九旬高龄时,依然精神矍铄、腰板硬朗、思维敏捷、谈笑风生。陈克的一生是"海味"的一生,跌宕起伏,充满传奇色彩。

结缘海洋　投身革命

陈克1941年毕业于马尾海军学校。在人生的青葱岁月,陈克与海洋结缘。他说:"我是15岁上了中学的,毕业后考到了马尾海军学校。之所以会报考马尾海军学校,是因为我是福州人,而马尾离福州较近。"陈克考马尾海军学校,第一年体检身高差了5厘米。第二年,他继续考,终于如愿以偿。那是1936年,他的学号是166。那时的学制是8年,5年的课堂学习采用英语教学,另加3年的实习。

马尾海军学校前身是赫赫有名的船地。陈克在学校八年的收获很大,他不但掌握了许多海军方面的知识和技能,提高了个人素养,而且通过老师推荐,阅读了如艾思奇的《大众哲学》等大量进步书籍,从而接触到党的先进思想。在党组织先进思想的熏陶感染下,陈克坚定地加入了党的外围组织——新海军社,开始从事地下工作。

谈及当时工作的情形,陈克满怀骄傲地说:"当时地下党工作开展得非常有力。"在解放军要解放南京横渡长江时,蒋介石部署的第二舰队在长江上阻拦解放军渡江。然而，让蒋介石万万没想到的是，地下党已经做好了国民党官员林遵的思想工作。解放军渡江时，林遵率领国民党海防第二舰队30艘舰艇和平起义。林遵起义反映了民心向背问题。作为民族英雄林则徐的侄孙，林遵有着满腔的爱国热情，希望国家海军能够足够强大。但是，国民党都把钱花在了内战上，每年最多只能造一两艘吃水很浅的炮舰，有什么用呢？所以，国民党海军不是用来保卫领海的，而是为了维护反动统治的。林遵对此很失望。而解放人民于水火的共产党早已成为人们心中的唯一希望。这个事件使陈克更加坚定地意识到，能够成为一名共产党员是一件至高无上的事情。

在新海军社工作期间，陈克表现突出，由准尉升为了上尉，后来还到过重庆，并出国参战。他参加了反法西斯战争，为世界和平做出了贡献。与此同时，他积极向党组织靠拢，终于在1949年，这个对全中国人民都意义非凡的时刻，他被党组织批准成为正式党员。陈克激动地说："我内心是充满了无比的骄傲和自豪的。这是我人生中最精彩的一笔，是我最激动的时刻。"

见证历史　感怀万分

从国民党时期到现在中华人民共和国的海军建设，陈克一直十分关注海军的发展。陈克亲眼见证了中国海军发展70年的巨变，他这个老水兵无比欣慰。他说："我能够很明显地感觉到我们国家的海军在装备技术上日新月异的发展，国人对海洋的重视程度越来越高。"回想过去的海军，那是根本没有办法和现在相比的。国民党时期的海军，主力是那几艘过时的巡洋舰。当时的海军工作本末倒置，连最基本的海防都不能保障。在国家安全岌岌可危的情况下，国民党海军的工作重心竟然是开到内河打共产党。所以，当时中国近海海防形同虚设，更别提中国大片的海域和众多的岛屿管理问题了。二战后，罗斯福问蒋介石琉球群岛和钓鱼岛的主权问题时，蒋介石没有表态，他知道自己没有能力去行使主权。而美国又搞霸权主义，在琉球群岛建军事基地，由此引发了历史问题。中华人民共和国的海军完全是靠中国人民自己白手起家，一步一个脚印地发展到如今这个高技术、高水平的局面。当时，起义的军舰大部分都被蒋介石炸毁了。在这个先天发育不足，后天营养不良的恶劣条件下，中国人民并没有动摇建设自己海军的梦想。从自制炮艇、快艇、潜艇的下水，到引进苏联的"四大金刚"，再到驱逐舰的国产化，中华人民共和国海军初具模型。然而，由于当时人们的思想还是"以陆为主"，轻视海洋，因此中华人民共和国的海军在当时即使有了很大发展，也只是处于近海防御阶段。

改革开放以后，随着经济的发展，海洋在人们心中的地位日渐上升，海军的建设也发生了天翻地覆的变化。随着《中国海洋发展报告》的发布，以及一次次五年计划的出台，海洋发展早已上升到战略层面。海军的发展开始向着复兴之路大跨步前进，国家每年拿出超过三分之一的国防预算来建设海军。从"中华神盾"到新型驱逐舰的交付，再到"辽宁舰""山东舰""福建舰"下水，海军建设突飞猛进。

老当益壮　夕阳红艳

从马尾海军学校到现在，陈克十年如一日，保持着良好的生活习惯。他每天清晨五点钟起床，梳洗之后去跑步，年纪上去之后改为快走。长年坚持不懈的体育锻炼，使他没有老年人常见的"三高"，而是拥有红润的面色及强健的体魄。陈克酷爱书法，他联系周围退休干部成立了一个"墨香斋"书法社，丰富晚年生活。为了迎接"七一"，他们通过创作书法作品、举办国庆书画展来庆祝党的生日。

平时，陈克通过读书读报来学习党的理论知识，提高理论修养。《理论热点面对面——从怎么看到怎么办》等经典理论图书，以及《报刊文摘》《国际先驱导报》《国防时报》等媒体报刊，他有时间就认真学习。在许多报纸的字里行间，他都写下了笔记与心得。有一份老报纸，上面刊登着胡锦涛同志七一讲话："巩固的国防和强大的军队，是国家主权、安全、领土完整的坚强后盾。我们必须统筹经济建设和国防建设，走中国特色军民融合式发展路子，在全面建设小康社会进程中实现富国和强军的统一。"在这段话的旁边，陈克做了标记并写道："写得非常好，军队的发展就是要和经济发展相统一。"这是一位老共产党员永葆先进性的生动体现，体现了一位海洋人对海洋事业的时刻关心。

谆谆教诲　殷切期望

陈克经常说，海大办学需要注重两点："第一是海洋国土意识。海洋大学不管是办学培养人才，还是搞科研，都要有一个海洋战略上的意识及海洋国土意识，要有责任感，要在认识上清楚海洋对于国家的重要性；这不仅仅是经济发展问题，更是资源问题、主权问题、领土问题、生存问题。第二是海洋类学生要有深刻学习《联合国海洋法公约》等国际法的意识，不管是在今后以国际法为基础，通过和平方式来解决国际争端，还是指导自己进行海洋开发，都要做到有法可循。"他心系学校发展，认为学科建设和科研方向要符合国家海洋战略需求。国家海洋局发布的《中国海洋发展报告(2010)》指出，"新时期维护海洋安全的使命主要是更好地保护海上通道安全，打击海盗和海上恐怖主义，实施海上事故救助、海上污染清理以及保护海洋环境等"。因此，只有使用政治、经济、军事、外交、法律、科技等各方面综合的手段，构建公平合理、和平开发的新型海洋秩序，才能创建和谐安全的周边海洋环境。陈克认为，这些要点都应该成为学校今后的发展目标。学校应在发挥自身优势的基础上，结合国家海洋战略需求，为中国海洋事业发展提供科技和人才保证。

陈克随着中国海洋事业的发展一路走来，不管是作为一名海军军人守海护海，还是作为一名航海讲师桃李满园，他都倾注了自己的热情，无时无刻不在诠释着"勤朴忠实"的真谛。他心里始终怀着对中国海洋事业的无限真诚，为实现亿万中国人的海洋强国梦而默默奋斗和殷殷期盼。陈克以实际行动，默默践行着他的座右铭："捧着一颗心来，不带半根草去。"正如诗人鲁黎所言："我在'无我'里获得意义，种子消失在泥土中获得价值。"

感　悟

捧着一颗心来，不带半根草去。

寄　语

你们是接班人，整个海洋、整个世界都是你们的。你们从我们身上接过去的是一个充满责任和义务的重担。国家到底能否建设好海洋强国，到底要强到什么程度；到底能不能保卫好海洋国土，全看你们的了。

（余思佳）

陈坚

　　陈坚(1935.12 — 　　),上海人,1935年12月出生。中共党员,原上海水产大学党委书记、原校长,副教授,曾兼任中央农业干部管理学院上海水产大学分院院长、农业部冷库及制冷设备质量监督检测中心主任、全国渔业节能协作组副组长、上海市第五次党代会代表、上海市高等教育学会理事等职。1986年晋升为副教授,1992年起享受国务院政府特殊津贴,1997年退休。

修德先于求学　实践助力求知

努力崇明德,随时爱景光;纸上终觉浅,求学当躬行。

陈坚出生于 1935 年,在中华人民共和国成立前后均有教育经历。1950 年,陈坚初中毕业,正好是中华人民共和国成立后 1 年,之前他接受的是国民政府时期的教育。

努力崇明德　随时爱景光

陈坚初中求学时,每周一都要列队向国父敬礼,背国父遗嘱:"余致力于国民革命,凡四十年,其目的在求中国之自由平等。"当时灌输的主要是礼义廉耻、忠孝仁爱信义和平等思想,系道德品质方面的教育。

那时,学生们年纪尚小,不大懂事,有些贪玩,作业常常等到快交时才临阵磨枪,时常还有缺做、漏做的情况。令陈坚印象深刻的是,当时的训育主任比较严厉,学生见了都怕他。每当看到他迎面走来,学生们都老远躲开了。要是被逮个正着,训上好半天是家常便饭。

当然也有和蔼的教师,比如语文老师,总是用独特的方式激励学生。中学毕业离校时,陈坚与几个要好的同学一起去看他,他给每人都写了临别赠言以为鼓励。他送给陈坚的话是"努力崇明德,随时爱景光",这句话对陈坚影响非常大。"努力崇明德"意在养成良好品行;"随时爱景光"则是告诫陈坚要珍惜光阴,不要荒废学业。陈坚从中领悟到过度玩耍、无所事事是虚度年华、浪费光阴。对这位老师,陈坚一直心存感激,在之后的学习中常常想到不辜负他的谆谆教海。

1950年,陈坚初中毕业,当时家庭经济比较困难,兄弟姐妹共有4人。陈坚和哥哥都希望继续念书,但是家里供不起两个孩子一起上学。为能继续读书,陈坚的哥哥被过继给了别家,于是陈坚就成了家里的长子。陈坚的妹妹们都做了临时工,以补贴家里日常开销。即便如此,家里供陈坚读书依然艰难。这时,哥哥就给陈坚出主意,让他努力考一个专科性质的实业学校,一来可以早点毕业参加工作,二来可以减轻家里经济负担。于是,陈坚选择报考了上海市立吴淞水产专科学校,即上海海洋大学前身。当时,学校是大专性质,学制五年。

上大学后不久,抗美援朝事件就爆发了。陈坚的哥哥报名入伍,加入非战斗人员志愿军,在前线从事后勤医疗工作。抗美援朝期间,学校动员学生给志愿军战士写信,希望通过通信来互相鼓励。陈坚与哥哥时不时通信,哥哥喜欢在信里讲述英雄人物的英勇事迹,如黄继光、邱少云等,还买来相关故事书寄给陈坚。别人学习英雄事迹是通过书本、报纸,而陈坚除此之外还接受哥哥的教海,因此印象就更加深刻。这些英雄人物的年龄与陈坚差不多。作为同龄人,他们为祖国献出宝贵的生命,对陈坚的触动非同一般。

哥哥后来到南京军区总医院工作。当时,南京军区司令员许世友也曾经在这所医院住院看病,所以陈坚也常常听到许司令的有关故事。许司令那种坚毅、勇敢、顽强的奋斗精神给陈坚以鼓舞和激励。受此影响,陈坚18岁那年加入中国共青团,24岁加入中国共产党。

追求探索心　一生永牢记

陈坚在大学里读的是水产品加工专业,然而刚入学时,他对专业到底要学什么、毕业以后能做什么一知半解,不甚了了。无巧不成书,就在1951年之际,上海举办了一个土特农产品展览会,这是当时华东地区规模最大的农产品贸易展会。除了农产品之外,该展会还展出一些轻工产品。展会里有一个水产馆,外形是一条船,专门陈列水产方面的展品,由陈坚他们班级的学生当讲解员。这次经历使大家第一次对所学专业有了感性认识,对究竟要学哪些专业内容、将来要从事怎样的工作等问题,有了一个更直观的了解。

在展览会上担任讲解员,跟许多人交流,使学生们对专业同国家形势的关系有了一定了解,知道水产品跟国民经济、老百姓生活密切相关,也了解了水产品加工的各种方法、水产养殖业的艰苦、捕捞业的风险等事项。水产业对国家来说是重要的民生产业。当时,中国水产业落后,日本一年有几百万乃至上千万吨产量,而中国在产量最好的时候也只有一两百吨,在水产品加工方面的差距就更大了。陈坚那时想,年轻人就应该投入这样的事业,通过自己的奋斗和努力去一点点改进现状。正是带着这样的念头,陈坚的学习劲头更足了。

1952 年,全国院系调整,学校更名为上海水产学院,陈坚的班级转成了大学一年级本科。学校教育不仅保持了传统特色,而且更倾向于关注学生实践动手能力的培养,教师们也鼓励学生从生活中发现问题并尝试解决。

20 世纪 50 年代,吃黄鱼对每家每户而言还不算稀奇,鱼肝油的价格也没有那么高。鱼肝油都是以鲨鱼肝脏为原料加工而成的。陈坚好奇地想,黄鱼的肝脏是否也可以做鱼肝油。他查阅了一些资料,了解了鱼肝油的主要成分是维生素 A 和维生素 D,但黄鱼肝的成分在书上却查不到。于是,陈坚就去请教老师,老师鼓励陈坚自己想办法解决。在化学分析课上,陈坚与同学互相协作,根据老师教授的方法,通过化学实验来分析黄鱼肝的成分,结果证明黄鱼肝里也存在维生素 A。这次小研究激发了陈坚不断探索的念头。

后来,陈坚去舟山实习。舟山渔场素以鱼干制品而闻名,人们把打捞上来的鱼剖开清洗之后,平摊在晒场上晾晒。教授食品化学课程的老师曾经讲过,蛋白质在温度达到 60 摄氏度以上时开始变性,那么日光晒场的温度会不会引起蛋白质变性? 这样的传统晒法是否有什么食品安全隐患? 对于这个问题,书本上同样找不到答案,学生们就自己动手检测。当时可以应用的设备只有一种水银温度计,没办法准确测得鱼体表面温度,大家就在鱼体侧面切开一个小口,把水银温度计埋进去,通过这种方法来测量鱼体表面温度。为了得到比较确切的温度值,几个同学一直在晒场上观察数据,和鱼干一起晒"日光浴"。最后得出的结果显示,鱼体的温度大致在 50 摄氏度左右,未达到 60 摄氏度,所以传统鱼干制法不会对产品质量产生影响。当大家将这个结论讲给老师听时,老师非常满意。

在几年的大学学习生活中,陈坚遇到不少优秀教师。正是在他们的支持下,陈坚才有了自由发挥的空间,自己设计实验、完成实验、分析结果,也由此完成了许多有趣的实验。比如,陈坚通过实验测得 16 颗花生米所含热量约等于一颗鸡蛋的热量。这些小实验在书本上一般没有,老师也未必知道。如今,当时学的书本知识大多已经"还"给老师了,可是二十几岁时做的实验,年届八旬的陈坚仍然记得。诚所谓,"纸上得来终觉浅,绝知此事要躬行"。

友情难相忘　奋斗交大路

陈坚的大学班级里有 56 个学生,包括院系调整时从暨南大学调整过来的一个班学生,还有一些老革命干部。其中,有不少人中途放弃退学的。由于师资短缺,班级里毕业留校的有十几个。留校的同学关系密切,实习的时候相互扶持,工作以后彼此支持。当时,学校课程内容与教学计划根据全国统一课程大纲安排,所以留校的同学有教食品分析的、有教化学的、有教加工装备的,还有教体育的。

留校初期,陈坚负责水产品加工方面的教学。当时,学校还开设了几个新学科,邀请上海知名大学教授兼课。其中,有一门热工学的老师是从交通大学请来的教授,学校安排陈坚担任他的助教。一年之后,学校干脆派陈坚去交通大学学习热能动力专业有关课程,回校后开设工程热力学、传热学、热机学、热工仪表等相关课程。对陈坚来说,他相当于学了第二专业,获得一个锻炼提高的机会。

在交大学习期间,陈坚遇到许多麻烦,首要的就是学习问题。由于原所学专业是水产品加工,其基础主要是化学、生物等学科,与热能动力专业的学科基础几乎没有交集,因此陈坚要一切从零开始。热能动力专业要求熟练掌握物理学、流体力学、要求更高的高等数学等学科，陈坚花了许多工夫去攻克这些难关。刚开始听课时，陈坚云里雾里，像听天书一样，什么也听不懂，唯一办法就是拼命努力，然后渐渐地了解那么一些，进而逐步掌握，把原来缺失的基础慢慢补上去。为了学好难度更高的高等数学，陈坚买来一套同济大学编写的高等数学教科书，书中收录了几百道题目，他每道题从头到尾都做了一遍。夯实这些基础之后，陈坚的学习成绩慢慢开始有了起色，在回校授课时也更加得心应手了。

去交大求学，往返交通是个难题。陈坚的家距离交通大学很远，而且交通极其不便，于是他就商量借宿到同学徐文达家里。徐家就在交大旁边，十几分钟路程。徐文达的老奶奶为陈坚烧开水、煮饭，打理陈坚的日常生活，大家处得就像一家人一样。陈坚在交大的学习有始有终，全靠他们帮助。虽然工作以后，陈坚和徐文达的研究方向各不相同，但是两人的友谊却如陈酿，历久弥香。同学中间，还有一些关系要好的分配到青岛的研究所，直到现在大家还时不时联系。大家觉得年轻时的友谊最是珍贵，永远也忘不了。

1963 年，由于教育改革要求，学校里出现一个"大肚子"班级①，学生人数很多，还有各种活动需要参加，上课时间做不到整齐划一，从而就需要给有的学生补课。学校便安排陈坚白天在交大学习，晚上回校给这部分学生补课。学校在军工路，交大在华山路，横跨整个上海市区。很长一段时间，陈坚奔波于交大和学校之间，光是在路上每天就要花费四五个小时。下课后已经是晚上九点，为不耽误第二天学习，他要先赶到提篮桥乘 8 路有轨电车赶回交大。陈坚经常在车站借路灯预习，要不是电车"铛铛铛铛"的铃声，他不知道会错过多少趟车。

交大的学习氛围很浓，晚上睡觉时间都很短，23 点之前几乎没人去睡觉。交大老师除了认真上好课，对课余学习要求也很高，不仅仅局限于自己的专业内容，还安排许多课外兴趣活动。陈坚记得在交大进修期间，曾住过一段时间教师宿舍。陈坚发现，晚上 10 点以后，不少交

---

① 调整改革时期对突然涌现的新增班级的戏称。

大老师会参加各种兴趣小组。其中，有位老师对组装电子管五灯机①收音机兴趣浓厚，他每晚 10 点后专门安排讲座，买来整套零件当场动手，参加的人特别多。大家聚在一起钻研、尝试、研究这个小小的装置，其乐融融。陈坚对组装无线电装置也颇感兴趣，尽管在交大、水大之间来回奔波，边上课边学习没机会参加，但是他还是自己尝试组装了六灯机、七灯机。现在想想，一旦被交大浓厚的学习氛围感染，学习劲头十足，晚上睡多少觉也就无所谓了。

　　那时虽然条件艰苦，但是一心向学。在陈坚看来，这是学校交给自己的任务，有义务去做好它，不辜负学校的栽培。去交大学习之前，陈坚曾经去找过刘宠光副院长。刘副院长曾微笑着问陈坚能否坚持下去，陈坚斩钉截铁地回答能坚持到底。陈坚实现了自己的诺言，没有辜负学校的期望。

纸上终觉浅　求学当躬行

　　如今，陈坚已经离开教育第一线，但他认为有些道理对教育工作者而言终身受用，所以想对今天的学生和老师提出一些建议和希望。

　　对老师来说，一般认为教会学生书本上的知识似乎就尽了分内职责，但是真正的老师做的其实远远不止这些。老师对学生品德、能力、素质等各方面都应起到指导作用。陈坚在做校领导时经常强调，老师最好去尝试一下辅导员角色，学习之余多去了解、调解学生生活上的问题，不要只是在课堂上讲课，其他问题一概撒手不管。江泽民同志在评价教育工作时曾说过："百年大计，教育为本，教育大计，教师为本。"评价是不是好教师，不能光讲科研水平的高低，更重要的是在各个方面引导学生走向更好的发展道路。

　　对学生来说也是如此，受教育者不要过分迷恋知识的传递、知识量的积累和知识内容是否完整，养成良好的能力素质，远比知识传递、知

---

① 当年的电子管收音机，是一种无线电接收装置，主要用于公众无线电广播的接收，后来被半导体收音机取代。

识量积累更重要。成绩好并不代表一切,学生应该更加注重能力素质等各方面的培养。常言道"活到老,学到老",知识积累是一方面,但是学习能力如果不在学生时代培养好,那么一辈子都会受影响。此外,素质教育也极其重要。素质培养包括很多方面,从陈坚读书时倡导的"德智体"全面发展,演变到今天的"德智体美劳"全面发展。其中,政治品德素质最为重要。大学之所以实行"党委领导下的校长负责制",就是为了保证学生的品德教育。当然,大学生不仅仅要爱国,培养创新能力也很重要。现在,一些大学把发展重心放在提高层次上,却忽视了对学生的实践教学,这对学生培养来说会有不少后遗症,值得关注。

钱学森曾提出疑问:"为什么我们的学校总是培养不出杰出人才?"其中,很关键的一环就是动手实践和创造能力的缺失。20 世纪 50 年代,食品专业的学生在工厂实践的机会很多,与各大食品厂的联系也很紧密。各大食品厂都很欢迎学生现场实践,一方面能帮他们解决一些生产中的实际问题,另一方面也能更好地培养学生能力。这种形式很好,应该坚持下去。

感　悟

在学生时代,认识了很多人,接触了许多新事物,这无疑是自身成才过程中极其重要的一个阶段。那些人、事、物教会了陈坚正确的学习方法,让他勇于探索、刻苦钻研。与此同时,陈坚也遇到许多志同道合的朋友,在求学道路上不再孤单。

寄　语

千万句希望与忠告汇成一句话,就是希望现在的学生要珍惜自己的学生时代,重视全面发展,重视实践教育,勇于动手创造,在学生时代便为自己未来的每一步打下坚实基础!

(冯元福　成佶倩)

李思发

李思发(1938.4—)，江苏镇江人，上海海洋大学教授，博士生导师，国家级有突出贡献的中青年专家。1960年，毕业于上海水产学院；1979年至1981年，赴加拿大曼尼托巴大学、海洋渔业部淡水研究所担任访问学者。中国水产动物种质资源与种苗工程开拓者。曾任全国水产原良种审定委员会主任、国际水产养殖遗传研究网(INGA)指导委员会中国委员、世界自然保护联盟(IUCN)淡水鱼类组专家、国际科学基金会(IFS)顾问；*Aquaculture*，*Asian Fisheries Science*，*Journal of Aquaculture in the Tropics*，*Pertanika Journal of Tropical Agricultural Science* 等国际学术期刊编委；美洲水产学会终身会员、亚洲水产学会会员、New York 科学院会员。曾主持的主要项目有："中华绒螯蟹种质鉴定技术""尼罗罗非鱼选育""鱼类种质标准""团头鲂选育""团头鲂良种选育和开发利用"等。曾获国家科技进步奖二等奖2项、三等奖1项，农业部科技进步奖二等奖2项、三等奖1项，上海市科技进步奖一等奖2项、二等奖1项，世界养殖协会终身成就奖，全球养殖联盟终身成就奖等。国内外发表专著7部、译著1部，论文200余篇。制定中华人民共和国国家标准5项。

历时十五年选育"浦江一号"

潜心 15 年选育一个良种

团头鲂俗称武昌鱼,自古闻名遐迩,更因毛泽东同志"才饮长沙水,又食武昌鱼"的诗句而声名鹊起。这种鱼原产于长江中游的一些大中型湖泊,是中国重要养殖对象。武昌鱼味美价廉,是人民大众日常消费的水产佳品。

2000 年,武昌鱼家族添了一名新成员,这就是由李思发领衔的研究团队,历时 15 年刻苦攻关选育出的团头鲂"浦江一号"。农业部全国水产原良种审定委员会审定其为水产养殖良种,并经农业部审核公告全国推广;同年,上海市农委组织鉴定会认为,该项研究成果具有学术创新意义和实际应用价值,达到国际先进水平。

在年复一年的选育期间,实验结果证明,选育的团头鲂的经济性状指标逐代提高;到第六代,达到了生长快、个体大、体型好的预期目标。其中,生长速度这一指标比湖北淤泥湖原种提高了 30%。比如,在江浙地区一般池塘养育条件下,当年鱼 100 天可达 50 克至 60 克,次年平均日增重 3 克,150 天长到 500 克以上;在太湖地区的网围里,二龄鱼在国庆节前就可上市,受到养殖户和消费者的欢迎。为加速团头鲂"浦江

团头鲂"浦江1号"(照片)

1986年,李思发(中间)在上海池塘里选育团头鲂

一号"的推广,上海当时最大的鱼苗场望新水产良种场,从1994年以来作为团头鲂选育良种第四代、第五代及第六代的中试基地,每年生产团头鲂鱼苗3000万尾,供应给南北各地试用,证明该良种不仅亲鱼的产卵率和孵化率高,苗种的出塘率也高,生长速度尤为喜人。国家先后在上海松江和江苏常州滆湖建立了国家级团头鲂良种场,以满足全国各地的需要。自农业部于2000年公告"浦江一号"全国推广以来,各地要

求种苗者更是纷至沓来,应接不暇。2000 年左右,中国团头鲂年产量约 50 万吨,如果全部选用"浦江一号"养殖,按生长速度提高 20% 计,推算每年可增产 10 万吨,增加产值 10 亿元左右。

良种是产业的根基

种源是农业的命脉,良种是现代水产养殖业发展的关键。

李思发有一句名言:"一个良种,可以带动一个产业,创造显著的经济效益和社会效益,反之,则可能诱发一系列经济和社会问题。"他常常提到两个典型事例:一是新西兰从中国引种猕猴桃,经过科学选育,培育出了适合经济栽培、美味可口的良种 Hayward,如今从种子到食用猕猴桃,都占据了国际市场,成为新西兰支柱产业之一。由此,新西兰成了全世界最大的猕猴桃生产国,1970 年后在全世界掀起猕猴桃消费的浪潮,形成了年产量 100 万吨的国际化产业。而中国作为猕猴桃种质资源最为丰富的国家(全世界有 66 种猕猴桃,中国有 62 种),却不得不从新西兰引种,即使如此,也因品质、品牌等原因,售价远不如新西兰的进口产品。二是自古以来以海洋渔业闻名的挪威,从 20 世纪 80 年代成了养鱼大国,其养殖的三文鱼(学名叫大西洋鲑)风靡全球,包括中国。把这一野生的三文鱼变成家养对象的重要原因之一,是自 1975 年以来不断发展的科学育种不仅使它改变了洄游习性,能温顺地在房间般大小的网箱或水池里生长繁殖,而且其一年多就能长到原来需要二三年才能达到的 2—3 公斤的商品规格。挪威所养三文鱼中,有 70% 来自一个人工选育的良种。由于三文鱼的经济价值高,挪威 30 万吨三文鱼的年产值相当于中国 300 万吨鲢鳙鱼的年产值。

良种是水产业结构调整和持续发展的首要物质基础。中国水产养殖量已占全国水产品总产量的大头,但养殖业仍主要依赖于野生种和引进种。科学选育产生的新品种、新品系不多,致使生产上的良种覆盖率低。长期工作在教学、科研及生产第一线的李思发,痛感种苗问题一直困扰和制约着中国水产业的健康发展,他决心要选育出新品种,建立富有中国特色的水产种苗工程。同时,他最早提出了建设富有中国特

李思发在实验室

色的水产种苗工程的设想,亲自指导建成国家级水产原良种场 20 多个,建立了鱼类种质检测技术,制定国家标准 22 项。

拓展系统选育技术路线

由于水生生物良种选育的长期性、复杂性及艰苦性,许多研究人员对此望而却步;又因国家科研投资体制的限制,一个项目一般只能获得支持 5 年,而且支持力度不大;因此,长期以来,鱼类育种一直落后于农作物、家禽、家畜育种。经选育产生的鱼类良种寥寥可数。2000 年,全世界育成的水产良种(含品系)总共才 40 个左右,中国仅 10 多个,且大多为短平快的鲤、鲫杂交种。

比较传统的系统选育耗时较长。大多数鱼类性成熟需时 2—5 年,要选育出遗传稳定的良种,必须经 6—8 代才能奏效。在工作节奏不断加快、经济利益驱动日益强劲的今天,水产育种工作者对需要 20 年左右才能开花结果的系统选育失去了兴趣,纷纷转向短、平、快的育种方法,或者去外国引种。李思发认为,系统选育改良的经济性状遗传性能稳定,不易退化,而且没有基因污染等生物安全问题;他认为,现代生物技术育种必须同系统选育结合,才能完成繁育、形成有效群体、达到商业生产的要求,并确保生物多样性及人类健康安全。

但是,系统选育是比较复杂而艰苦的,它需要较多的养殖设施、较多的人工管理、较多的繁育操作、严密的实验设计记录和统计分析,以及较多的学科交叉等。为此,李思发投入了难以想象的心血。他在大江南北设置 3—5 个选育试验站。每年夏季,水温高,鱼儿日长夜大,正是苗种需要频繁地挑选、稀疏、分塘的时候,李思发带着助手,顶着骄阳酷暑在鱼塘里埋头苦干;冬天,是年终检查和新一年试验开始的时候,李思发和助手们要站在冰冷的水里,双手忍受着钻心刺骨的寒冷来拉网、捡鱼、分鱼、测量……几天下来,大家的手指都肿得像胡萝卜,而且腰酸背痛。李思发自己曾两次累得跌倒在鱼池里。而在学校的实验室里,研究人员则须同步进行各种数理学的、生物学的、遗传学的分析。

试想,对每代鱼来说,从鱼苗到性成熟亲鱼的 3 年里,以万分之四的强度进行选择,在每年繁育 100 对(防止近亲繁育的理想数量)亲鱼,每尾雌鱼产出 10 万粒卵的情况下,研究人员就要整整处理数百万鱼苗,摸过数十万尾鱼种,逐条选出数百尾亲鱼……工作量之巨可想而知。为了保证选育标准的一致性和观察比较的准确性,十多年来,从鱼种到亲鱼,每条鱼李思发都要亲自经手。该项目研究后期,他有了较多研究生协助,但也事必亲躬,不过手也得过目。

团头鲂"浦江一号"的研究工作跨越时空,先后得到农业部 1986 年重点项目、加拿大国际开发研究中心资助的国际合作项目(1986—1992年)、国际水产养殖遗传研究网合作项目(1997—2000 年)、上海市农委科技兴农重点攻关项目(1998—2000 年)的资助,李思发从心里感激给予其研究巨大支持的投资机构、他的国内外合作者和支持者、他的学生、他的家人。没有这些帮助,就不可能有"浦江一号"。千锤百炼终成硕果,李思发主持的"团头鲂'浦江 1 号'选育和推广应用"项目于 2002年获上海市科技进步奖一等奖,2004 年获国家科技进步奖二等奖。

坚定不移的科学信念,拼搏不息的献身精神,是优秀科技工作者必不可少的素质。为了培育出世界先进水平的鱼类良种,李思发和他的伙伴们历时 15 年,以万分之四的高强度,经过连续 6 代的系统选育,终于培育出了草食性的"浦江一号",为中国鱼类良种增添了一朵奇葩。

　　李思发总结出的把数量遗传学和生物技术相结合,先通过高强度的系统选育以改良经济性状,再借助生物技术予以稳定、纯化及标志的技术路线,不仅已为团头鲂"浦江1号"的成功所证实,而且也为罗非鱼选育的阶段性等成果所证明,是科学上既现实又可持续的,生物学和人类食品安全方面也确保可靠的,将发挥巨大的社会效益和经济效益。继"浦江1号"之后,李思发又系统选育成功了"新吉富"罗非鱼等水产经济动物良种。

2007年3月15日,李思发(中间)在海南鱼场同养殖户选育罗非鱼

李思发(右排左三)带领研究团队在选育团头鲂

李思发在办公室

李思发(左)在池塘里选育

　　21世纪,科技竞争越来越白热化。尤其是加入WTO后,种苗关乎中国农业,包括水产养殖业的持续发展问题,关系到能不能把饭碗牢牢端在自己手里这一中华民族生存的头等大事。2021年,习近平总书记在主持召开中央全面深化改革委员会第二十次会议时指出,必须把民族种业搞上去,把种源安全提升到关系国家安全的战略高度。号角催人奋进,任重道远。

　　李思发虽然已经退休,但是他所开拓的事业薪火相传,他为普罗大众育良种的科学精神生生不息,一个又一个继承人正在成为水产种质和育种研究的骨干,乃至领军人物。

感　悟

　　授人以鱼,一日有鱼;授人以渔,终身有鱼。

寄　语

　　事在人为,关键在为;干一行,爱一行,行行出状元。

（宁波）

周洪琪

周洪琪（1942.2—　），上海人，博士、硕士生导师，上海海洋大学教授。1964年7月，毕业于复旦大学生物系；1985年2月—1986年3月，美国宾夕法尼亚大学蒙尼尔化学感觉中心访问学者；1992年11月—1993年5月，澳大利亚北澳大学高级访问学者。主要研究水产动物营养与免疫、水产动物营养与物质代谢、水产动物营养与内分泌激素，研究水产饲料添加剂、名特优水产动物的营养需求及饲料标准，研究生物饵料的营养强化剂及营养强化技术。1998年，获国务院颁发的政府特殊津贴。被评为1997—1998年度上海市三八红旗手。1993年，获上海市教学成果奖二等奖。2001年，获上海市教学成果奖三等奖。

东海之畔　坚守真心

人生不同阶段都要认认真真做好，
用真心对学生，学生也会真心对你。

二十年沉淀，勤奋淳朴一心学术；远渡学成归，教书育人严格要求；简朴人生路，春风化雨润物无声。

勤奋淳朴钻学问

周洪琪出生于上海，从小在上海长大，1959 年进入复旦大学生物系就读。回忆起学生时代，她印象深刻。彼时的复旦大学保持着五年制的本科生学制，日常生活就是学习学习再学习，学习生活单纯而充实。在她看来，在大学之中广泛地学习不同方面的知识，能够提升综合知识素养。例如，在当时的课堂中，老师们常常会将生物学中米丘林和摩尔根两大学派的理论与观点同时传授，以期同学们集百家之所长，全面地学习专业中的知识。这样的知识传授方式让她记忆深刻。

虽然当时正逢困难时期，但是学校内的学习风气仍然十分良好，晚上上夜自修通常需要抢位子。在这样单纯的学习环境之中，周洪琪打下了坚实的学术基础——大学期间扎扎实实学习到的基础理论与实验操作，在 20 世纪 80 年代出国访学交流时仍记忆犹新、派上用场。

大学毕业后，周洪琪被分配至位于杨浦区军工路的上海水产学院（现上海海洋大学）任教，不久就与同事一起被派到奉贤的贫下中农家中劳动学习。两年后,"文革"开始,周洪琪的学术研究和学习被迫中断。"文革"结束后,她回到学校,重新开始教学工作。作为当时教研室中最年轻的教师,周洪琪主要负责实验课程教学。初次承担教学任务,她在教学之余,常常旁听其他教师的课程,努力学习如何把课讲好、讲得有意思。不久,学校安排年轻教师前往华中农业大学参加教育部组织的英语培训。培训考核难度高、标准严,尤其对于之前外语学习主要是俄语,并且已年近不惑的周洪琪来说是一项挑战。为了不辜负学校的期望与宝贵机会,周洪琪坚持了下来。每天 100 个单词,不停地学习、练习是那段时间的常态。六个月后,周洪琪顺利通过考核。

1985 年,周洪琪受邀前往美国宾夕法尼亚大学蒙尼尔化学感觉中心,成为一名访问学者。彼时前往欧美留学的中国学者,生活条件并不宽裕。在美国访学时,单位安排的科学实验要求将鱼的眼睛摘下后,在保证神经完整的情况下,分离眼球下的神经。这是一项艰难、极需耐心的工作,需要在溶液中一根一根地分离出纤细的神经。在紧张的学术任务安排下,周洪琪放弃午休,常常中午啃面包,只为抓紧时间做实验。在这样的情况下,她仍然克服了种种困难,专心钻研学术,很快便完成了各项任务与考核,让美国教授连连称赞。当时,这项实验在美国的技术已经十分成熟,然而国内却尚无人问津。周洪琪在访学期间刻苦勤奋的表现令美国相关领域的教授印象深刻,一度邀请她留在美国,然而周洪琪还是选择回到了中国。访学归来后,周洪琪将这项实验技术带回了国内,填补了相关领域的学术空白。

脚踏实地做研究

回国后,周洪琪转向水产养殖方面的研究。彼时,中国对虾因味道鲜美、肉质优良而深受市场追捧,但是由于国内养殖数量过多等原因,中国对虾爆发了疾病,产业受到重创。周洪琪带领 2 名学生开始了对此问题的探索。在校内育苗结束后,她带着 2 名学生前往养殖基地进行研究。养殖基地的水泥池很深,需要研究人员亲自下到池中观察,年近五十的周洪琪蹦跳下去跟学生一起学习,处理换水、饲料投喂等事宜。彼时条件艰苦,研究人员同养殖工人每天一起除了吃冬瓜还是吃冬瓜。就这样,她整个暑假都在酷暑中同学生一起潜心研究。

对于水产饲料来说,藻类是重要的食物来源,对于不同藻类的营养价值的研究在当时的相关领域尚处于空白。周洪琪带领 2 名研究生对此展开研究,并公开作学术报告。关心学生、重视培养人才的她,在大会上主动要求学生上台同自己一并展示汇报,给学生充分展现自己的机会。报告结束后,由于他们的研究成果具有相当价值,培养出来的产品营养价值高、培养成本低,部分企业主动来信询问相关事宜,希望能够将研究成果进行商业转化。

除此之外,由于年轻时期的学习经历,周洪琪相当重视通过多学科交叉来进行研究。拿到课题经费后,她主动联系在人体免疫相关方面颇有建树的上海免疫研究所进行合作研究。周洪琪与学生一起分工协作,养鱼、取样、解剖、取肝脏、测量体长体重……在周洪琪看来,自己一个人无法面面俱到地掌握所有知识,需要带领学生共同学习,"集百家之所长"。就这样,在上海免疫研究所研究人员的指导下,周洪琪与学生们掌握了相关重点技术,拓宽了对于鱼类研究的相关方法,相关技术提高了产品成活率,增强了水产动物的自身免疫能力。同时,免疫所的研究人员因为其技术通过合作研究在其他领域得到了发展,所以同样感到十分欣慰。

教书育人严标准

教师是最为重要的职业之一,因其承担着教书育人、传承思想的伟大重任。作为一名任教近四十年的大学教师,周洪琪认为,大学教师的特殊之处在于,大学教师不仅只是把经典的理论照本宣科地传授给学生,而是要不断学习新的内容进行充实,注重价值导向,关心学生全方面的发展,尤其要注意查资料、看资料。在她看来,只有不断地学习、充实自己,作为一名教师所讲述的知识、传授的智慧才有价值。同时,她认为,实验与理论同样重要。在讲授课程的同时,周洪琪与企业同样联系紧密,常常会将业界的最新动态及面临的新问题与学生们一同分享。

　　周洪琪十分重视人才培养,对于学生尤其关心。在她看来,读研究生的学生们都不容易,因此她会早早与学生交流确定选题,仔细研究学生的各项进展,提出意见、进行点评并反复修改,非常严格。她认为,写论文不是写流水账,要扎扎实实搞清楚、弄明白。有学生在论文中写到水产动物摄食成分对生长有什么影响,周洪琪提出修改意见:不同鱼类的相关生长技术方面的资料是什么;对于同一问题可能有不同的观点,观点是什么,要一一进行陈述;有哪些资料支持这个观点,你的观点是什么,有哪些资料支持。反复修改,授人以渔,让学生学会自己以后能够独立完成研究的本领,写论文的问题便迎刃而解。有的时候,学生实验做好了,结果周洪琪来检验发现不符合要求,数据出现偏差,放到论文中到答辩时不会通过,她便会直接要求学生重做。周洪琪实际上也很理解学生的处境,希望毕业论文赶快做好,做好以后能留点时间抓紧找工作,但她认为首先要保证学生毕业时的功夫到家。有学生抱怨她过于严格,她总是笑笑,标准却丝毫不减。她认为,把好严格的学术关口,才能真正让学生学到本领,这才是对学生大有裨益的方式。

　　时过境迁,多年后,周洪琪标准严格的教学方式让学生们印象深刻。周洪琪的学生至今仍然感念恩师,与她保持着紧密联系。回顾这六十年来在海大校园度过的岁月,周洪琪始终认为,简单淳朴做事,踏踏实实做人,是一名人民教师、人民科学家需要葆有的最为基础的理念。在她看来,"人生不同阶段都要认认真真做好,用真心对学生,学生也会真心对你"。

　　　　　　　　　　　　(2019级空间信息与数字技术专业　陈浚武)

周应祺

周应祺(1943.1—)，浙江定海人，中共党员，上海水产大学原校长、捕捞学教授、博士生导师，国家级有突出贡献中青年专家。1964年，上海水产学院工业捕鱼专业毕业后留校任教。1979年11月—1982年3月，赴英国白鱼局工业发展署电子实验室、动水槽训练中心、苏格兰阿伯丁海洋研究所等研究单位担任访问学者。曾任上海水产大学渔业学院院长、副校长。1996年11月—2004年6月，任上海水产大学校长。2005—2013年，任上海海洋大学中国渔业发展战略研究中心常务副主任。曾任教育部、农业部高等学校教学指导委员会水产学科组组长，国务院学位委员会第四、五届学科评议组成员，上海市教育评估院教育评估资深专家，中国水产学会副理事长，上海市水产学会理事长，中国渔业协会常务理事，亚洲水产学会第七至九届理事兼学术委员会主席，《水产学报》《上海水产大学学报》主编，*Fisheries Research*、*Environment Biology of Fish* 编审委员，水产科学名词审定委员会主任，全国科学技术名词审定委员会第六届全国委员会委员。长期从事渔具力学、鱼类行为学和渔业发展战略研究，开设渔具力学、鱼类行为学、渔业导论、专业英语等课程。1985年，筹建中国第一个捕捞航海模拟训练实验室。2001年，主编出版面向21世纪课程教材《渔具力学》；2010年10月，主编出版普通高等教育"十一五"国家级规划教材《渔业导论》；2011年，编写出版中国第一本《应用鱼类行为学》；参加编撰《水产词典》《英汉渔业词典》《中国农业百科全书：水产业卷》。1993年，被挪威政府聘为"'北斗号'渔业科学调查船"项目评估国际独立专家组成员。1992 年迄今，多次被联合国粮农组织聘为专家顾问。1992 年 10 月，获国务院政府特殊津贴。曾获国家级教学成果奖一等奖、二等奖，获全国优秀科技工作者、上海市优秀回国人员称号。2007 年，获亚洲水产学会杰出贡献银奖。2009 年，担任教育部颁布的海洋渔业科学与技术专业教育国家教育团队带头人。1996—2005 年，担任农业部第六、七届科学技术委员会委员；2000—2014 年，担任上海水产集团总公司远洋渔业专家咨询委员会第一至第三届主任；2002—2006 年，担任中国远洋渔业协会顾问。

博学勤思　会通文理

忆往昔，路漫漫，意气风发，深自砥砺，不辍，不辍。
看今朝，笑吟吟，岁月安然，云淡风轻，无愁，无愁。

注意涵养习惯　学习如鱼得水

好习惯影响人的一生。中小学时期是涵养好习惯的关键时期。在这方面，母亲对周应祺的成长起了很大作用。她不仅从小注意培养周应祺养成良好的习惯，还身体力行，通过自己的言行举止来潜移默化地影响他的日常行为规范。

20世纪50年代初，母亲在虹口区职工夜校教物理，学生都是工人和技术人员，虽然求知欲很强，但是基础却参差不齐。面对这种情况，周应祺的母亲没有怨天尤人，而是认认真真备课，研究教学方法，订阅各种参考资料，力求把深奥的知识讲得深入浅出。为了提高教学效果，她还邀爱人利用废弃材料帮着一起制作教具，以便更好地演示电流、电场等基本物理原理。周应祺的母亲对教学认真负责、一丝不苟，曾获得全国优秀教师称号，从而在周应祺幼小的心灵中塑造了很好的榜样。他不仅从母亲精心备课的过程中体会到踏实做事的态度，而且如法炮制，逐步学会了如何阅读、如何做笔记、如何做好计划来完成当天的学习任务，并从母亲制作的教具中体会到"废物"的价值。有人说，父母的一言一行是最好的老师。周应祺的很多学习习惯，就是从母亲那里一点一滴学来的。母亲的言传身教，使周应祺一生受益匪浅。

　　小学是人一生学习的重要基础阶段。回忆起曾经就读的小学,周应祺至今难抑感激之情,它激发了周应祺对自然万物的无限好奇。周应祺四岁时入读上海景林小学(1949年后改为公办昆山路小学)。这所小学的教师,大都是著名小提琴演奏家俞丽娜的亲属,他们一家人受教育救国思想影响而创办景林小学。俞丽娜的父亲是班主任兼语文和体育课教师,她母亲教历史,她姑姑—— 她父亲的姐姐是校长。景林小学的教学注重开放性和趣味性,对周应祺幼时的启蒙教育产生重要影响。如语文课和历史课,并不是让学生们死记硬背,而是努力通过有趣的故事将知识点传授给学生。在如此开明的教育环境中,周应祺的小学生活无忧无虑、十分快乐,培养了对事物的广泛兴趣和好奇心。正是在这个阶段,周应祺爱上了阅读,这使他终生受益。其中,有父母熏染的因素,但小学同伴的影响无疑举足轻重。在小学六年级时,周应祺和一位善于讲故事的同学经常交流阅读书目,比赛看谁读得书多。此后,每逢寒暑假,周应祺都会跑到图书馆借书看,一个假期可以看二三十本书。这段时间,周应祺读了高尔基、巴尔扎克、大仲马等著名作家的小说,还有中国的四大名著,这些中外名著为他打开了一扇智慧的窗户。这些著作优美的文笔、跌宕的情节、深刻的哲理、精到的修辞,进一步浓郁了周应祺对阅读的兴趣——越读越爱,越爱越读。

　　中学六年是一个承上启下地培养自学能力的关键时期。周应祺中学就读于虹口中学。在这个阶段,周应祺逐步体会到培养自学能力的重要性,包括如何学会从错误中学习,如何去自主拓展学习内容,如何通过学习小组等有效方法提高学习效率,等等。刚上中学时,周应祺经常犯粗心大意的毛病,动不动就做错题。这使周应祺的自尊心很受打击,他暗暗下决心要痛改前非,于是给自己立下一条规矩:兼顾速度和质量,学会审题和检查。即使对那些十分熟悉的题目,周应祺也会在做完时认真检查,尤其不放过那些看似简单的问题。以后接触了管理学,周应祺才知道当时懵懵懂懂摸索的这一过程,其实就是操作、检查、反馈、操作,是一套有效的质量控制步骤和程序。此外,每上一门课程,总感到老师教的意犹未尽,他会主动找些参考资料补充学习。这不仅加深了对知识点的认识,而且在潜移默化中令他养成了良好的自学能力。

上中学时,周应祺经常约同学一起做功课,还时不时为大家"答疑解惑"。通过学习小组"阅读—自学—讲解—讨论"的锻炼,周应祺发现自己对知识的理解更加深刻,也发现善于提问题对学习大有裨益。每当提出一个问题,随之就会冒出一个新问题,而且往往冒出来的新问题常常更有趣、更令人着迷。后来,随着年龄的增长和阅历的增加,周应祺才发现"善于问问题"是很多科学大家非常重要的科学思维。至今,周应祺在给学生上课时常常告诫学生,对一个新的知识点,要学会连问三个为什么。这对培养思维能力非常重要。

就读上海水产学院后,周应祺逐步意识到文理互通的重要性。他学的专业是工业捕鱼,系五年制工学专业,其中设有数学、物理、工程机械、力学、电学、电子学等基础课程,还有船舶、通讯仪器、渔具渔法等专业课程,以及海洋学、气象学、鱼类学、水生生物学、渔业经济等课程,涉及理、工、农、天、地、生、社会科学等多个学科,共38门课。通过大学学习,周应祺渐渐体会到仅仅学好一门专业课,并不能解决"专业"问题。比如工业捕鱼,实际上需要理、工、文等多学科知识。除了要掌握捕捞学知识,还要熟悉水文学、气候学、水生生物学、渔具渔法学、渔业法、海洋法等知识。没有多学科融合与文理交叉,很难在具体生产实践面前游刃有余。值得一说的是,哲学对人们如何看问题,如何辩证思考,如何解决问题,如何建构知识体系和思维方式非常重要。在大学任教以后,周应祺所开设的"渔具力学""应用鱼类行为学""渔业导论"等课程,都是多学科交叉的跨学科课程。因此,大学学习需要梳理这种学科交叉思想,它对培养科学的思维方式、建构合理的知识结构至关重要。

在大学里,周应祺非常喜欢物理课。通过巧妙设计实验,揭示一个物理现象的内在原理与规律可谓奥妙无穷。其中,如何使实验设计更简易、如何应用综合知识和创造性思考解释实验结果,令他无比痴迷。周应祺对数学也情有独钟。记得大一时,还有个小插曲。当时,班里有人认为高等数学对指导渔业实践用处不大,提出要教育改革,开设更有实践针对性的"应用数学"。然而,渔业生产实践却充分表明,数学对渔业生产不仅不可或缺,而且越来越重要。马克思说:"一种科学只有成功地运用数学时,才算达到真正完善的地步。"

学会手脑并用　重在锲而不舍

在报考大学时,周应祺最初憧憬的是无线电专业,他在高中时曾与两位同学共同完成全国中学生第一台印刷线路收音机。20世纪50年代,收音机线路要用电线手工焊接,将机座里纵横交错的电子元件和电子管连接起来。周应祺的父亲在无线电技术研究所工作,指导着这个课外小组的非金属电镀原理和技术。他们设计了平面电路板,制作了一台双三极电子管收音机。该作品参加了北京全国中学生科技成果展览会,还出版书籍宣传介绍,周应祺因此被评为上海市社会主义建设积极分子。由于这个原因,考大学时,周应祺报考了清华大学和中国科学技术大学的无线电专业与电子工程技术专业。虽然他的高考成绩近乎满分,但是在当时特殊的政治环境下,周应祺却迟迟未接到录取通知书。后来,还是所在中学的书记致函上海市教育部门推荐,周应祺才取得上海水产学院的录取通知书。一看所录取的专业有无线电课程,他便因缘巧合地来到这里,一待就是50多年。

在大学读书期间,周应祺依然坚持中小学时期养成的学习习惯:做好课前预习,积极思考;上课认真听讲,寻找答案;课后查阅参考书,整理读书笔记和学习心得;课余参加校文工团,担任手风琴手,为各种文艺节目伴奏。此外,周应祺还担任校大学生赛艇队队长,与队员们代表上海市高校队多次获得上海市冠军。面对紧张的学习和丰富的活动,学会计划是必要保障。周应祺每周会做一张时间表,将上午、下午和晚上都各分为两个时段,将学习、文工团活动、游泳和划船训练,包括课外阅读、学习打字等,一一列在一张表中。这样即使事情很多,也基本都能有条不紊地完成。得益于此,周应祺在大学五年(当时本科为五年制)里科科"全优"。因此,养成良好的学习习惯,远比获取知识本身更重要。

除了理论知识,实践能力也非常重要。周应祺的母亲经常用废旧材料制作教具,焕发了周应祺少时热衷动手的兴趣。在读小学和初中时,周应祺有幸得到两本有关废物利用和自制玩具的科普书,爱不释手,读了很多遍。例如,用 3 个啤酒瓶盖可以做一个刮鱼鳞工具,用一条旧自行车内胎将大门改装成自动弹簧门……只要开动脑筋,废物就可以变宝贝。周应祺利用废旧材料,制作了电动起重机、电吉他、立体照片观察箱和立体照相机;用废旧牙刷塑料压制模型小动物和飞机,制作无线电遥控汽车和前述印刷电路收音机。这种动手体验,使周应祺对所学知识有了更加深刻的认识。现在,他家里还有许多废旧材料等着"变废为宝"。可见,教育要培养"非常强的动手能力和设计创造能力"确实很有道理。

1961 年,著名数学家华罗庚在中国科学技术大学开学典礼上的讲话——《学·思·锲而不舍》——成为周应祺一生的座右铭。"锲而不舍"是指做学问、读书时一定要全身心投入,读书要从薄读到厚,再从厚读到薄。从薄到厚是不断添加注释、笔记,进行细节深化和丰富拓展的过程,而从厚到薄则是反过来将重点、要点进行提炼和规律总结的过程。这一过程需要"锲而不舍"的精神。在学习和工作中,周应祺一贯秉承这一原则,每隔一段时间就会对听课笔记进行反思小结、归纳整理、去粗取精。此外,每每碰到新情况、新问题、新现象,周应祺会坚持"连问三个为什么",这对周应祺的学习工作有很大帮助。

学习贵在基础扎实,日积月累。周应祺是改革开放后第一批国家公派到西方发达国家学习的人员,他于 1979 年 11 月 8 日从北京转赴英国学习。当时,赴西方学习要通过专业能力和外语水平考试。外语除考语法、阅读能力外,还要考听力和口语,且是科技英语。当时,从接到通知报名到参加考试只有十天时间复习。可是,由于"文革",大多数人业务荒废,更不要说英语了。得益于从小英语比较扎实,在第一轮考试中,周应祺有幸成为全国水产系统 3 名中榜者之一。可见,平时的点滴积累与长期努力,关键时刻就会发挥关键作用。因此,希望在校同学务必打好基础,注意平时积累,随时做好迎接新机遇的准备。

当时留学人员的思想很单纯,就是学成回来报效祖国。周应祺于 1979 年底出国,于 1982 年初回国。两年多学习期间,周应祺多次收到外方邀请和挽留,但他感到"肩负民族的希望",毅然决定按时回国。20 世纪 70 年代末,拨乱反正,百废待兴,向发达国家派遣留学生,寄托着全社会的殷切希望。很多人自发为留学生提供帮助，令人倍受感动。当时，练习英语听说资料匮乏，一些曾留学海外的老教师自愿给大家当"留声机"，将书上的内容一遍一遍读给大家听，还手把手教大家写作，不辞辛劳地修改文章。在将要赶往北京准备出发时，学校里海渔系、基础部、社科部等部门的老师都来为大家送行。在赴京的火车上，一位杂志社编辑得知他们要出国学习，主动留下联系方式，嘱咐学成回来后联系出版论文专著。到京后，周应祺一行搭乘火车赶往伦敦，在边境城市二连火车站换乘蒙古和苏联火车。大雪纷飞的半夜，就在火车即将离境之际，列车长和车站长带领所有工作人员排成两行，目送大家远行。站长说他们送了许多人到东欧学习，而这次是第一批去西方学科技的，言辞之间寄托着满满的希望。在寒风中，看到人们满怀期望的眼神，周应祺当时想：我是受国家支持而留学的，背负着民族的希望，我必须回来。

过好学生时代　打好一生基础

学生时代，要有意识地培养广泛的兴趣爱好。周应祺喜欢音乐，但儿童时期没机会学习，仅仅学过口琴等小乐器，称得上真正接触音乐是从初中偶然接触巴扬琴（手风琴）开始的。当时，父母鼓励周应祺："拉手风琴可以为群众伴奏，可以在集体活动中起一个推动者的作用。"这句话使周应祺体会到"众乐乐"的含义。到了大学，但凡举办文艺活动，周应祺都是从头至尾给大家伴奏。虽然演奏技巧并不高明，但是为大家伴奏的确为他带来无尽乐趣。

其实，在生活中不论做学生，还是从事何种职业，"好学"是一辈子的事业，"做到老，学到老"是一生的追求。如果哪天不"好学"了，说明真的老了，没有活力了。而"好学"源于"好奇"，有赖于从小培养的广泛兴趣爱好。周应祺认为，现在教育最应关注的是激发学生兴趣爱好。从教育角度来说，每个学生的特点和专长不同，教师有责任帮助学生挖掘潜力，为一生做好知识和能力准备。这些年，周应祺极力倡导人工智能鱼设计活动，就是想在这方面做些尝试，寓教于乐，激发学习热情和创造活力。

学生时代,参加体育运动非常重要。身体是一生的财富。如今,不少学生不喜欢体育运动,值得引起重视。中学时,周应祺曾参加虹口少年业余体校,还是虹口中学划船队队员,因此一进大学便加入赛艇队。当时,上海水产学院赛艇队最壮大时,有男女队员共 64 人。赛艇运动被称为"长距离的短跑",要求每个队员动作整齐一致,不能有任何超前或滞后,因此必须做到高度配合、协调一致,才能保证船体平衡、划桨节奏和快速前进。反之,船就容易摇摆、偏离航线。这项运动不仅丰富了大学生活、锻炼了体魄,还培养了团队精神,使同学们学会互相关怀、互相帮助。由于大家团结进取、吃苦耐劳、奋勇拼搏,赛艇队经常在省市和全国各种赛艇比赛中摘金夺银。或许受益于体育精神的滋养,赛艇队成员学习成绩优秀,工作后大都成为各个领域的骨干。为人熟知的国家体育总局原副局长张发强曾任赛艇队副队长,负责每次的体育锻炼和赛艇训练。如今,老队员们聚在一起时,依然无比怀念当时的生活。这是一段美好的人生记忆,为大学生活增添了一抹绚丽色彩。

大学是一个人学生时代的重要时期。除了上面讲到的,周应祺觉得大学生活需要注意以下方面:一是夯实基础。首先是搞好大学学习。大学里所学的很多都是基本知识原理、思维方式和实践方法,是一生事业的基础,这也是很多世界著名大学都非常重视本科教育的原因。"万丈高楼平地起",只有打好基础,一生事业才有保障。其次,要文理兼容、触类旁通。无论数理化,还是文史哲;无论中国上下五千年,还是世界上下五千年,都需要了解,培养自己广博的视野。这不仅有助于增长见识,在解决新问题时触类旁通、游刃有余,更有助于培养理性、科学的思维方式。

二是独立思考。同一件事情,一般人只会看到表面,善于思考的人则能看到问题的本质。只有学会"独立思考",一个人才会有自己的思想,才会有所创新。人们常说大学是民族的脊梁,就是因为大学能出思想,引领社会发展。除了大学在办学过程中需要重视和培养独立思考的能力,提供独立思考的空间和氛围,各位教师也要有意识地去激发学生独立思考的能力,需要各位学生有意识地养成独立思考的习惯。

三是文理交叉。在工作中,常有个别人只查专业资料,对其他方面不感兴趣。好的方面是,如此会走向"高精尖",使学科向深度发展,但问题是缺少学科交叉和渗透,创新活力难免相对不足。现在提倡团队合作,团队里几个不同专业或学科的人走到一起,就容易催生出一些新思想、新方法、新知识。实践表明,解决实际问题不仅仅需要理工科知识,也需要文史地知识。从人才成长规律角度讲,学点文科知识可以开阔思维,学点理工科知识可以增强逻辑思维能力。大学是培养人的所在,促进人的全面发展是大学教育的根本使命。美国杜克大学最近一项本科教学改革举措就是请三到四位教授同台上课,以体现多学科渗透理念。周应祺在大学里组织开设的"渔业导论"也是一门综合性课程,涉及流动经济、资源经济学、生物学经济、环境海洋学科、工程学科、信息学科等知识。该课程除了基本渔业知识外,还涉及什么是可持续发展、人类社会发展的经验教训等人文论题。大学之"大",就是体现为思维要大,不能局限于某一专业。

感 悟

学校教育应该从以教师为中心的教学转到以学生为中心的学习,激发学生的学习兴趣和求知欲望,注重学生的个性和特长发展。

寄 语

学生是学习活动的主体和决定者,是学习活动的中心,要学会阅读,学会自学,学会提问题和解决问题。

(2014 级朝鲜语专业胡佳 2014 年工商管理(食品经济管理)专业闵思聪)

王武

王武（1941.2—2016.2），江苏太仓人，中共党员，教授，博士生导师。1963年8月，毕业于上海水产学院养殖系淡水养殖专业，留校任教，历任教研室副主任、系副主任、系主任、国家级重点学科水产养殖学科带头人等职。主要研究方向：集约化水产养殖的环境控制、特种水产生物学与养殖技术研究。曾获全国农林科技推广先进个人、上海市劳动模范、上海市菜篮子十佳科技功臣、上海市优秀教育工作者等；1992年，获国务院政府特殊津贴；2005年，获农业部全国农业科技入户先进科技入员；2006年，被评为上海市教学名师；2007年，被评为全国农业科技推广标兵；2007年，获全国优秀教师称号；2008年，获首届全国兴渔富民十大新闻人物；2009年，获农业部新中国成立60周年"三农"模范人物；2010年，获全国优秀科技工作者；曾先后获国家科技进步奖二等奖2次、国家星火计划二等奖、上海市科技进步奖一等奖2次及二等奖等奖项。

我心归处　在水一方

　　王武是位地地道道的水产科学家，一位从内而外都散发着"渔味"的教授，一位上大学时就立志要改变中国"一穷二白"面貌的青年，一位将一生都奉献给中国水产养殖事业的功臣，一位在江河湖泊中传经送宝的科技使者……谈到水产养殖，没有人不知道王武；说到养殖技术的门门道道，没有人不叹服王武。他对水产事业感情深厚，把论文写在祖国的江河湖泊上，为养殖户答疑解惑、雪中送炭。王武不辞辛劳，用自己的执着与坚韧践行了他报效祖国、服务人民、造福水养的初心。

挚爱水养　贡献一生

　　只要谈到鱼，王武就会滔滔不绝。他说自己有幸成长在毛主席时代，在年轻时就立志要为改变中国"一穷二白"的面貌，将自己的青春年华奉献给祖国的水产养殖事业。王武热爱水产养殖业，对渔业、渔村和渔民有着深厚感情。他为解决中国人"吃鱼难""吃蟹难"做出了重要贡献。

　　当有人问对水产哪来那么大热情？王武经常回答说："首先，感情是第一位的。对水产有了感情，那就有了思想上的冲劲，就会主动积极地工作，再苦再累，也感到值得。第二，要有科学的决策。我研究的题目是养殖生产的关键问题。到生产第一线去，了解生产的全过程，了解生产的脉搏，了解渔民的疾苦，才能选准科研题目，你的研究工作才能得到渔民和当地技术人员的支持。也就是说，你研究目的首先不是为了写论文，而是要解决生产问题。因此我参加和主持的科研项目鉴定会成为推广会。而单纯为了写论文目的的科研项目，鉴定会往往就是'谢幕会'。第三，要通过辛勤的劳动。项目的完成离不开辛勤的劳动，每次进行研究都免不了出大力，花大量的时间进行艰苦的工作。第四才是机遇。机遇是一种资源，而且是不可再生的资源。机遇总会给予事先准备好的人们。"

从渔区中来 到渔区中去

王武认为："要当好先生，首先要当好学生。"广大渔民在实践过程中创造了大量有效的技术和经验，要放下架子，甘当小学生，虚心向渔民学习。王武年轻时如此，现在还是如此。自 2005 年起，王武担任农业部渔业科技入户示范工程首席专家，督导全国 18 个渔业科技示范县。他每年约有 150 天时间奔忙于生产第一线，到池塘边了解示范户的生产情况，询问有什么问题。他说："渔区第一线调研是我业务学习最好的地方，不仅使我了解当地渔业生产的脉搏，了解他们技术上的困难，加强科技服务的针对性，而且在他们身上学到了不少好的经验，需要我们去发现、去探索、去提高。"

人民群众的创造力是无限的。有一次，王武在辽宁盘山县入户调查时发现，农民搞的稻田养蟹很有特色：养蟹稻田的水稻一般不会减产，这可是一个好苗子。王武从专业角度出发进行总结提炼，认为这种工艺简单地冠以"稻田养蟹""蟹田种稻"都不妥，而应称为"稻田种养新技术"。他和当地技术人员一起研究试验，总结出以"大垄双行、早放精养、种养结合、稻蟹双赢"为核心的稻田种养新技术，简称"盘山模式"。其中，水稻增产量 5%—17%，增效 30%；稻田河蟹净收入 600—1200 元/亩；综合效益比实施前增收 194%。王武提出：水稻＋水产＝粮食安全＋食品安全＋生态安全＋农民增收＋企业增效，即"1＋1＝5"的全新概念。该项技术在辽宁推广 130 万亩,并开始在宁夏、吉林、黑龙江、河南、河北等水稻种植区推广。2008 年,王武亲自到宁夏推广稻田种养新技术;2009 年,以 1000 亩稻田作试点,取得显著成效;2010 年,成果发展到 5.1 万亩;2011 年,又迅速推广到 9.2 万亩。当地农业部门领导称这项技术为"农村先进生产力的代表"。其后,王武陆续总结出"高淳模式""宝应模式""普陀模式""乳山模式""安庆模式""临湖模式"等养殖模式,这对推广生态养殖新技术,确保水产品质量安全,促进渔民增产增收发挥了重要作用。

王武从青年时代就扎根基层,从渔民群众中吸收营养。1964 年起,他曾在无锡郊区河埒乡驻守 11 年。其间,他总结出池塘养殖高产技术,建立起中国第一个池塘养鱼技术体系——太湖流域池塘养鱼高产技术体系。20 世纪 80 年代起,他在上海崇明陈家镇、新河垦区盐碱地池塘蹲点 8 年,走遍了崇明岛的每一个养殖场,举办了无数次培训班。根据盐碱地池塘特点,王武在改善盐碱地水质的同时调整养殖模式,建立了一整套适合崇明养殖特点的大面积高产技术,3 年就让崇明的池塘养鱼走上科学养鱼的轨道,为解决上海市"吃鱼难"做出了贡献。

1983 年,王武(前排左二)在崇明陈家镇第一养殖场蹲点解决上海"吃鱼难"

通过社会实践和锻炼,王武在大量的教学、科研和推广活动中增长了对鱼的感情、对渔民的感情、对渔区的感情,培养了高度的事业感和责任心。他感到水产养殖这一行业在为人民解决"吃鱼难""吃蟹难"问题上,在农民脱贫致富奔小康的过程中,可以发挥重要作用。与鱼蟹"谈恋爱",其乐无穷!他为把自己的一生奉献给祖国的水产养殖事业而感到光荣和自豪。

把论文写在江海上 将成果留在渔民家

王武常说:"现在全国都在支援农业,我们要全心全意地为渔民服务!"王武每年有 5 个月在渔区第一线,各地渔业技术人员希望得到他的指导。渔业科技示范户把王武当成"智多星",他深受各地渔民的欢迎。

2005 年,王武接受农业部的聘任,担任全国渔业科技入户示范工程首席专家,负责全国重点渔业示范县的组织管理和技术督导工作。2007 年,该工程已扩展到全国 14 个省、18 个渔业重点县。王武以满腔热情、高度的责任感为渔区养殖示范户开展技术培训,提出合理化建议,督促检查实施情况,使渔业科技示范县的科技入户工作名列前茅,得到农业部好评。他连续两年被农业部评为全国农业科技推广标兵。王武提出并倡导的河蟹生态养殖技术,以无污染和生态养殖为核心,改变了传统河蟹养殖模式。该模式在安徽取得极大成功,被农业部称为"当涂"模式,并在全国推广。

2005—2010 年,王武发表的论文少了,但他撰写的有关实施方案、计划、建议、总结、体会等,每年都有 15 篇以上(10 万字以上)。他亲自编发渔业科技入户简报共 200 多期(每期 4—6 篇报道),平均每周 1 期。简报强调突出渔业第一线的技术指导员、科技示范户的工作和状态,对一些特色、亮点和问题,他撰写编者按,为各渔业示范县沟通信息、交流工作经验提供了平台,得到各示范县的欢迎和农业部主管部门的好评。王武认为,这就是"把论文写在祖国的江河湖海上,把技术送到农民家"的实际行动。

2005—2010 年,王武主持的全国渔业科技入户示范工程,累计覆

王武为养殖户答疑解惑

盖 73 个渔业示范县(区),指导渔业科技示范户共 2.98 万户,示范水面 126.31 万亩,累计带动养殖户共 59.89 万户,带动养殖水面共 910.95 万亩。通过渔业示范工程的实施,累计增效 54 亿元,平均每县节本增效 7400 万元,比农业科技入户示范工程平均数(增效 2500 万元)提高近 2 倍。养殖户 3 年平均增效超过部规定 10% 的标准。其中,示范户比前 3 年平均增收 14.6%;带动户比前 3 年平均增收 11.1%。示范户每亩平均增收 268.3 元/年,每户平均增收 8105 元/年。

看到养殖户收获的喜悦,是王武最大的快乐。他感到农村脱贫致富需要水产养殖业,农民需要水产养殖新技术。王武为能参加这一工作而感到光荣、感到自豪,他说:"尽管下乡工作较劳累,但能为农村、为农民做一些实事,值!"

潜心教学　厚德载物

王武热爱水产教育事业,热爱水产学科专业,热爱所有学生。丰富的实践经验和深厚的学术积累,使王武在教学上得心应手、游刃有余。课堂上,他因材施教,教学内容新颖,教学手段先进,专业信息量大,有针对性地突出课程重点和难点,并向学生介绍国内外最新研究成果。

他的教学内容贴近生产实际,采用启发式教学方法,每节课都有一个个真实的故事,一段段生产上的经验或教训,令人难忘。学生说:"王老师上课,真是全身心投入,精神高度兴奋,声音洪亮,语调抑扬顿挫,语言生动风趣。"王武要求学生达到四点要求:感情——要求每一个学生和教师首先培养与水产养殖的感情,在与鱼、虾、蟹"交朋友"的过程中,培养强烈的事业感和责任心。干劲——刻苦钻研业务,乐观向上、风风火火地工作。精神——敢于实践、敢于创新、敢于突破。心诚——真心诚意待人,发扬团队精神,为一个共同目标,志同道合,共同奋斗。

王武在上课

王武认为,既要培养学生的科学精神和创新思维,又要以实践环节为切入点,提高学生的动手能力。他主持了"水产养殖专业(本科)人才培养方案及教学内容和课程改革的研究与实践"项目(1996—2000年),重新编制教学计划,增加新内容,精简学时数,改革教学方法。他带头从自己主讲的课程入手,主编了全国通用教材《鱼类增养殖学》。该书突破了传统学科壁垒,重组鱼类增养殖的完整体系,首次将所有经济鱼类养殖的教材合而为一,建立起鱼类增养殖学科的新体系。同时,王武创建了"3＋X"生产实习模式,改变了以生产为中心的"粗放型"实习方式,代之以学生学习、实践、思考、研究、创新为中心的"集约式"实习;将实践性环节作为培养学生"素质—知识—能力"的结合点,培养学生主动思考的能力。2001 年,该教改项目获得上海市教学成果奖三等奖;作为上海市普通高校"九五"重点教材的《鱼类增养殖学》于 2004 年获上海市优秀教材奖三等奖;2006 年,由他主持的"鱼类增养殖学"课程被评为上海市精品课程,并于 2008 年被评为国家级精品课程。

王武"能说、会干"的风格形成了一股人格魅力,影响、感染和鼓舞了一大批学生。他不但在本科生、硕士生、博士生和青年教师中有很高的威望,而且在渔业科技推广中做出了不菲成绩。

洋林河畔鱼蟹情　勤朴忠实水大人

王武的故乡在太仓,他在通长江的洋林河畔(上游就是阳澄湖)长大,从小与鱼、蟹打交道,6 岁就用塘鳢鱼笼抓塘鳢鱼。上大学后,陆桂教授、谭玉钧教授的言传身教对他影响颇深。他们都长年累月战斗在渔区第一线,为当地渔民解决生产中的困难,深受渔民欢迎。老一辈"海大人"的学风和作风就是"勤朴忠实",就是"爱岗、敬业、求实、创新",就是强劲的事业感和工作的责任心。此外,在渔区参加养殖生产的过程,进一步增强了王武的事业感和责任心。如在渔区蹲点时,他发现池塘时不时发生缺氧泛池事故。泛池就是池塘里的鱼因缺氧,基本上全部窒息死亡。所谓"一片白、一忽穷",泛池带给渔民全家的痛苦难以形容。这激发王武去研究如何控制池塘水质,如何预测鱼类浮头,如何合理利用增氧机。当时,王武研究增氧机的条件很差,生活条件艰苦不说,实验条件方面没有测氧仪,全是用水化学方法连续测定 8 小时、72 小时(每 2 小时测定一次)。王武 3 年中连续测定了 6000 多个溶解氧数据,终于摸清了水质变化的规律,提出了著名的增氧机几开几不开原则,并推广到全国。这一套开机方法至今还在生产上广泛应用。面对所有的艰难困苦,是对水产养殖的事业感和责任心支撑着他走下来的。

"我感到,我在海大学到最宝贵的东西首先不是技术,而是事业感和责任心。我学到的就是'勤朴忠实'校风。具体一些,就是老水大的'爱岗、敬业、实干、创新'的光荣传统。我之所以取得的一些成绩,归功

1975 年,王武(右一)在无锡河埒口实验室蹲点研究池塘溶氧变化规律

于党的培养,归功于老师和同事们的教育和帮助,归功于老水院、老水大的学风和工作作风。"王武深有感触地说:"骆肇荛老校长 98 岁还在搞加工,我的恩师谭玉钧教授 85 岁还在搞养殖,乐美龙先生 79 岁还在搞海洋渔业;我的一些老同事,如伍汉霖教授、臧维玲教授、马家海教授、朱学宝教授、钟为国教授等,尽管他们已经退休了,但是他们还是活跃在水产养殖教学、科研第一线。他们关心学校的发展,经常为学校献计策。他们不是为了钱工作,搞水产是一种终身爱好,成为一种精神支柱和寄托。我们学校一大批老教授至今上班还是十分准时,工作还是十分勤奋,思路还是十分超前和清晰。与他们相比,我还是'小阿弟'。我现在还在岗位上,我更有义务、有责任继承和发扬老水大的优良传统,并将这一光荣传统一代又一代地传下去,以报答学校对我的培养。"

王武从 17 岁进上海水产学院,为水产事业辛勤耕耘了一生。他说是党将曾经不懂事的"王小弟"培养成有用之材,一切归功于学校的教育和培养。"党和学校长期的培养,构成了我'三个一生'的为人宗旨:

王武(右)在全国河蟹大赛上展示"蟹后"

我要把自己的一生献给祖国的水产养殖事业,把一生献给培养我的母校,把一生献给亲爱的党。"无论是谁听到这样一番话,都会在心底涌出一股暖流,溢出一缕感动,升腾出一份敬佩。从王武身上,我们可以学习的东西太多,甚至这些东西能成为吾辈一生都受用不完的财富!

感　悟

　　眼界决定境界,思路决定出路,作为决定地位,细节决定成败,脑袋决定口袋。

寄　语

　　成功 = 热爱 + 科学的决策 + 辛勤的劳动 + 机遇。

（王雅云　邓红）

陈天及

陈天及(1946.9—)，中共党员。1982年5月，西安交通大学制冷与低温工程专业硕士研究生毕业，获硕士学位。1993年9月—1994年3月，担任俄罗斯莫斯科鲍曼科学技术大学动力工程系制冷及压缩机专业高级访问学者。曾任天津商学院(现天津商业大学)教授、制冷工程系主任、博士研究生导师，上海海洋大学(原上海水产大学)教授、制冷空调系主任、食品学院副院长，上海市制冷空调行业协会理事，中国水产学会渔业制冷专业委员会主任委员等职。1993年，获原国内贸易部"有突出贡献的科学技术管理专家"称号。长期从事制冷与食品冷冻冷藏专业的教学科研与管理工作，在制冷装置开发及性能提高和食品冷冻工艺过程传热传质效率提高的研究中做出较大成绩，曾主持或承担国家及省部级科研项目8项，获国家科技进步奖二等奖1项、省部级科技成果奖2项，发表论文82篇，主编专著2部。

复兮旦兮　兴我中华

2021 年 8 月 15 日,陈天及(中)与采访学生戴宗瑞(左)、吴嘉雯(右)

力学力耕　勤惰自知

生于上海,长于上海,从小刻苦认真的陈天及在青年时便以优异成绩考入上海市复兴中学。

谈起幼年时的梦想,陈天及其实更向往成为身披白大褂,奋斗在救死扶伤第一线的医生。然而,事与愿违,由于晕血症,陈天及不得不放弃年幼时的梦想。

高中毕业后,陈天及考入西安交通大学动力机械系学习。在选择专业时,陈天及在导师建议下选择了制冷与低温工程专业。也许是机缘巧合,也许是冥冥中的安排,制冷与低温工程就这么与他相遇了。也是从这时起,陈天及开始书写自己在制冷冷冻学术领域的科研篇章。

大学毕业后,陈天及被分配到宁夏自治区中卫农牧机械厂——一个生产拖拉机和农具的机械厂,成为一名普通工人。说到这里,陈天及仿佛早已预料到笔者不可思议的目光,抬起头笑着对我们说:"没想到吧!别看我当时和你们现在一样大,我可是在车间里干过大活哩!我当时主要的工作就是对整个厂子里的设备进行维护保养,修修这个机器,处理处理那个机器。可别以为没啥工作量啊,那厂子大,设备多,每天工作十几个小时可辛苦了!"说到这,他打趣道:"其实我还炼过钢铁呢!不过后来就因为专业能力过硬且工作能力突出的原因,成为了技术人员,我可是真正地把大学的知识应用到了工厂中嘞!"

英国作家史迈尔之于艰苦奋斗曾说过:"对微小事物的仔细观察,就是事业、艺术、科学及生命各方面的成功秘诀。"面对工厂中严苛的工作条件及琐碎的工作事务,陈天及选择认真对待,一丝不苟地处理每件事情。诚所谓细节在于观察,成功在于积累。陈天及凭借着自己过硬的专业知识,在9年的工厂生活中不断自我沉淀,积累机械工程的实践经验,这也为他后来继续从事制冷工程领域的研究提供了非常大的帮助。

新蝉终夜叫,嘒嘒隔溪濆。在研究生考试恢复的那个盛夏,对于学术领域数十年来的渴望催使陈天及第一时间回到高校。凭借着这份对任何事情都十分认真的态度,陈天及顺利地回到西安交通大学深造,继续自己的学术生涯。

踌躇满志　潜精研思

从西安交通大学到天津商学院,再到上海水产大学(今上海海洋大学），陈天及的科研之路从未停歇。几十年来，他一直致力于从事制冷压缩机、冷藏陈列柜性能方面的提升研究。至今，他共发表专业论文120 篇，其中包括期刊论文 91 篇，被引用数量可谓数不胜数。通过日雕月琢地对专业领域的研究和分析，他为中国制冷专业的建设提供了很多新想法、新路线。

过去，食品冷藏冷冻保鲜技术是一项难题与挑战。当时，大部分菜品被农民从田里采摘出来后，因得不到及时冷冻而腐烂变质，并且即使对这些菜品进行冷冻，菜品也容易发黄，卖相不佳。为了破解这一难题，陈天及在由刘少奇之女负责的国家级课题"生鲜食品物流冷链系统关键技术及综合示范工程"中，负责对子课题"蔬菜产地预冷后再包装"的研究。为攻克当时国内尚未突破的技术难题，他带领中日食品流通开发委员会日本访问团前往当时在该领域较为先进的日本进行交流学习，并就日本相关科技现状撰写了《日本蔬菜预冷技术的发展与现状》。归国后，陈天及马不停蹄地针对日本当时的技术进行改良，开发出新型的蔬菜预冷技术，即利用低温处理方法，将采摘后蔬菜的温度迅速降到工艺要求温度，以达到蔬菜保鲜的目的。预冷技术可以降低蔬菜被采摘后的菜体内部的新陈代谢速度，从而延长蔬菜的贮藏期。这项技术对保持蔬菜的品质及延缓成熟衰老进程有着重要作用，强有力地解决了蔬菜菜品冷藏保鲜的一大难题。

除此之外，陈天及对在那个年代国内还未涉足的冰温冷冻技术进行研究并获得了不菲的成果。所谓冰温，是指 0 摄氏度以下，冰点以上的温度。冰温保鲜技术是继冷藏、冷冻外的第三种新型保鲜技术。长期经验表明，冷藏技术由于其温度原因，食品还是会腐败，而冷冻技术的超低温会导致食品的部分细胞死亡，在解冻时会有组织液流失，从而丧失食品的原始风味。冰温技术则可以有效地抑制果蔬、肉类的新陈代谢，使之保持长期的风味、鲜度、色香味等。由于影响食品冰温的主要因素是食品中各种成分的浓度等复杂事项，陈天及带领博士生对此展开研究。针对世界范围内食用频率较高的数十种鱼类，陈天及与他的团队对于存在实现可能性的温度耐心地逐一实验。他们先将目标鱼类进行冷冻，再通过全球快递往复发送寄回团队的方法得到实验数据。

正如伏尔泰曾说："坚持意志伟大的事业需要始终不渝的精神。"凭借着对于冰温冷冻学术的爱好与执着的精神，陈天及与他的团队发表的论文《我国渔业制冷发展现状与展望》在日后对现代冰箱的冷冻性能的改善提供了很大帮助。可以说，现如今家用冰箱中三档甚至四档的冷藏冰温冷冻及温度可调节功能，可以归功于当时陈教授与其他同科研方向教授们的努力和智慧。

教书育人　爱岗敬业

"十多年前，我校制冷专业曾一度出现人员稀缺、教学工作量大的状况。有的时候，一名教师一年需要承担8门课程。"陈天及面带微笑，娓娓而谈："力不从心是一定有的，毕竟工作量很大。但是我真的很热爱这个专业，更热爱教师这个职业。站在自己喜欢的岗位上，从事着自己热爱的专业工作，本身就是一种很大的快乐。教师的职责原本就是教书育人，为了培养好下一代，再苦再累都是值得的。"

从事制冷专业科研教学数十载，制冷行业已经变成了陈天及人生中难以割舍的一部分。爱岗敬业已然是烙印在陈天及心底里的东西。虽然已年过古稀，但是陈天及的双眸中依然透露着老一辈专家对学术的热爱与执著。

师者，所以传道授业解惑也。陈天及认为，授之以鱼，不如授之以渔。相较于直接传达理论性知识，他更看重对学生独立自主完成实验项目能力方面的培养。凡是出自陈天及之手的研究生，一定是一名专业理论与研究课题能够做到完美结合的综合型人才。一名陈天及培养的博士生直言："我以前在校外进行专业实验时，从实验方案的设计、指导到最后的实验操作，几乎全都是我一个人动手设计完成。陈天及教授只在关键的时候对我进行辅导与意见评估。当时的我，非常不理解为什么教授不愿意为我提供更多的帮助，但是现在我具备的比同龄人更强的专业素质其实就提供了答案。"

这样的培养模式最终决定了陈天及所培养的学生，动手能力强，且具有过人的自主思维能力。毕业后，上面这位博士也顺利进入香港百年制冷集团,并迅速成为技术总工程师。

有人说,教师的使命在于挖掘学生的闪光点,并使之熠熠生辉。陈天及就是一位这样的老师。他对待学生就如亲生父母对待自己的孩子一般,严厉中透露着亲和,看似对孩子毫不在意,眼里却都是孩子。

一直以来,陈天及都以学生的素质成长为育人核心。在教学中,无论是研究生还是本专科生,他都一视同仁,做到严格要求、率先垂范,对同学们提出的每一个问题都耐心解答。特别是在指导本科生的毕业论文设计时,对个别不能认真按时完成论文的学生,陈天及并不任其自暴自弃,反而晓之以理、动之以情,在一次次的单独约见中,督促学生保质按时地完成设计任务、顺利毕业。

陈天及关注每一个细节,欣赏每一个学生,并且对学生负责。为了更好地展现其任教的"制冷压缩机"这门实践复杂度非常高的课程,已然知命之年的他经常将几十斤重的压缩机零部件从专业实验楼搬到教室,详细地讲解其部件结构,只为让学生能够更加直观地理解课程内容。

十年树木,百年树人。如今,陈天及已退休多年,为学生上课的故事也已成为校园里的美谈轶事,但他慈祥、慎思笃行的品格与个人魅力,早已渗透到他的一言一行之中。

复兮旦兮　兴我中华

旦复旦兮,荏苒三十载,陈天及的岁月与东海之滨的明珠早已融为一个整体。他见证了上海海洋大学改革、发展和奋进的历史进程。如今,他执教多年的制冷专业早已从无到有,在食品学院建成了专业的制冷实验室,而制冷专业与学校整体教学体系的完善,也让无数如陈天及这样的学术追梦人感受到了自豪与荣耀。

"复兮旦兮,兴我中华,你们听过这句话吗?"在笔者告辞之前,那个因上了年纪而怠缓的声音中竟然透露出了一丝惊叹,"这其实是我小时候就读的复兴高中名字蕴含的美好夙愿,在日月光华之中,想不到竟也成就了如今的我"。

　　在陈天及眼中，每一个海大学子都是最可爱、最有潜力的"复兴"之子，他们在巨人的肩膀上赓续中国的红色血脉。同时，他们也必将通过自己的努力，实现属于上海海洋大学的复兴，以及中华民族的伟大复兴。

（2019 级信息管理与信息系统专业　戴宗瑞　吴嘉雯）

张相国

张相国(1947.8—)，朝鲜族，东北吉林人，上海水产大学（上海海洋大学前身）经济管理学院原院长。1982 年至 1985 年，被借调到世界银行中国农业教育、科研贷款项目办公室工作；1985 年至 1987 年，在英国 Cranfield 大学攻读硕士研究生，并获得计算机在管理系统中应用专业硕士学位；1993 年至 1994年，在挪威经济与工商管理学院担任高级访问学者；1996 年至 1997 年，担任韩国丽水大学客座教授。主要研究方向：渔业经济管理、资源经济学、渔业生物经济分析、区域经济等。

好学而不辍　博学而笃志

机会总是留给那些有准备的人。
——张相国

聚萤积雪　志存高远

张相国于 1947 年 8 月出生在吉林省一个偏僻山村的农民家庭,在家乡一所只有四十多名学生和两位教师的民族学校完成了小学教育,毕业时以优异成绩考入县城中学住读,成为全村第一位中学生。到了初中二年级,张相国转到汉族中学读书。由于母语是朝鲜语,他当时基本上没有学习过汉语。语言都不熟悉,如何能好好学习。经过了一段艰苦的过程,他最后还是战胜了困难,掌握了汉语。1964 年,他以优异成绩从大连第六中学毕业,考入上海水产学院(上海海洋大学前身)海洋渔业系海洋捕捞专业,学制五年。

20 世纪 60 年代,大部分学校都是教授俄语。张相国在中学时期学的外语是俄语,进入大学后的一年级外语课程学的是俄语中级班。一年后,根据学校统一安排,升入大学二年级的张相国被编入英语初级班,开始学习英语。然而,在学习 2 个月英语之后,"文革"开始了。课堂教学活动的停止,并没有浇灭张相国求知的热情,他继续在自学的道路上踽踽前行。

尽管停止了上课,但是老教授们依旧待在办公室里,学校图书馆的大门也仍然开着。对张相国来说,这依然是个很好的学习机会。当时,学校外语教研组的专职外语教师中，多数是俄语教师，英语教师很少，但是有不少专业教师的英语基础很好，他们给予了张相国很多帮助，如物理教研组徐迓亭老师、航海教研组沈毅老师等。后来，张相国发现，学校图书馆有一套三册的最早版本的英语教材 *Essential English*，但没有中文注释，只有英文字。因该套教材是图书馆的孤本，只能在资料室阅读，不能外借，所以张相国就利用在阅览室阅览期间，一字一笔地誊抄了整套书，供业余和寒暑假期间学习。

再后来，张相国也学习了日语和法语，日语是通过上海市广播教学频道学习，而法语则是在上海外国语大学出国人员培训中心学习，且经考试合格。在那个资源匮乏的年代，学习语言是很艰苦的。在大多数自学的时间里，张相国只能不断地背诵词典词汇。因此，他认为，实际上也没有什么秘诀，学习还是靠毅力和坚持。对每个人来讲，时间实际上都是平等的。当然，至于说怎么利用这些时间，由于每个人所处的环境不同，自身目的不同，可能会出现一些差异。张相国体会到，当人成功了一件事以后，对于之后的学习和工作都会产生极大激励，比如说学习了一门英语后，之后再学习其他新的知识，如法语，他在心中会默默激励自己：我还是能够克服各种困难的。自信心和成就感能够驱使人们坚持学习。

学者之心　赤子情怀

作为那一代的大学生，张相国十分珍惜来之不易的上大学机会，他带着报效国家的责任感不断进学。1980 年，他参加了国家教育部出国留学研究生考试，并于 1981 年在上海外国语学院出国留学生预备部完成培训。当时，张相国被教育部授予的是赴比利时学习计算机应用专业的国家奖学金，而国家水产总局及学校领导都希望他到水产业相对比较发达的国家学习，以便学成回国后继续在本校任教，于是向教育部有关部门提出改派申请。当时，新成立的"世界银行中国农业教育、科研贷款项目办公室"急需聘用一批懂英语的专业技术人员，经学校推荐，张相国被借调到该办公室工作，最初预期为一年。他的主要工作是第一期世界银行贷款(7000 万美元)项目引进、设备招标、合同签约、采购设备的验收和索赔工作,以及第二期世界银行贷款(5000 万美元)项目引进、编写设备招标标书和国内外招标工作。之后,由于工作需要且没有合适的人员接替,张相国的借调持续了 3 年,1985 年才完成移交工作,后按原定计划赴英国留学,攻读计算机应用专业硕士学位研究生。1987 年 9 月,按原计划完成学业以后,张相国毅然放弃被推荐继续攻读博士学位或赴香港信息处理中心工作的机会,按期返回学校任教。

20 世纪 80 年代中期至 20 世纪 90 年代,中国渔业生产得到了快速发展,解决了长期困扰中国人的"吃鱼难"问题,获得了巨大成就。然而,当时崇尚西方主义的风气盛行,某些国际组织和个别国内学者罔顾事实地做出攻讦行为,将中国政府公布的水产品生产数据存在个别统计技术误差的问题严重放大为"有组织的水产品产量数据系统性造假"事件,引发公众、学者大规模地质疑中国政府,动摇了政府公信力。例如,北京大学中国经济研究中心某教授,在国内外有关会议和学术刊物上连续发表多篇相关论文,包括《中国畜产品产量数据:他们夸大了多少——对中国肉、蛋和水产品统计数据的评价》(*Output data on animal products in China: how much are they overstated. —An assessment of Chinese statistics for meat, eggs and aquatic products. China Center for Economic Research*, Peking University, 1998)中"1995 年中国水产品的人均产量是消费产量的 4.0 倍……导致数据差异的原因,统计数据的夸大是最重要的原因""1995 年水产品的产量夸大了 43%"等研究结论。另一篇论文《我国水产品产销量数据不一致及产量统计失真问题》(*Aspects of the differences between fishery production and consumption*, Management World, 1998.5)表明,"据匡算,1995 年我国人均水产品的统计参量是消费量的 4 倍。尤其值得关注的是,上述数据差离程度在过去十余年间不断扩大,使之成为极其独特而又令人困惑的统计现象……发现产量统计失真是导致这一现象最重要的原因。另外,据估测,1995 年我国水产品产量统计合约 40% 的失真水分"。这些论文的叙述突出强调了农业生产的政治意义,明确指出虚报水产品产量事件是由于中国国家体制和干部任用制度所引起的,因为只要干部虚报高产，便可以获得业绩的认可和职务的提升。另一方面，有些国际组织和学者又不顾中国政府已实施的"海洋捕捞产量零增长计划"来制造舆论，继续质疑中国的渔业生产。例如，联合国粮农组织编辑出版的《2000年度世界捕捞渔业与水产养殖业统计报告》在世界渔业生产总量、亚洲区域渔业生产总量，以及亚洲区域水产品进出口贸易总量的逐年变化趋势统计图中，唯独把中国的水产品产量和水产品贸易量数据用特别的颜色叠加在其余国家的总合产量之外来加以区别，具有明显的"特别"提示意味，并把中国的水产品统计数据称为"中国政府报告产量"。

由于渔业生产的特殊性，各国全年的水产品总生产量与当年国内居民的总消费量间出现的数据差异，与传统的农业生产产品和工业生产产品的数据差异不可同日而语。而且，随着时代变迁和时间推移，渔业生产产品品种和居民的消费偏好都会发生很大变化，从而使得总生产量与总消费量之间的差距也会不断变化。然而，有些研究报告缺乏深入细致的分析研判，只是依据有关统计部门公布的面板数据和经验公式，以简单的类推法予以推算和评估，从而造就了研究结论的偏误。

张相国从英国学成回国后，先后主持、参加了多项课题研究项目。他组织上海水产大学（上海海洋大学前身）的教师和研究生对中国渔业生产数据进行连续跟踪的分层抽样调查，深入渔业生产单位、渔业行政管理部门、水产品集散基地、水产品储藏与加工企业、水产品批发与销售市场调查核实基础数据，并走访了一些专业渔民和水产品消费居民，以及餐饮单位。同时，他对水产品生产的统计数据和城乡调查队提供的中国城乡居民人均水产品消费抽样调查数据进行了核实，从而收集了大量的第一手原始数据。张相国以科学的态度、负责的精神，认真仔细地分析这些数据的内涵、构成和来源，从中解析出中国各类水产品生产数据中出现相关数据误差的原因，即国外统计中的"渔产品"与国内通用的"水产品"所含品种及统计指标和相应的统计方法具有差异；国内外统计指标种类存在差异；城乡居民人均家庭消费抽样调查中的"家庭消费"只是针对消费量（额）和消费偏好的变化趋势。而后，他利用这些结论，对上海市民水产品消费趋势变化（1986—1991）和全体居民消费总量的其他大量数据加以分析，分析结果也论证了上述结论。

2001 年 4 月 10 日至 4 月 12 日，联合国粮农组织和中国政府在北京召开会议，研讨中国水产品统计工作。FAO 统计局、水产养殖局官员准备的报告 *Chinese fishery statistics and their accuracy*（《中国水产统计及其准确性》称："自 1990 年以来，……（中国）官方发布的渔业统计资料系为高报，……"，即指称中国渔业统计数据造假。对此，张相国提交了题为《中国水产品统计产量真的被高估了吗？》的研究报告，全面而系统地阐述了中国的水产品产量统计数据中并不存在人为虚报数据之研究结论及其依据，解释了不同统计部门提供的相关水产品数据之差异，其实是统计数据间常见的问题，需要认真评估和准确确定各类数据中依据的统计方法、指标体系，以及数据采集中允许出现的误差范围。当时，中国每年的水产品生产量统计数据是在第二年年初按行政管理渠道逐级初步汇总统计后，再经过一年多的一系列汇总、比较、核查相关数据后，第三年年初才递交和公布的两年前"当年"的最终核算值，不存在谣传 40% 的人为虚报数据问题。最终，该研究论文和所得结论得到大多数国内外与会者的认可，从而基本平息了这次事件。

回顾往昔　殷切期望

从东北的小山村，到求学的印迹遍布全世界，张相国的科研旅途不可谓不艰辛；从上海水产学院图书馆的那一排排书柜，到国际学术会议上的慷慨陈词，张相国的学者生涯不可谓不波澜壮阔。

即使如今已经退休，张相国也依旧对渔业经济发展抱着殷切期望。他认为，在今后很长一段时间，中国仍然处于经济快速发展时期，中国的渔业生产活动会有大量的实证分析与规范分析的研究课题。其中，规范分析包含研究者的价值取向，即主观意识和判断；而实证研究是经济管理研究的基础，基础数据的准确度直接影响研究结果的可信度，尤其是随着数据处理的方法和工具越来越多，且使用越来越方便。所以，渔业经济管理学研究成果的可比性，越来越基于所依据基础数据的可靠度、完整度和选择数据处理方法与工具的准确度。政策措施建议和政策效果评估，都需要大量精准可靠的原始数据来支撑。

2021年，张相国（右二）回校作学术报告

2002年，上海海洋大学经济管理学院开始建立渔业经济管理数据库。上海海洋大学水产和渔业方面的学科比较齐全，办学历史悠久，积聚了大批优秀的专业师资和矢志渔业振兴的青年学生，长年的理论研究积淀和丰富的一线实践经验，为广大师生提供了扎实而可靠的研究基础。

对于当代大学生，张相国认为，首先应当坚持与自律，打好发展基础。大学时期是人生中为数不多的拥有大量学习时间的时光，大学生应当珍惜学校所提供的优越环境和便利条件，坚持充分利用在校时间，汲取和积累知识，提高自己的技能和知识水平，规范自己的行为，从而不受外界浮躁因素的影响，补齐自身能力的短板。对经济管理专业的学生，他强调加强对经济学基础知识的学习，如金融学、市场学、经济学等，提高自身决策能力，避免群体依赖行为，增强市场经济体制下的风险管理意识，以及勇于冒险、敢于承担的责任意识，从而在竞争中规避风险，获得成功。

张相国认为，大学生要克服急功近利、急于求成的浮躁心态，要记住求学的道路没有捷径，面对重重困难也要保持自信，克服浮躁的思想，脚踏实地，打好基础，一步步向前，从基础的理论学习入手，增强自己的责任意识，提高自己观察问题和解决问题的自觉性与能力。

（2019级日语专业 顾羽婕 2019级金融学专业 李佳璇）

黄中元

　　黄中元(1947.1—)，上海人，中共党员，上海海洋大学教授。1982年，毕业于东北重型机械学院(现燕山大学)，同年至上海水产学院任教，曾任社科部副主任、人文学院副院长、党总支副书记等。1998年，当选上海市杨浦区第十二届人民代表大会代表。曾获上海市教育系统优秀党务工作者、上海高校优秀"两课"教师、校优秀教育工作者等荣誉称号。现任上海市延安精神研究会副秘书长、上海市中共党史学会理事、上海市"东方讲坛"特邀讲师等职。

脚踏三尺讲台　播种红色基因

北大荒里写青春

　　黄中元和当年那批从上海市松江二中毕业的学生，因"文革"在学校多待了2年，从初一到高三经历了与众不同的8年。

　　从思想懵懂到意志坚定，是学校和知识塑造了青春。1966年，黄中元从松江二中毕业。两年后，军旅情结让他选择了黑龙江生产建设兵团。1968年8月9日9点30分，穿着没有帽徽、领章的军装，黄中元和松江二中其他十几位同学，登上了从上海开往黑龙江生产建设兵团的第一趟612次列车，成为一名兵团战士。兵团于1969年3月正式成立。黄中元第一站是虎林县八五八农场第十一生产队（后改名为中国人民解放军沈阳军区黑龙江生产建设兵团四师三十四团十三连）。

　　经过三天三夜连续不断的奔驰，列车到达边境县城黑龙江省虎林县。下车后，他们一行又坐上汽车，开往离县城近100里，紧靠乌苏里江边，名叫安兴的八五八农场。场部把十几名同学分到第十一生产队。尽管农场是当年十万官兵开垦的北大荒农场，但是由于基础差，大家到达农场的时候，条件依然比较艰苦。他们住的是年久失修的土坯房，睡的是烧不大热的土炕，喝的是飘着铁锈的地下水，洗过后的衣服颜色都是黄的。他们吃玉米糊糊、大碴子，一个月见不上一片肉，晚上没有电灯。

　　农场的生活就是劳动、干活。起初，许多人觉得，上海来的学生娇生惯养，什么都不会干，早来几个月的北京知青由于已经掌握了一些农活技术，也看不上上海知青。然而，真的干起活来的上海学生，让北京知青和一些农场老职工都刮目相看。松江二中出来的学生，不管是男生还是女生，干起活来个个像模像样，人人踏实认真，没有人怕吃苦，没有人会偷懒。

　　松江二中重视教育与生产劳动相结合，不但要求学生在学业上精益求精，更要求学生踏实认真、不怕吃苦、热爱劳动。当年，学校每周都有劳动课，每个班级都有自己的一块菜地。在这块菜地上，学生们种菜、浇粪、除草、收获，第一次品尝了什么是丰收的喜悦，第一次领略了什么是只有辛勤的耕耘，才会有丰收的硕果。学校每年都会组织学生去"双抢"和"秋收"。其间，学生们割稻、捆稻、扬场、耙田，挑着稻子走只有一尺宽的田间小道都不在话下。他们和老农们一起抢收抢种，一起流汗，一起享受劳动一天以后的快乐。他们睡在稻草铺就的地铺上，从东滚到西，彼此嬉笑欢撒，自己做饭做菜，第一次享受农村生产劳动的乐趣。

　　连队成立之际，黄中元担任一排一班班长。黄中元和战友们一起在水里捞小麦、收小麦，一起割大豆、扛大豆，一起脱大坯、盖房子，一起刨冰块、抛肥料，一起满身雪霜、通宵夜战脱大豆。黄中元也曾走进原始森林伐木、住帐篷、烧篝火，和老职工一起抬木头，一起喊着号子向前走，他也拿着大锯喊着"顺山倒"，经受那参天大树倒下后四处溅起的雪泥。想当年，要不是珍宝岛要开战，黄中元就会和大家一起在山上包饺子，庆祝到北大荒后的第一个春节。

　　黄中元以为人生就会这样日复一日，年复一年，在把北大荒变成北大仓的同时，自己也从青年变成老年，将来坐在热炕头前，向子女讲述当年在冰天雪地里生产战斗的故事。然而，1970 年 6 月 5 日，连队突然通知黄中元，第二天去团部邮局报到。来兵团不到两年，黄中元就要辞别同学和战友，他有些不舍，但通知就是命令，必须准时报到。此后，黄中元进入邮局工作。他有了一辆绿色自行车和一个绿色邮递挎包。这个挎包,黄中元至今还留着,纪念自己 8 年的邮递员生活。

邮递员历来受人欢迎和尊敬,他会带来亲人的嘱托和问候,带来国家大事和社会信息。但在零下三四十度的冰天雪地,在只有土路的乡间当邮递员是件苦差事,特别是在冰封期长达 6 个月的东北。当路面被雪岗子封住的时候,只能背上信件报纸,带着包裹,迈开双腿上路,风雪兼程,徒步前进。这样的日子不是一天两天,只有当连队需要到团部拉送货的时候,才会让推土机推出条道来,以便拖拉机通行。过几天雪一下,风一刮,又是老样子。即便是夏季,由于是土路,一下雨就泥泞不堪,走一步就是一脚泥。这种泥非常粘脚,甩也甩不掉,只好一走一甩。每逢这种日子,黄中元就盼着出太阳,刮大风,早点把路晒干吹干。当这样的邮递员,没有体魄耐力,没有吃苦耐劳的精神,是难以胜任的。

当然,作为一名北大荒的邮递员,除了艰辛以外,也有潇洒自在、心旷神怡的时候。每当黄中元到一个连队,人们都会与黄中元打招呼,问一下有没有自己的信件包裹。司务长会告诉黄中元,今天连队杀了猪,你就留下吃饭吧。边防队的连长会告诉黄中元,连队哪一天打牙祭,你一定要来吃中饭。当驾着风,沐浴阳光,一脚踏下去已在几里地外;当钻进森林,摘满一帽兜的榛蘑菇;当头顶蓝天白云,欣赏广袤无垠的森林,无边无际滚滚起伏的麦浪;当爬上边防哨站高耸的瞭望塔,远眺西伯利亚,数着铁道线上一节节的列车;当看漫山遍野银装素裹,不由得诗情豪发……每当这些时候,黄中元会想,有什么能比当一名北大荒的邮递员更快乐的呢!

人过而立方圆大学梦

1977 年秋天,国家恢复高考。为了准备这迟到十年的人生第一次高考,黄中元找来复习资料,夜以继日,废寝忘食。可命运有时就是考验人,即便黄中元的成绩比一些中榜的考生高出百余分,但因为已年届 30 岁,没有年龄优势,他第一次高考就这样与大学失之交臂。

黄中元非常沮丧,以为这辈子没可能上大学了,但生活从来不会缺少希望。次年,国家有关部门对高考政策进行了调整,对老三届网开一面，允许再考 2 年。黑龙江省又出台省里规定，老高中毕业生只限填报本省院校，但不管怎样，只要过分数线就可以上大学。这对黄中元来说真是久旱逢甘霖。实际上，等黄中元获悉这些情况时，距离高考已为期不远，而平日工作又忙，好在他高中基础知识扎实。几个月后，黄中元如愿以偿，过了而立之年的他，总算跨入大学校门，这距黄中元高中毕业已整整过去了 12 年。

大学四年，一转眼工夫就过去了。由于过去的 12 年失去的太多，耽误得太久，黄中元走进大学后对知识如饥似渴。每天除了吃饭和睡觉，他都是在教室和图书馆中度过的。图书馆公共阅览室的人摩肩接踵，黄中元千方百计弄到一张教师阅览室的阅览证，在那里埋头苦读、广泛涉猎。4 年过去，黄中元除了随班级活动去过一次公园，居然不知道黑龙江省第二大城市齐齐哈尔是怎样一座城市。一分耕耘，一分收获，几许汗水，几许成果，当黄中元走出大学校门时，所有课程除了一门是良好外，其他都是优秀。有门课程，全班几十人只有三人优秀，黄中元是其中之一。大学期间，有位老师欣赏黄中元勤奋好学，与他合作撰写了 1 篇论文。这篇论文不仅得以公开发表，而且被人大复印报刊资料转载。学校为此特批他俩出席了一次全国学术论文研讨会，这是黄中元人生中第一次参加学术研讨会。品学兼优的学生处处受欢迎。毕业时，学校希望黄中元留校，而且不久学校就要从齐齐哈尔搬到优美的海滨城市——秦皇岛，但家乡和亲人的呼唤让黄中元决定回到阔别已久的上海。

黄中元在办公室

开启理想新起点

理想是什么？黄中元永远难忘初三时，一次语文课的作文题目是《我的理想》。他那时就在想：要当一名教师。人民教师默默耕耘，无私奉献，他们是春蚕，是蜡炬。黄中元赞美他们，更希望自己也能成为其中一员，照亮别人，燃尽自己。那天，老师在全班同学面前读了黄中元的作文，这让他终生难忘。1982 年 7 月，黄中元大学毕业，被分配进上海水产学院当老师，顺利实现了自己的理想。

黄中元忘不了第一次登上讲台的情景。在阶梯教室里，面对 200 多位学生及数位听课教师，黄中元紧张又激动——以前他都是坐在讲台下面，如今自己登上了三尺讲台，主讲人生当中第一堂课，忐忑而又跃跃欲试。黄中元看向学生席，略作调整就滔滔不绝地讲起来。三节课的内容，他用两节课就讲完了。黄中元的指导教师说，这是每位新教师都必须经历的过程，他不仅肯定黄中元讲课内容丰富、资料详实，有自己的风格，而且希望黄中元继续保持，努力成为一名优秀的教师。第一次授课就获得如此肯定，让黄中元十分欣喜。

黄中元主讲的课程，先是中共党史，后是中国革命史，再是中国近现代史。黄中元希望自己讲的红色历史和故事都有历史依据，能告诉学生这是为什么，让他们从历史当中汲取精神动力。黄中元讲的每节课，字字句句都准备了讲稿。他一丝不苟、兢兢业业，成了最受学生欢迎的老师之一。与此同时，黄中元也因为考试严格而被某些学生戏谑地冠以"四大杀手"之一的称号。执教以来，黄中元多次被评为学校优秀教师，荣获上海市优秀"两课"教师称号，后来还被评为上海市教育系统优秀党务工作者。

黄中元当过班主任，也主持过几千名学生的学生管理工作。黄中元关心学生，下宿舍，进食堂，和他们一起出操锻炼，倾听他们的心声。黄中元希望学生们健康成长，个个成才。最令黄中元难忘的是，1999年，上海市第一次进行区县人大代表直选，他被全校师生推选为上海市杨浦区第十二届人民代表大会的代表。这是荣誉，也是责任，是全校师生对黄中元的信任和嘱托。区人大代表五年任职期间，黄中元做提案，写建议，关心民众的希望和要求。在他的努力下，困扰学校家属区的那座污染空气多年的油库，终于得以关闭和搬迁。当五年任期结束，代表们一致评选黄中元为优秀人大代表。

上海成立"东方讲坛"后，黄中元应邀成为一名讲师。许多年间，黄中元走遍上海多个区和街道。每次演讲结束，听众们无不报以热烈掌声。闸北区委宣传部曾邀请他给全区中小学校长学习班讲课。更有一次，黄中元在松江图书馆讲课结束后，一位听众走上前来和他交流，说自己是专门从市区赶到松江来听课的，只要报纸上登出黄中元在哪里讲课，他都会赶去听。黄中元不知道该怎么说好，连声说"谢谢，谢谢"。那些年，"东方讲坛"成立宣讲团，聘黄中元为宣讲员。2013年，上海市开展"中国梦"主题群众性宣传活动，黄中元仍担任宣讲员。2011年，中国共产党成立90周年，上海市委组织部又邀请黄中元在电视直播上给全市党员讲了一次党课。

生命不息，耕耘不止。尽管黄中元已退休十余年，但是从事阳光下最崇高职业的他，始终不会忘记自己是一名教师。只要需要，党课、讲座、教育仍是黄中元生命的一部分。

希望我们的海大学子，努力学习，学好本领，为实现我国成为伟大的社会主义现代化强国而努力奋斗！

黄中元

手写寄语原件

（2019级食品专业　傅语舟）

陈蓝荪

　　陈蓝荪(1947.9—)，浙江宁波人，二级教授。主要研究方向：水产品市场与进出口贸易、渔业经济与管理、渔业投资项目分析与管理、经济前景预测、海洋经济、经济数学模型研究、计算机经济数量分析技术等。主讲现代物流、经济管理、力学、计算机语言等方面的课程。主持和参加编写《运营管理实务》《水产品市场营销学》《管理学 —— 理念·原理与实务》《中国渔业管理高级培训班讲义》《中国水产品供需关系的实证分析》等著作。

不做有光环的教授　做有光环的事业

　　陈蓝荪长期从事现代食品物流与供应链、现代冷链物流的研究工作，深刻剖析中国生鲜果蔬、水产品、畜肉制品、烟草制品等典型食品的物流发展特性，并探索中国食品物流的发展现状和存在的不足。他提出食品物流需要建立和完善现代冷藏链，配备相应冷链技术装备和现代管理等理念，完成多项农业农村部有关课题，为提升中国食品产业国际竞争力，促进现代冷链物流与供应链管理的深入发展做出贡献。他深入研究水产品进出口贸易的发展特征和对策，预测水产品市场发展趋势，提出多项WTO应对策略，特别在河蟹、紫菜、观赏鱼、罗非鱼、珍珠等产品的贸易方面进行针对性研究，完成了10项科研任务，研究对策和建议被相关部门重视与采用，取得了良好的社会效应和经济效益。在渔业经济统计和定量分析、渔业发展规划等方面，他也取得了不菲成绩。

积累知识　深入理论

　　陈蓝荪认为，正是知识的积累，使他能够克服各种困难，胜任各种工作。深奥理论的艰难探究与学习，使他养成不惧竞争、勇于探索的性格，并提高了快速思维、洞察事物和化解困难的能力。他年轻时喜欢学习,在中学里曾经当过数学、物理课代表,也学习过俄罗斯语,并且在中学俄语比赛中取得好成绩。

1977年,国家恢复高考,陈蓝苏以高分进入复旦大学数学力学专业学习,得到复旦大学前辈大师的指教。他的专业是数学力学,学习过理论物理四大力学,还有积分方程、数理方程、分析力学、结构力学、流体力学、连续介质力学等课程,曾经选学过苏步青教授、谷超豪教授、胡和生教授等学术权威开设的课程。在了解规范场理论、李代数、纤维丛理论等前沿知识的同时,陈蓝苏也学会了前辈大师严谨的科学态度和研究方法。之后,他在同济大学进修研究生课程,主要是有限元计算机编程和计算机图形学之类的进修课程。他通过自学"经济动力学"等课程,并结合动力学原理和方法来思考经济运动规律。

陈蓝苏曾经在大型企业里做过技术类工作,对车、钳、刨、铣等工艺不仅了解,而且实际操作过,特别是能够对比较复杂的大型机械构件进行划线定样。在企业工作期间,他进行了很多工艺流程上的革新。此外,他还根据前期知识的积累,领悟到自动控制上的一些原理。陈蓝苏曾经独立设计与实施自动流水线的电器控制,取得了较好效果。有一年,企业大面积受到暴雨侵害,他日以继夜地挺身抢险,在最短时间内修复了许多机床电器,使得企业顺利恢复运转与生产。

放弃名校　投身海洋

陈蓝苏得知上海水产大学在招揽人才,认为学校有很大发展空间,就放弃在复旦大学工作的机会,自愿来到学校,先后在基础部、渔工系、渔经系等多个部门执教。作为一名大学教师,他认为需要身体力行大学的功能,即教书育人、科学研究和社会服务。

在经济管理学院,陈蓝苏为本科生讲授过社会经济统计学、广告学、市场营销学、市场调研与预测、现代物流概论、仓储管理与控制、物流设备与管理、计量经济学等课程,主持过上海市"现代物流概论"等精品课程建设。他还担任硕士生导师,为农林经济管理等专业的硕士生开课,主讲高级计量经济学、高级运筹学、经济预测与分析、市场分析预测等课程，并在教学中编写了《TSP 操作（研究生使用）》等讲义。学校的食品物流是在全国率先成立的新专业，专业建设工作量大、任务重。陈蓝荪担任物流系主任，发动全系教师编写教学大纲，提高教学质量。在新的教学计划中，有较多的实践环节，陈蓝荪主动和社会各界联络，开辟了多个实践教学基地，让学生有了实践和考察场所。

"国际都市型食品物流教育高地"是上海市教委重要建设项目，陈蓝荪主持该项目，担任食品物流教育高地负责人，取得了很好成绩。经过 4 年滚动建设，在全校多个学院的配合下，"国际都市型食品物流教育高地"被建设成办学理念明确、人才培养模式新型的教学平台，从而提高了食品物流人才的培养质量，教学改革成果和科研水平在国内达到一流水平。

努力科教　服务社会

陈蓝荪曾任民革上海海洋大学支部主委。依据孙中山的名言"当立心做大事，不立心做大官"与"危难无所顾，威力无所畏"，为了把海大民革的工作做好，他投入许多时间和精力。陈蓝荪立志做一个有知识、有志向、有作为、善奉献的人民教师，他沉醉于科学研究工作当中，不亦乐乎。他本人的经验语是"知识、实践、信念是支撑人类事业成功的能量三角形"。

陈蓝荪一贯重视科学研究。他曾在潜水式增氧机的研制中开发了一个光控装置，在当初比较前沿地使用了积分集成电器元件，使得电器线路简洁而可靠，并且他自行开发电器线路的印刷线路板，使得产品具有批量生产能力。之后，他参加原上海市水产局的有关课题，开展上海市居民消费水产品的特征研究，分析了市民对各种水产品的需求爱好，对消费的长期趋势进行了预测。在预测的分解法模型中，他注意到模型中具有波动的数据，独特地使用物理中关于波动的功率谱分析技术，将经济消费中波动的有效频率加以分离，使得预测模型更加精确。他在担任中国渔业国际贸易跟踪研究专家期间，对水产品贸易与流通领域进行研究，主持农业部渔业局等有关部门的科研工作，撰写了多篇专家分析报告。为了配合业界的热点,他还进行了专项的探索,如《紫菜的进出口研究》《大闸蟹的消费与出口特征研究》《人民币升值对我国水产品出口贸易的影响》《小龙虾产业与市场研究》《2008年渔业国际贸易跟踪——斑点叉尾鮰、大黄鱼、河蟹贸易分析》等。同时,他还对金枪鱼市场营销和产品开发进行过多项调研工作。

此外,陈蓝荪在渔业经济统计和定量分析、渔业发展规划等方面也开展了很多工作,承担了"出口水产品优势区域布局规划""我国优势出口水产品养殖区域发展规划"等课题研究。他研究的"上海渔人码头规划"现在已被上海标为W7地块的重点项目;为上海水产集团总公司进行了企业战略规划,很好地指导了企业在军工路的国际批发市场建设与发展。同时,他对三门县渔业发展进行了细致探究,在连续几届的三门青蟹节上,作了有关三门青蟹产业发展与对策、三门县休闲渔业发展等报告,受到社会各界好评。由于不断探索与投入"和谐社会与三门现代渔业发展研究""三门县新农村建设研究"等课题研究,他为三门县的发展做出了贡献。三门县渔业局副局长杨真华将自己家园价值6万元的6棵大树送给陈蓝荪以示感谢。陈蓝荪将6棵大树转送学校,建设了"民革小林"。陈蓝荪还从事过农资物流的研究,结合水产品物流和食品物流,多次作相关报告和讲座,受到各基层单位欢迎和同行好评。

2007年8月,陈蓝荪应邀去日本交流,在有关水产品消费市场的讨论中接受日本记者采访,《经济新闻日报》和《港口日报》在第二天就刊登了有关报道。他曾经代表农业部渔业局,在联合国FAO与中国农业部联合召开的世界养殖水产品贸易大会上作主题发言,并且回答有关外国专家提问,受到业界专家好评。他还代表上海物流学会,承接中国物流学会的核心课题,并获得一等奖的好成绩。陈蓝荪说,这个奖项是来之不易的,因为该奖是经过有关部门计算机测谎评估及中国物流专家组的讨论评估才获得的,他因此也为学校赢得了荣誉。课题研究期间,陈蓝荪不辞辛劳,走遍了祖国的大江南北,曾经利用一个暑假,对西南四个省区的罗非鱼产业进行了深入调研。他在渔业经济管理与水产品市场规律等方面做出了较多贡献,撰写了许多引人瞩目的研究报告,发表在各类学术杂志上。陈蓝荪的课题研究常常注意与其他学科的结合,如水产与生命学院结合,开展了罗非鱼产业、珍珠产业、小龙虾产业、青虾产业、青蟹产业、观赏鱼产业等方面的研究;与食品学院结合,开展了冷链物流、食品安全管理等方面的工作,并发表了《食品供应链管理实施的要素组合和目标优化》等论文;与海洋科学学院结合,开展了远洋渔业及金枪鱼产业的发展研究、金枪鱼销售网络研究等。这些研究都比较注重理论与实效相结合,受到有关方面重视。此外,他还在海洋经济方面发表文章、进行演讲,一篇文章在中国台湾召开的海洋会议上发表。

陈蓝荪教授在日本东京考察金枪鱼市场

强志重责　成功关键

陈蓝荪是一个责任心很强的人,他认为责任心是事业成功的关键。他兴趣广泛,会拉小提琴、中提琴,会吹口琴等,喜欢游泳,喜欢大自然,喜欢美学与摄影。他认为,一个人兴趣爱好广泛,生活就会丰富多彩,健康的身心可以保证自己有旺盛的精力来开展教学科研工作。

有一次,陈蓝荪病倒了,住院就住了1个月。然而,还未完全康复,他就从医院返回学校,组织在学校召开的一个大型会议。这是一次校食品物流高地与上海食品学会等五大行业学会、协会联办的食品冷链大型会议,对食品物流高地的今后发展有重要意义。陈蓝荪说,一个人首先要对社会有责任心,只有注重学习,然后用心学习,才会懂原理、有悟性,才能尽快地从事不同的工作。所以,对年轻人来讲,应该明白学习的重要性,谈聪明是次要的,关键是要注意理论方法的学习和实际运用的学习,从事的实践越多,就会变得越聪明。同时,年轻人要注意培养一种不要怕挫折,也不要怕排挤的精神。在工作中总会有一些不顺,但是只要有一种为人类服务的责任感,以及报效祖国、报效学校的志向,那么再大的困难也可以克服。重要的是,要有一种思想境界,不要过多考虑个人得失。人生是短暂的,能不能在短暂的时间内多做一些事才是最重要的。在这种境界之下,你不会满足,而是会去发掘更多的推进事业的角度和机会。在这种境界中,陈蓝荪觉得不要去做一个有光环的教授,而是要去做有光环的事业。一个人可以没有什么官职和地位,但是有光环的事业一定会得到社会认可。只有光环的形象,没有光环的事业,这种光环是不会持久的,陈蓝荪如是说。

陈蓝荪说,自己平时十分注重与学生的交流,鼓励学生独立研究问题,关心学生学术研究的成长,解决他们专业学习中遇到的困难。他认为,年轻人应该要有一种勤奋的态度,那就是勤奋学习、努力工作;要有一种朴素的态度,那就是不要过分计较自己的地位,能够朴实地从事平凡的工作;要有一种忠诚的态度,要忠诚于自己的事业,忠诚于社会上所关注的工作;要有一种实践的态度,要将自己的理论化为实践,更多地实践考察研究才能获得真知灼见。陈蓝荪感慨地说:"掐指一算,已经在学校待了三十余年了,学校的不断发展一直印在我的脑海里。学校是我人生的精彩舞台,我为海大付出心血,流过汗水,感谢海大让我有所作为。"

感　悟

知识、实践、信念是支撑人类事业成功的能量三角形。

寄　语

　　愿百寿海大在下一个百年里，持续蓬勃发展，广召天下贤才，能跻身于知名学府之列。社会需要年轻人接班，在勤朴忠实的校训下，希望我校的后来人勤奋踏实，再创辉煌；愿学生们健康向上，与时俱进，与母校一同展望未来。

　　《七律·四十年感慨》
　　弱冠强志重责任，多识世态展才能。
　　挥驱碍阻富卓荦，杖乡怡神乐校盛。
　　《七律·晚秋年愿景》
　　通达智慧忙追求，良多获益欲罢休。
　　善策未来康乐谱，伴随校兴度晚秋。

（吴明会　张如霞　冷璞钰）

杨先乐

杨先乐(1948.2—)，湖南桃源县人，教授，博士生导师。1982年，毕业于上海水产大学淡水渔业专业，后由中国水产科学研究院长江水产研究所调入上海海洋大学任教。主要研究方向为水产动物免疫、鱼类药理学与渔药的检测与监控、水产动物疾病控制的理论与技术等。曾任农业部水产增养殖生态、生理重点开放实验室主任，主持开展多项科研工作。代表作品包括《水产动物病害学》等。

不怕慢就怕站　站一站两里半

站一站，两里半。

他是一位学者，在科研领域里严谨认真、精益求精、陶醉忘我，身体力行地实现着毕生追求。他是一位严师，在教育教学中严格要求、悉心教诲、孜孜不倦，用他的一言一行影响着身边每一个人。他就是上海海洋大学的杨先乐教授。

来校工作后，杨先乐在教学、科研岗位上投入了大量精力。他不断充实自己、超越自己，用一次次实验、一次次对话、一次次实践，实现了少年初心。这看似简单的每个一次次，背后却浓缩着动人的故事。

科研，锲而不舍

"锲而舍之，朽木不折；锲而不舍，金石可镂。"为了追求最终答案，杨先乐的团队经过近 18 年艰苦努力，最终以"万里挑一"的苛刻标准，获得了在安全、药效、价格等方面完全可以替代孔雀石绿的抗水霉活性物质——甲霜灵。近 18 年的坚持，是多么漫长又枯燥的守候，他们用这 18 年填补了水霉病特效药市场的长期空白，使水产养殖业得以避免巨大的经济损失。在筛选能够代替孔雀石绿的药物时，他们一种一种来测试，耗费的时间和心力难以估量。"五六个学生专门做这个替代药的事情。我们从所有能够查到的化学药物里面去寻找合适的药物,因为在目前情况下,要想去合成一种新的化学药物不是简单的事情,也不是一天两天的事情,所以我们在现有药物的基础上去筛选,包括中草药。"这条研究的路漫长且孤独,杨先乐却以苦为乐。他说:"我们这些人,就是想要一个结果,做了这么长时间,我们为了这个结果并没有感到枯燥和困难。"

在杨先乐的办公室里,有一张关于"美婷"药品报道的报纸,端端正正地贴在他办公桌对面,标题是《成本过高造成孔雀石绿替代药"美婷"迟迟无法量产！新诞生的"美婷"难道就此夭折？》。网上查阅这篇文章,会发现文章作者是杨先乐本人。他介绍个中缘由,介绍团队所生产的"美婷Ⅱ"成本更低,更适合渔民采购。这篇报道犹如一口警钟,时时刻刻警醒杨先乐在科研道路上要做到尽善尽美。

谈及当初开始写书的想法,杨先乐表示并非一时心血来潮,而是想把所钻研的成果奉献给社会,并且与水产行业的研究人员共享科研成果。编写《水生动物医学图谱大全》在当年仅仅是一个想法,但为了这个从未有人尝试的想法,杨先乐坚持了十多年,用图谱形式充实了水产教学。屡屡失败,却没有消磨他的热情;努力付之东流,没有关系,一次再一次……坚持,一笔一划,十年,二十年……一步步接近当初梦想。杨先乐始终保持着对科学的敬仰,始终保持着对科研的热爱。他说:"我们没有那么高尚的信仰,我们仅仅是为了一个结果,所以执着。"执着地等待,执着地实验,执着地为了这一个结果而呕心沥血,杨先乐用自己的亲身经历告诉我们,也许我们并不需要多么高尚的信仰之力,仅仅两个字——执着,就是一生的坚持。

"一定要做,一定要做到底。"

实践,检验真知

"当要实实在在地为渔民做点事情时,十几年,二十几年,可能都不够。"杨先乐受到上大学时老先生们的影响,沉下去为渔民实实在在地去办事。"我自己的老师跟渔民一待就是十多年,跟他们同吃同住,了解他们真正需要什么。"杨先乐在实践中探索问题,在实际中了解需求,他不是"纸上谈兵",不是单纯在理论方面解决问题,而是在实际生活中找到问题所在,并用自己的知识帮助需要的人。

"只有实际生活中可以学习,只有实际生活能教训人,只有实际生活能产生社会思想。"瞿秋白如是说。就像"美婷"这方药一样,杨先乐的团队也是从实际出发,经历了不少磨难才找到真正适合的道路。"当初在这个药物成分里面有一种化学成分是硫酸铜,但是让这种药物适合于所有鱼类那就很难办。有些鱼类对硫酸铜非常敏感,导致在使用过程中一下死了很多鱼。养殖户非常恼火,找到我们,讲一些非常难听的话。后来我们把这种成分去掉了,我们当时深刻感觉到要把这件事做好是多么艰难。"

也正是这种想要为渔民做点事,想要真正地为渔民解决问题的信念,支撑着杨先乐走在十八年如一日的研发道路上。"如果让我去写这个论文,肯定会和解决这个问题有脱离。我只能把这个问题解决了,才能写出高水平的论文来。"

无论是研究生还是本科生,都要在社会实践中亲身尝一尝味道,真实地感受,而不是足不出户,一直在理论中寻找方法。"纸上谈兵一向不是我所推崇的,再完美的理论,只有在实践中才能证明其正确性。只

2010 年 5 月,杨先乐在东台科技下乡

有在实践中才能发现新的问题，而新的问题当然促使我们去寻找新的解决方案并不断地进行反思。我不希望我的学生成为当今赵括。"

教学，独立自主

"不要把我当作拐杖。"杨先乐多次提到这句话。他让学生养成独立自主的好习惯，不要依赖任何人。杨先乐认为，无论是整理资料还是写论文、做科研，都要注意发挥主观能动性，不能指望依靠任何人来坐享其成。"成功的路注定是孤独的。"杨先乐的这句话掷地有声。在学生时代，很多人会感到满腔热情，渴望同伴扶持、老师指导，但是当真正走入职场，走向社会，才会发现攀登的过程更多的是需要自己负重前行。

杨先乐谆谆告诫学生不要过于依赖老师，也不要过于依赖书本，要有自己独立的思想，要有自己独立的生活。师道传承，学生从他身上学到的不仅仅是知识，更有做人的道理。独立自主的学风影响着一代代学生，让他们敬畏，而当许多年后走向社会，他们会发现导师的良苦用心所带给他们的是独立开拓能力，令他们受益匪浅。

杨先乐注重学科交叉与融合，他希望学生带给他不同的想法和对知识的热爱，教学相长。"我渴望跨专业人才，因为也许你本科学的不是水产养殖，不是研究鱼病的，你本来学习文学、学习金融，后来当了我的学生，你之前的知识也能给你带来不一样的感受，也能让我受益。"

"站一站，两里半。"做学问，做老师，都需要不断进步，停一停，就会被落下，所以要不断进步，一直不停地向前走。

杨先乐教给学生的，不仅仅是渊博的知识，更有许多做人做事的准则。他把诚实守信当作自己的人生准则，也将诚实守信教给每一位学生。杨先乐回忆道："之前的校长交给我三件事，我每一件都尽我所能去完成，可能结果并不太如意，但直到我闭眼，我都会一直做下去。这是我的承诺，也是我的责任。"每一件事，无论是答应过别人的，还是自己的职责所在，他都尽心尽力地求一个结果，即使再困难，也都坚持下来。

对学生,杨先乐也这样要求。学生就像杨先乐自己的孩子,但是"在该做什么的时间做什么"是他的原则。"如果要求初十到校做实验,无论有怎样的事情都要这个时间到校,没有票就买初一的,总有票可买到。可能大家觉得我不近人情,但是守信用是非常重要的事情。"所有的人都有惰性,但是克服了惰性,你的人生一定会有大的转变。

杨先乐(右一)和学生们在一起

选择,漫漫人生路上的积累

"社会选择我们,不是我们选择社会。很多工作不是我想去做什么,而是社会需要我去做什么。在学校里学习的知识,真正能用上的只有百分之二到百分之三,其他的都是我没有学过的东西,做的也是我从来没有经历过的。"杨先乐认为,在如今的社会中,大部分人都不能够按照自己的想法去实现意愿。对曾经年轻的杨先乐来说,搞水产方面的学习和研究是想都没想过,他从小到大没有过这方面的喜好。可是,读完书的杨先乐已经30岁了,这个年纪不容许有太大折腾,他别无选择,误打误撞地走到了水产科研道路上。在这条路上,他一开始在中国水产科学研究院长江水产研究所做鱼病方面的研究,一不留神就做到了现在。

2011 年 6 月,杨先乐(左)在南通科技下乡

　　与水产接触之后,杨先乐逐渐尝到了一些甜头,他慢慢对水产产生了浓厚兴趣。在漫漫人生路上,他积累了许多乐趣,水产研究从此成为人生中必不可少的部分。科学家爱因斯坦曾说过:"兴趣是最好的老师。"一个人一旦对某项事物有了浓厚兴趣,就会主动去求知、去探索、去实践,并在求知、探索、实践中产生愉快的情绪和体验,从而达到最佳的学习效果,在感兴趣的领域拓展延伸,开辟出一片广阔的天地。杨先乐现身说法,为这句名言做了生动诠释。

　　在鱼病研究道路上,杨先乐遇到了影响他一生的两个人。在做人方面,曾经读书时的班主任王老师管理着班级里大大小小的事务。班主任的一言一行都深深刻在杨先乐的脑海中,对他的思想、行动有着积极影响。在科研方面,杨先乐的题为《有关鱼的雌性激素的测定》的本科生毕业论文,是由专门研究水产养殖的姜仁良教授指导完成的。那时候的本科生论文要求比较高,甚至可以媲美如今的研究生论文。在与指导教师接触的过程中,他将老师面对科研时的勤奋、踏实与严谨都一一看在眼里,最终潜移默化,自己也养成了这样的习惯,从而更加努力投入到之后的科研事业中。

坚持,尽善尽美

　　"做了一辈子的研究,每天都是充实而又忙碌的,突然让我退休,让我闲下来，我就会感到很难受。"杨先乐是一个执着的人，许多人 60 岁时都在计划着退休生活，而他还在为未完成的项目魂牵梦绕，最终毅然决然地选择了延退。对他来说，认定的事情就一定要做到，无论过程有多么困难。如果说不能坚持做下来，那么在离开的时候也会非常不安。他总是觉得，一个人要坚持完成自己应该履行的职责。事情无论大小，做成了是最好的交代，也是对他人的负责。坚持做研究，不是为了贪图名利，而是希望尽善尽美，不被大众指责，这就够了。

"有的时候不是把科研当作一种工作来做，而是一种爱好。"面对学校建校 110 周年，杨先乐不断感慨，2008 年时学校搬到现在的校区，到现在已经十多年了，但他觉得仿佛还是昨天发生的一样。他在水产养殖领域坚持了一辈子，在学校也待了如此久的时间，学校已经不单单是一个工作的场所。杨先乐喜欢待在学校实验室里，学校已经变成一个让他安心的地方。在杨先乐的办公桌上有许多照片，有自己的，也有合影，他说："都是回忆与不舍吧！"

回首过去，尽管成果不菲，杨先乐却总是觉得没有做成什么事，他反复强调没有那么高的境界、没有那么高的理想，只是想完成未尽的事业。同时，他也希望上海海洋大学能够成为全国乃至世界上有影响的一流学校。无论是退休的教师，还是在职的教师、校园里的学生，每个人都奔着这个方向去做，慢慢地在某个领域突出一点，让学校成为使每一个人都可以感到骄傲和自豪的一流学府。

2013 年，杨先乐（左一）参加药品研讨大会

感　悟

　　无论是做科研还是做其他事情，贵在坚持，贵在去实践而非纸上谈兵。做，就坚持到底。

2020 年 12 月 8 日，杨先乐(中间)与采访学生郭晗潇(右一)、付思琪(左一)合影

杨先乐工作照

(2020 级食品科学与工程专业　郭晗潇　2020 级物流工程专业　付思琪)

叶骏

叶骏（1949.10— ），浙江台州人，中共党员，上海海洋大学原党委书记、教授。1982年1月，上海师范学院中文系毕业后留校，历任校团委书记、宣传部副部长、学生工作处处长、宣传部部长等职。1990年10月，调至上海市教卫党委，历任宣传处处长、办公室主任兼市教卫办秘书处处长。1996年5月起，先后任上海教育学院党委副书记、华东师范大学党委副书记。2000年2月—2010年2月，任上海水产大学（现上海海洋大学）党委书记。2010年2月—2013年5月，任中共上海市委巡视组第六组组长。曾兼任上海市青少年研究会理事、上海市形势教育研究会理事、上海市高校思想理论教育研究会秘书长、上海市延安精神研究会会长。2002年，晋升为教授。2010—2016年，兼任日本九州女子大学客座教授。著有《高等学校学生工作规范与指导》、《国情论》丛书（4册）、《上海改革开放20年·教卫卷》、《当代社会主义论稿》等著作，发表高校党建和思想政治工作方面论文30余篇。2009年，主持编写《浦江之畔忆延安》等口述上海史书，并获2010年上海市邓小平理论研究优秀著作二等奖。

朴实修身　忠诚为人

回首往事，叶骏从最初一帆风顺到亲历社会变革，走入农村广阔天地，再到恢复高考后进入大学校园，最后成为一名教育工作者。其间，虽有艰辛和曲折，但正视困难并努力去克服困难才得以有金秋的收获。回眸学生时代的那些难忘时光，叶骏深感是人民给予的机遇，更是一种难得的福分。

构建自我之格　力行踏实之道

小学时代，叶骏遇到一位有才华、有思想的好老师。她教育孩子不以批评为主，而是尽可能把鼓励的目光投向每一个学生，对所有学生平等相待、殷切教导。不仅如此，她还从各方面影响学生价值观的形成。这让叶骏受益匪浅，感恩至今。正是这位教师让叶骏明白了全面发展的重要性。学生的首要任务是踏实学习，但是也不能放松政治、思想、道德品质方面的修养。五年级时，老师推荐叶骏去少年宫学习军事体育项目——无线电收发报，这给了他接触新事物的机会。叶骏学会了电码抄录和发送，训练出异于常人的记忆力和对数字的敏感度，为以后的数学学习打下了良好基础。小学毕业之际，经过测试，叶骏获得三级运动员徽章。这对于孩童时期的叶骏来说是一份无上荣誉，是对叶骏辛苦付出的最好回报。把徽章佩戴在胸前,望着人们惊讶的目光,他整个人自信了许多,也更加明白为国家和社会付出是一件多么快乐的事情。

叶骏初高中皆就读于华东师大一附中。附中注重学生德智体美劳全面发展。学习之余,学校时不时开展各种各样的活动,校园氛围十分活跃。从没学过舞蹈的叶骏,竟然作为主角参加《洗衣歌》的表演,还参加了虹口区的汇演。老师发现叶骏的视力不错,为他拍了大幅的学习、体育锻炼照片送到少年宫展览,鼓励青少年保护视力。每天清晨,学生们跑步、做操,身体素质得到很好锻炼。多年之后,叶骏在而立之年读大学时,中长跑仍可赢过年轻同学。正是中学这些丰富多彩的课外活动,提高了叶骏的素养,使他终身受益。

由于学习勤奋、成绩突出,一升入中学四年级(当年附中作为中学教改先行者,实行初高中五年一贯制),叶骏与其他三位同学作为跳级生被重点培养,准备提前一年参加高考。这段特殊经历让叶骏感触颇多。每天上课期间,叶骏和班上同学一起学习中四课程;放学后,学校则组织优秀教师义务为四人补习五年级课程;晚上还要温习当天功课。虽然累些,但是很开心。那时叶骏才知道,课外还有针对考试的习题。以前叶骏认为,学习是一件很轻松的事情,兴趣和天赋占了一大部分,但那段时间,叶骏感受到光有基础和天赋是不够的,需要踏踏实实努力,才能走在同龄人前列。叶骏也慢慢发现时间不够用。古人云"贱尺璧而重寸阴"。为了不浪费时间,叶骏摸索出一套自学之法。他开始系统地学习知识,也养成良好的自学习惯。叶骏认为,学会自学很重要。除了听老师授课,其余大量内容需要靠自学。真正的勤奋者不仅仅是认真,而且注重效率。叶骏注意发现学习的重点和难点,精读多练,巧妙安排零星时间,积少成多。

那时,学校开放了图书馆,为大家提供了阅读平台,这让叶骏欣喜若狂。那段时间,叶骏如饥似渴地阅读了大量中外文学名著。叶骏在这一方天地自得其乐,没有更多机会接触更广阔的世界,读书成了了解世界的主要途径。《钢铁是怎样炼成的》《军队的女儿》等书籍至今仍让叶骏记忆犹新,助益良多。正是有这些好书的熏陶,叶骏才能够了解古今中外不同的历史文化，从而更深刻地明白了一些人生道理。

在华东师大一附中学习期间，叶骏最大的收获就是"学会学习，学会做人"。学无止境、学海无涯，只有继续脚踏实地地学下去，全面提高自身道德修养，才能成为对社会有用的人。同时，叶骏心底一个小小的愿望开始萌芽，那就是争取早日为社会做贡献，从而实现人生价值。

不畏艰苦挑战　提升综合素质

然而，幸运女神的眷顾并非一如既往。在叶骏满怀期待憧憬未来的关键时刻，学习与生活的环境发生了巨大变化。1966 年，"文革"的爆发打破了叶骏的所有人生规划——学校停课、高考取消。局势变化让叶骏迷茫了一段时间。起初，叶骏留在学校参加文艺小分队活动，可心里始终藏着的不愿放弃的理想和抱负，时刻提醒他为社会奉献自己的价值。1968 年底，叶骏主动报名下乡，踏上去往农村的旅途，用双手和双脚去感受"修地球"的广阔，用劳动的汗水去浇灌青春年华。于是，年仅 19 岁的叶骏来到星火农场，开始了长达 10 年的基层劳动。想起这 10 年经历，百感交集的叶骏只想用"脱胎换骨" 4 个字来形容。

以前课堂上老师总是说，年轻人要多为社会做贡献才能完善自己，而真正到了社会上，叶骏才明白要实践这句话多么不容易。从一介书生到农场工人，身份转换带来的不适应让叶骏吃了很多苦。叶骏种过田，管理过小工厂，做过基层连队负责人，夏战"三抢（抢收、抢种、抢管）"，冬修水利。叶骏忍过酷暑严寒，忙过春秋冬夏，一年四季栉风沐雨。岁月依旧、逝者如斯，只有手上的老茧和眼角的风霜见证着这十年的不易。这时候，叶骏才深刻体会到"增益其所不能"（孟子语）的真正内涵。虽然遗憾高考取消，但是他也只能坦然面对现实。叶骏想踏踏实实为社会奉献自己的一份力量，这与通过高考进入大学的最终目的殊途同归。明白了这一点，叶骏对离开校园就没有感到可惜，而是努力把握每一个机会，在农场中一丝不苟地工作，认真地对待每一件事。功夫不负有心人，后三年，叶骏在一连队中做指导员，粮食和棉花的亩产量在叶骏的带领下有了显著提升，双超规定指标。1977 年年终，上海市农场管理局还奖励了他们一台电视机。辛苦付出获得的回报让叶骏产生了巨大的幸福感和使命感。

1949 年出生的年轻人，深切体会到与共和国同呼吸、共命运。1977 年底，在邓小平同志的主持下，高考恢复了。心底的希望重新燃起，叶骏感谢机遇的降临，使他终于有机会如愿以偿。当然，与十年前相比，现在的他更加沉着冷静，更加明白人生道理。他坚信胜利"往往在再坚持一下的努力之中"（毛泽东语）。他下定决心要圆十年前的高考梦！于是，在农场党委的支持下，叶骏报名参加了上海这场 12 万人录取 1 万人的高考。附中校长马上给他寄来复习资料。由于工作忙碌，叶骏只争取到 3 天假期复习，而这之前他已经多年没有碰过书了。在这场"千军万马过独木桥"的考试中，本以为自己年龄大了、希望不大，但发现题目并不难，他只用了三刻钟就把数学试卷做完了，最终以高分被刚复校的上海师范学院中文系录取。这要感谢中学时代的培养和农场生活的磨炼，使叶骏打下坚实基础、厚积薄发，才得以金榜题名。十年风雨，玉汝于成。在艰难困苦的日子里，叶骏的意志坚强了，敢于担当了，也收获了时间给予的光荣嘉奖。在高考揭榜的这一刻，叶骏开始踏上人生的新旅程。

很多人对中文系感到陌生，但研习中文的过程就是自我修养提升的过程。对叶骏来说，中文是一门深奥的语言，其中蕴含的文学理念颇有意趣。中学时代，叶骏就喜欢看小说、看电影，对中国的历史文化兴趣浓厚。有些人认为中文百无一用，其实不然。从管理层面来说，文学素养是基础，中文系的知识对自身发展起了很大作用。拿小说举例，得益于中学时代的经历，阅读小说是叶骏的一大爱好，从中可以更加深刻地认识社会，了解人生。在大学里，叶骏开始一边学习一边运用，写过各种各样的短评、报道和长篇论文，把自己对社会、对学问的思考和理解向其他人转达，宣扬高尚品德，抵制恶劣风气，让更多人从叶骏的文字中获得知识、得到启发。随着时间推移，叶骏运用文字的技巧越来越老道，思想也愈发成熟，所写的文章也得到越来越多人的认可，很多文章被发表在校报、报纸和杂志上。这让叶骏感到收获的喜悦，也鼓励着叶骏继续在思想层面进行更深入的探索。在大学里，大家除了研究学问，也在社会工作中开展实践，在实践中促进学习。除此之外，叶骏还参加了中文系学生会，为同学们组织开展各种各样的活动，服务同学、服务学校。他们开展的"学雷锋"活动，治理了"脏、乱、差"寝室，组织近2000名学生走进社会"送温暖"，颇见成效。在叶骏做主席的那段时间，他还举办了大学生的学术研讨会，让更多有才华的同学展现各方面的才能，提升学习层次。诸如此类的经历，对叶骏来说都是弥足珍贵的，让叶骏对学生、对教育有了更深刻的理解，他对管理更加得心应手。

珍惜大学四年　坚持终身学习

大学四年很快过去，叶骏却没有离开大学校园。在过去的日子里，叶骏体会到教育事业的伟大之处，而他也甘愿为之奉献。毕业之后，叶骏留在学校工作，走上管理之路，服务于教育。后来，叶骏调到上海市教育卫生工作党委工作数年。随后，他又到华东师范大学担任党委副书记，再到上海海洋大学任党委书记。几十年的人生经历，回首不过寥寥几语，而叶骏感触最深的，就是2000年以后到上海海洋大学直至退休的十年。

如今的大学条件已今非昔比，年轻人要珍惜大学四年。1999年标志着高等教育一个新时代的开始。国家提出大学转型扩招的方针，以提高国民素质，促进经济社会发展。大学入学人数迅速上升，伴随而来的新问题也引起社会热议。在叶骏看来，大学扩招这项改革措施很有必要。叶骏曾写过一篇文章，即《用发展的办法来解决学校前进中的问题》，他认为要解决高等教育发展中的问题，需要通过发展搭建让师生全面发展的平台，使教师们安居乐业，使学生们施展才华。为此，叶骏和班子的同事们一起积极推进人事管理和住房分配改革，努力调动教职工积极性；鼓励学生多培养兴趣爱好，为学生创造施展才华的舞台，从而让更多有志青年放飞梦想。为适应全球化时代、提高教育水平，叶骏还学习国外先进管理经验和教育方法，引进海外优质教育资源，在2002年推动与澳大利亚塔斯马尼亚大学合作办学。历史上，各个国家的高等教育都会遇到扩大规模、升级发展问题，不论美国、俄罗斯，还是其他欧洲国家，都选择在普及基础教育的同时，逐步扩招大学人数，提高国民素质，因为国民受教育年限是衡量一个国家现代化进程的重要指标，大学则是青年人获取知识的重要港湾。比如，扩招之前，上海海洋大学校区只有 200 多亩地，师生 3000 多人。2008 年，学校迁入临港新校区后，校园面积达近 2000 亩，师生人数超过 16000 人，政府对学校的投入也大幅增加。学校把更多经费投入到师资队伍建设，让更多学生能更好地学习知识、服务社会。大学办学环境大大改善，学习条件越来越好，越来越充满朝气，也有了更浓厚的学习氛围。叶骏看到校园里朝气蓬勃，笑声和脚步声穿插交错，学生们人来人往，年轻的眼眸里闪烁着对知识的渴求，这是作为一个大学党委书记最幸福的时刻。叶骏曾经写过一首小诗表达这种心情："夕照金桂满园香，楼染余晖映浦江。远观樟杉影婆娑，近闻窸窣读书郎。"他希望同学们能珍惜得来不易的学习条件，奋发学习，努力成才。

现在的大学学习，叶骏认为树立环境意识、素质意识非常重要。自改革开放以来，他亲身经历并目睹中国与发达国家间的差距大大缩小，但依旧明显存在两个问题：一是环境，中国的空气和水、人们的工作与生活环境还深受污染之害，这一点已引起政府部门高度重视，但更需要在校同学们再接再厉，树立可持续发展理念和雄心壮志，把国家建设成为"美丽中国"。二是素质，如今国民素质已有很大提高，但是比起发达国家还略显逊色。叶骏前几年去日本看望留学生时，一位女生说她某次出门采购，下出租车后在超市逛了两个多小时，出门时发现司机仍在原地等候，原来是因为她将伞落在了车上，司机鞠躬并归还伞的举动体现了一个民族极高的素质，让她极为感动。叶骏希望年轻大学生通过大学四年学习，能成长为高素质的人，有利于他人的人，有利于社会发展和国家进步的人。

叶骏自认身体力行诠释了"活到老，学到老"这一名言的意义，也希望年轻人能够长此以往，共同建设学习型社会。在推动塔斯马尼亚大学合作办学期间，虽已年近花甲，但叶骏还是利用周末去补习英语。如此坚持了几年，他现在口语虽不能说有多好，但在会见外宾时，基本能自然寒暄、交流。2012 年，在与澳方合作办学十周年之际，叶骏获得塔斯马尼亚大学授予的荣誉法学博士学位。这是该校自 1890 年成立为止，第一次向中国大学领导者颁发荣誉学位，是为了表彰叶骏对两校交流所做出的贡献，也是对叶骏付出努力的肯定和回报。这应该是整个学校的荣誉，叶骏只是其中的代表。叶骏为此感到高兴，但更多的是对学校发展充满憧憬。叶骏很自豪能够为教育事业付出一片赤诚之心，能够为社会输送更多人才和资源。

感　悟

大学生要志存高远，要有理想有追求。"勤朴忠实"是上海海洋大学校训，也是中华民族传统美德。希望老师们以此为训，认真工作，敬业爱生；学生们以此为训，认真学习，完善自我。

寄　语

借塔斯马尼亚大学的校训"开放之地，成才之家"（原文为拉丁文 *Ingeniis Patuit Campus*）寄语学校能为学生全面发展创造更加开放、优质的环境，学生也能充分利用大学这一"开放之地"，学习、实践、创新，锻炼并施展才华。今日奠定人生价值之基，明日争做社会栋梁之材！

（李真彦　叶思佳）

陆秀芬

陆秀芬(1954.10—),女,毕业于上海师范大学中文系。1993年,调入上海水产大学(现上海海洋大学)工作。主要从事语言文字、中外文学史、对外汉语的研究与教学。曾任人文学院文学艺术教研室主任,国际文化交流学院副院长。2004年,被评为上海水产大学教学名师。2005年,获上海水产大学三八红旗手称号。主持"本科生人文素质类课程设置和课程教学的改革与实践"项目研究,并于2000年获得上海水产大学教学成果奖三等奖。担任部属统编教材《大学国文》第一副主编。

潜心教育　追求人生的"宽度"

教学创新　慧业文人

　　如果说专业知识的学习是一种生存技能,是为社会、国家建设学习必要的知识和本领,那么语言文学的学习除了用于掌握语言文字的使用能力之外,更是一种对祖国文化遗产的传承,能够唤起人们的一种想象力、一种探索的热情,或者说是一种理想主义的情怀。

　　北京大学教授钱理群认为,语文教育的目的在于使人变得更美好。语文教师承担着给予学生"精神的底子"的使命。陆秀芬在上海海洋大学的教育教学工作,就是一直在努力践行着这样的使命。

　　1972年,中学毕业后的陆秀芬来到皖南山区的一个小三线军工厂投身军工事业建设。高考恢复后,潜心好学的陆秀芬当机立断,重新拾起学业,以优异成绩考入上海师范学院(现上海师范大学)中文系深造学习,并在毕业后选择留校任职。

　　1993年,已经拥有十余年教育工作经验的陆秀芬与上海水产大学(现上海海洋大学)开启了一段不解之缘。初来之时,上海水产大学全校一共只有2名大学语文教师,陆秀芬负责渔业经济系的大学语文课教学。后国家教委于1998年提倡全面开展高等院校人文素质教育,学校开始进行本科生的课程教学改革,陆秀芬立刻承担起了学校"本科生人文素质类课程设置和课程教学的改革与实践"的课题研究工作。面对行业型院校学生知识结构较为单一的状况,她在课程设置上首先确立一至两门核心课程,以学生个性发展为条件,用辐射的形式展开课程设计,以优化课程体系。在后来的教学过程中,陆秀芬将设计成型的八门课程分为三大类来因材施教:基础知识型课程,如大学语文;技能运用型课程,如应用文写作,旨在提高大学生的撰写能力;欣赏提高性课程,如诗词欣赏、外国文学名著欣赏、音乐欣赏等。

在推行该项改革后的两三年中,陆秀芬的课程规划获得令人满意的反响。这些非常规的课程组合打破了当时学校传统水产养殖、渔业经济、生物、化学等学科的限制,在为学生提供文化艺术教育的同时,拓展了学生的文学艺术视野和审美鉴赏能力,陶冶了学生的道德情操,因此受到学生们的欢迎。通过这次教育教学改革,上海水产大学的课程设置从比较单一的课程模式,向人文素质类课程教学模式拓展;所学内容也从专业学习转变为以专业学习为基础的交叉性学习,有效地提高了学生的多元知识素养。2000 年,陆秀芬主持的"本科生人文素质类课程设置和课程教学的改革与实践"项目,获得上海水产大学教学成果奖三等奖。

随着学校文化素质教育教学的开展,语文教学的师资力量也不断发展壮大。凭借着丰富的教学经验和实践积累,陆秀芬成为文学艺术教研室的第一任主任,在学校的教育教学改革方面发挥着与众不同的作用。

创新既是挑战,也是不断深入学习的过程。20 世纪末,为了满足人民群众日益增长的对高等教育的需求,国家作出"扩大高等教育规模"的重大决策。上海水产大学响应国家政策,开始扩大办学规模并增设了相关人文管理类专业。由于新增设的专业缺乏师资力量,陆秀芬接手了公共关系学、社交礼仪等课程的教学。她将人文理念融合在课程教学和研究中,为这些课程提供了多元会通的人文滋养。

筚路蓝缕　玉琢成器

　　为适应高等教育国际化发展的趋势,上海水产大学在 2004 年成立了国际文化交流学院。陆秀芬凭借着丰富的教育教学经验,被学校任命为国际文化交流学院的副院长,主管学生的管理与教学工作。

　　21 世纪初,中国的国际学生教育和管理领域还处于初级发展阶段。由于国际教育与普通高等教育和传统教育项目不同,国际学生的教育教学对每位教师来说都是一项新挑战。摆在陆秀芬面前的,从师资配额到课程设置再到学生管理都是一张白纸。勇于突破的陆秀芬带着老师们迎难而上,一边学习一边消化,以化解困难和挑战。

　　在当时师资力量、教学条件与办学经验"三缺"的情况下,国际文化交流学院于 2004 年招收了第一批来自俄罗斯的 11 名国际学生。

　　为顺利接收第一批国际学生,陆秀芬主动参加了为期两个多月的汉语培训课程,悉心学习国际学生的课程设计、课外活动、教学互动、如何传播中国文化等内容。这是她第一次从事国际学生教学,一切从零开始,犹如将自己多年积累的教学经验进行了一番大洗牌。学校聘请了一名熟悉国际教学的教师,又从人文学院抽调了一名教师,与陆秀芬一起组成国际学生汉语教学"三人"团队,前往当时位于学海路校区的国际文化交流学院开展教学工作。

　　当时,这支三人教学团队没有现成的教学方案、教材和课程大纲,而这群来自俄罗斯的汉语基础为零的国际学生又需要在两个学年内顺利通过 HSK(汉语水平考试)才能进入相应的专业学习。在这个过程中,陆秀芬不仅承担必要的教学任务,还需要构建和健全对外汉语教学规范体系,促进学院教学工作逐步走入正轨。

　　通过一段时间的摸索和实践,陆秀芬对国际学生的学习情况和教师的教学效果进行了调研评估,写出了一篇汉语教学现状的报告。她根据国家 HSK 考试大纲要求,参考兄弟高校对外汉语教学的经验,结合自身的教学现状,历时两年研究和整理,制定出了《上海水产大学国际文化交流学院对外汉语教学的课程设置、教学规范和考核标准》(以下简称"《规范和标准》")。《规范和标准》明确了教师如何对国际学生开展有针对性又高效的教学,从而使学校的对外汉语教学逐步走向正轨。

上至不断优化教学方法与教育水平,下至不断完善国际学生基本生活条件,陆秀芬事必躬亲、亲力亲为。有段时间,她专注于改善国际学生的在校生活质量,增进他们对中国文化的了解、沟通与理解能力。在她的努力下,国际学生虽身处异国他乡,却能从中感受到来自东方的温暖。国际文化交流学院留学生教育教学管理的制度体系也在这个过程中潜移默化地得到了完善,变得更为健全。

在国际文化交流学院的日子里,陆秀芬至始至终全力以赴,她用汗水与心血构建起了一套充分、完善的国际文化交流学院的教学与管理体系。这是她人生中第一次接触国际学生的教学和管理理论,也是她人生中非常难忘和辉煌的一段经历。从学习接受新型的教育理念、从零开始构建创新型的教学体系,再到将对国际学生实施的汉语教育与中国文化相融合……这一过程既是对国际学生知识的传授,也是对国内国际教育文化的认同。

正如罗素曾说:"伟大的事业是根源于坚韧不断的工作,以全副的精神去从事,不避艰苦。"陆秀芬凭借顽强拼搏与奋斗的精神,开创了学校国际文化多元教育领域的先河。

笃学自问 育才易辙

面对从零基础开始学习汉语的国际学生,国际文化交流学院的教师们需要从最简单的汉语拼音和笔画开始,逐字逐句地对国际学生进行基础语文知识教学。而长期从事高等教育的教师,起初并不擅长把最基础的语文知识,传授给从零开始的国际学生。

细心观察的陆秀芬针对此现象发表了《关于推行反思性对外汉语教学的思考》,并在其中提出"老师根据惯性思维以及对教育中国学生的方式来教外国学生时产生的偏差",对国际学院的教学经验进行反思和研究。她在听取学生与教师的反馈中不断总结,并同步进行实际教学模型上的改革和调整,从而完善了学校对外汉语教学的方法。这是一个陆秀芬认为实践性很强且意义深远的改革。

另一方面,在很长一段时间里,由于本科学习中鲜有语文方面的教学内容,很多大学生的语文水平几乎止步于高考。这一现象在陆秀芬的教学过程中也屡屡碰到。即使学校为不少专业开设了大学语文课与议论文写作课,但每当她参加教务处召开的会议时,都有教师反映学生不会写论文,甚至是连论文摘要都写不来。尽管在课堂上,语文教师曾进行过论文撰写要点和规范的讲解,但是真到写作时,学生们还是觉得无从下笔。对此,陆秀芬针对"试探大学生语文能力低下的原因及其隐忧"这一课题进行了一番调研,从现实问题中进行针对性、科学性的思考,得出"基本功不扎实""本科阶段重外语轻母语""缺乏以说错话、写错字为耻的社会氛围"的三大结论,并提出应针对此现象进行教学改革的建议。

此外,陆秀芬发现,水产养殖等理科专业的学生鲜有主动选修大学语文课的。在她看来,这与大学语文选修课的教学方法存在一定关系。她认为,学生只有喜爱教师的授课方式,才会更热情、更主动地加入到课程学习中来。陆秀芬非常重视与学生内心的交流,她不断完善调整教学方法,以情动人,传授语文知识给学生。只有发自内心地认同教师的人生观和价值观,学生们才会在教师分析和讲解文学作品时更加认同教师,并将知识予以消化,而教师在教学中还起到了主导学生进行自主学习的作用。在陆秀芬眼中,激发学生的学习热情和学习主动性比一字一句地教导更加重要。由此,陆秀芬结合自己多年的教学经验和教学效果,对大学语文课程的教学进行总结与阐述,发表了《大学语文课中教师的主导作用》。

抟心人文　春风化雨

从 1993 年到退休,在与上海海洋大学相约的 20 年光景中,陆秀芬为学校的人文教育发展和文化发展奉献了自己很大的力量。无论是为学生办文学讲座、开展文化活动,还是为高校教师进行普通话水平测试的辅导等,她都呕心沥血地发光发热。在这些经历中,陆秀芬也自认为何其荣幸,能够以一位普通的高校中文讲师的身份,到上海水产大学开始全方面的发展。在这 20 年的时光中,她从初来乍到的不适应、失落,到后来获得师生的广泛认同,为学校的文化教育做出成绩,最后成就了自己作为一名高校语文教师的使命。

对于新鲜事物,陆秀芬始终十分愿意接受和学习。她致力于和学生们进行零距离的交流,以缓解与学生的鸿沟。在践行大学语文课的多元化教学期间,陆秀芬曾多次带领大学生们走出课堂,参与到学校的本科生教学评估之中。她为学生布置调查研究,让他们纠正出语言文字的差错,以写小论文、调查报告的形式,将学生的实践结果编撰成册,作为学科业绩。对于学生来说,走出课堂,将理论学习和实践相结合也是非常新颖的。陆秀芬曾带领金融专业的学生到多伦路文化名人街,通过结合课堂中学习的左翼联盟的相关知识,让学生们带着对课内的疑问,进行实地考察和参观,而学生们也因此对当年上海孤岛时期的文学状况有了全新的、更为实际的认识。同时,这也激发了学生们对于中国文学学习的积极性,得到了很好的教学成效。正是通过陆秀芬这种引人入胜的方式,学生们的学习主动性得到了提高。

陆秀芬一直认为,除了专业课程知识的学习外,学生人文素养的养成也是非常重要的。为此,她曾经开设了一门名为"外国文学名著欣赏"的课程,其目的是向学生们传授部分西方文化中的精华。在这门课程的论文考试中,学生们被要求开放性地阐述自己对于课程的学习心得与体会,所学即所言,言而之无尽。由此,陆秀芬收到很多学生发自肺腑之言,包括"读史使人明智,通过文学课程的学习增长了很多知识,了解了很多世界的文化,改变了我以前的某些观点""文学欣赏课不仅让我学到了很多知识,也陶冶了我的情操,教会了我很多人生哲学,让我懂得了什么才是真善美"等。直到退休时,陆秀芬仍然对此意犹未尽。

寄　语

　　每个人的人生不仅要重视长度，更要追求人生的宽度。不论是人生、科研还是职业，追求宽度都比追求长度更重要。

　　对于大学生而言，内在精神修养是非常重要的。古人云："取法乎上，得法乎中；取法乎中，得法乎下。"一个人内在的文学修养，精神境界的提高，是一种长期的积累，需要高屋建瓴、厚积薄发。所以，希望大学生要利用在校的时光，博览群书，享受读书的乐趣。我们的祖国有着丰富的文化宝藏，历代作家留下了各式各样优秀的文化作品，这些著作教育着我们、鼓励着我们，让我们变得更美好、更纯洁、更善良。可以说，读书就是不断向巨人学习的过程。只有博览群书，才能够让自己的精神底子更加丰富饱满，达到古人所说的"腹有诗书气自华"。

（2019 级信息管理与信息系统专业　吴嘉雯　戴宗瑞）

汪之和

　　汪之和(1958.5—)，上海人，中共党员，现为上海海洋大学食品学院教授。曾任上海水产大学食品学院副院长、党委书记，上海海洋大学党委组织部部长、党委统战部部长。1982年初，毕业于华东师范大学生物系，获理学学士学位；1991年7月，毕业于上海水产大学加工系，获工学硕士学位。主要研究方向为水产食品加工、水产资源综合利用、水产品保鲜保活运输等。目前担任中国水产品流通与加工协会理事、上海市水产品加工与综合利用委员会副主任。编著《水产品加工与利用》《鱼糜制品加工技术》等著作，在鱼糜制品加工、资源高值化利用、水产品保活等领域发表百余篇论文及多项专利。

尽职尽责　务实探索

光阴似箭,岁月如梭。从当年的懵懂少年到如今两鬓斑白的暮年,汪之和的人生已度过了一个甲子有余。回首往事,酷暑严寒,蹉跎岁月,汪之和体味着人生所赋予的艰辛苦涩和幸福甘甜;敬业尽责,不负人生,汪之和追寻着美好理想和人生真谛。

恢复高考实现理想　惜时如金勤奋学习

汪之和出生在一个知识分子家庭,从小受到家庭的熏陶和影响,一套《十万个为什么》系列丛书中数理化天地生等知识的趣味性和通俗易懂的描述引起他极大兴趣和探索欲望。可以说,他从小就是一个有理想、有追求的少年。但受特殊时代背景的影响,高中毕业后,他一度不能继续学习深造,只能接受分配的现实来到吴淞饮食服务公司,开启做大饼油条端盘子的工作,一干就是3年之久。

直到1977年底恢复高考,经过努力学习的汪之和有幸成为恢复高考后进入华东师范大学生物系学习的第一批学生,实现了在那个时代原以为无法实现的理想,喜悦和兴奋的心情难以言表。

当懵懵懂懂走进生物系后,四年大学生活开始了。教师的谆谆教诲、辛勤耕耘,学生的勤奋努力、刻苦学习,是当时大学生活的真实写照。大家都惜时如金,争分夺秒、孜孜不倦,像海绵一样汲取着知识。在他的记忆中,那时图书馆和教室都是要事先去占位子的。在难得一天的休息日里,大家也都在温故而知新,娱乐成了一种奢望。大家都亲身经历了没有知识所带来的痛苦和磨难,这些经历使大家都懂得勤奋、互助和尊重,也更懂得对时间的珍惜,对知识的渴求,对知识传播者的敬重。

在华师大生物系四年的学习时光里,汪之和不仅学到了知识,掌握了技能,而且教师们的敬业奉献精神、传道授业解惑的方式等都深深地影响着他。回顾这段经历,汪之和说道:"这既是我一生中学到知识最多的一个时期,也是我人生最美好、最精彩的一段时光,更为我日后一生从教奠定了良好的基础。"

从事教学尽心尽责　教书育人为人师表

回顾人生,往事仍历历在目,汪之和在不同岗位上学习工作了46年,其中从事教学工作37年,经历了3段不同的教学历程,可以说这辈子都奉献给了祖国的教育教学事业。

1982年1月,刚大学毕业的汪之和就承担起援疆支教两年的任务。当时,全国刮起"知青回城风"——大批知青从边疆、从农村回到城市,而他却要从大城市再回到边远和贫困地区。回想起这段经历,汪之和非常感慨。因为在当地,首先要克服干燥的气候,其次是两个半小时的时差,再次是冬季的严寒。确实,经过好长一段时间,他才慢慢适应这样的生活环境和节奏。在石河子师范学校任教的两年中,汪之和先后带了两个班级,教授生物学。从学生到教师,在角色转变中,他认真备课、传授知识,常与学生交流,和他们打成一片,带领他们进行野外考察,到自然界去认识动、植物。虽然时间不长,但是师生间结下了深厚的友情。令他至今难以忘怀的是,当讲完最后一节课要离开讲台时,全班同学在班长的带领下唱起了一首献给老师的歌,并齐声说:"谢谢老师!"此番场景令人感动。新疆之行给汪之和留下了美好印象,就如同那首歌唱的,新疆是个好地方。在汪之和的记忆里,新疆的夏天,水果丰盛且价廉。吐鲁番的葡萄、哈密的瓜、伊利的苹果、库尔勒的蜜梨,还有西瓜、杏子和蜜桃,可以说应有尽有,而且是一年四季常有,也应验了"围着火炉吃西瓜"的谚语。新疆的冬天虽是零下 25℃ 的严寒,但室内都有暖气,好似春意浓浓。两年的边疆历练,使他更多、更全面地了解了社会,了解了中国西北部的风土人情,更培养了自己在艰苦环境中的适应能力,也更好地提高了自己的教学水平、培养了自己的教育能力。

1984 年 1 月,汪之和结束了援疆支教任务。回沪后,汪之和在杨浦区靖南中学任教四年半,主要教授植物学、动物学和生理卫生。在完成教学任务的同时,他依然梦想着能从事研究工作。经过一番刻苦努力的学习,1988 年 9 月,汪之和考入上海水产大学食品科学技术系,成为王愃教授和骆肇荛教授的研究生。面对一个全新的专业,他不得不从头学起,不仅要学研究生课程,还得补习食品专业本科生课程。经过不懈努力,3 年后,他顺利毕业并留校任教,走上了一条自己梦想的路,开始了一段新的征程。

1991 年 9 月,汪之和进入水产品加工研究室,开始了教学与研究工作。他深感失去的时间太多,面临的又是一个新的专业。他谦虚地说:"中年起步,笨鸟再飞吧。"甫一留校,学院就让他担任研究生班的班主任。除了日常管理工作外,他努力为学生办实事,解决了一些突发事件,得到师生一致认可。对此,汪之和感到这对工作能力的提高颇有贡献。教学是基础,虽然在大学里学过"教育学""心理学""教材教法",也有过两段教育教学经历,但是毕竟教学的对象不一样,教学内容的深度不一样,要求教师掌握知识的程度也就不一样。因此,他虚心求教,积极听课、认真备课,研究教材,查阅资料,积累知识,扩大知识面,先后承担起"水产品加工工艺学""水产品综合利用工艺学"等本科生课程的教学任务,以及"海藻化学"等研究生重要课程的教学任务。此后,他还参与了博士生前沿讲座的课程和渔业导论课加工部分的教学。汪之和严以律己,尽心尽职把知识传授给学生。他热爱教学,即使是在校党委组织部主持繁重的行政工作时,仍没放弃教学,坚持上课。在完成教学任务的同时,他还主编了《水产品加工与利用》《鱼糜制品加工技术》等专著,作为副主编参与了《食品加工工艺学》的编写,参编了《渔业导论》

《水产资源利用学》等教材。其中,《水产品加工与利用》荣获中国水产学会成立四十周年"优秀水产论文与专著"三等奖。

在校从教30年,汪之和牢记"为人师表,率先垂范"的宗旨,在严格要求学生的同时,兢兢业业,教书育人,培养一批又一批学生,先后招收了21届研究生,为国家输送了一批又一批人才。让汪之和感到非常荣幸的是,在留校工作几年后,学校就给了他很高的荣誉。1995年,经学校推荐,他获得"上海市育才奖"荣誉称号。

坚持科研严谨治学　潜心投入积极探索

教学是立校之本,科研是强校之路。探索科学上的未解之谜和专业上要解决的问题是一种乐趣,因此,在做好教学工作的同时,汪之和也积极参与和从事科学研究。30年来,他先后主持和参与国家级、省部级和横向项目共20余项,主要研究方向及研究内容为鱼糜制品加工技术、水产品保活与保鲜技术、南极磷虾保鲜和资源利用研究等。在从事科研项目研究的过程中,给汪之和留下比较深刻印象和对日后有较大帮助的有:(1)1993年,汪之和申请了上海市教委青年基金,成为学院第一个申请到项目的青年教师,开启了冷冻鱼糜和鱼糜制品技术领域的研究,并提出冻结速率对鱼糜蛋白质冷冻变性影响的新观点。(2)汪之和1996年参与、2002年主持了农业部"中国水产品加工业调研"课题,2003年主持了"舟山市水产加工业发展规划"课题。前者先后两次分别调研了全国13个省份,与各省海洋与渔业厅或省水产局加工处建立了较好关系,同时与全国50多家大中型水产加工企业保持着良好联系;后者为如何从宏观上整体考虑和把握产业的发展规模与途径提供了很大帮助。(3)2007年,汪之和撰写并申请了863项目"鲜活水产品长距离物流技术开发与产业化示范",在水产品保活运输技术和工艺及相关配套装备上取得较好成果;2015年,汪之和主持完成863项目"南极磷虾快速分离与深加工关键技术"的子课题"南极磷虾船上保鲜及产品安全性评价",在团队合作下,对南极磷虾船上保鲜提出有效措施并被企业采纳,同时检测了南极磷虾体内重金属和氟元素含量,进行了动物毒性试验与评估,并提出脱氟的有效方法。(4)2019 年,汪之和主持完成江苏苏北富民强县项目"基于栅栏技术原理的即食低铝海蜇新产品"课题,提出海蜇超声辅助脱铝的新方法,减少了食用海蜇时过量铝的摄入。

在回顾这些科研成果时,汪之和说道:"总之,能顺利完成这些项目,要感谢团队的共同努力和合作。"通过科研,汪之和不仅提高了业务水平,丰富了教学内容,所做的工作也得到了社会和行业认可。1997年 1 月,受中国水产集团总公司委托,汪之和作为专家远赴西非塞内加尔帮助指导鱼糜生产。他身负重托,在塞内加尔首府达喀尔工作近一年。经过努力,他将加工船上拆卸下来的设备重新进行组装,并经过一定工艺处理,使残余鱼肉得到充分利用,不仅提高了企业经济效益,而且培训了一批技术工人。同时,他也充分利用在非洲工作的机会和时间,对当地沿海渔业资源的可利用性进行了调研和研究,圆满完成任务。30 年来,汪之和先后发表百余篇论文,为水产品加工和资源利用领域的研究及企业的应用提供了参考。

在大家的合作支持和共同努力下,汪之和的研究工作得到社会和企业的认可,也获得了一些荣誉称号。他先后兼任中国水产品质量认证管理委员会委员、国家科学技术奖评审专家、教育部学科评议组专家、农业部高级专家库专家、科技部海洋 863 领域专家库专家、中国水产品流通与加工协会理事、中国水产学会水产品加工与综合利用委员会委员、中国水标委水产品加工分技委委员、上海市水产品加工与综合利用委员会副主任、上海市水产品标准化技术委员会副主任等职。他先后 3 次参加教育部考试中心"食品安全"社考类命题,并且参与国家质量监督检验检疫总局"中国名优产品"评审和科技部"国家科学技术奖"评审。通过参加这样一些学术交流和社会活动,汪之和学到了更多知识,开拓了认知视界,扩大了交流范围,提高了学术水平,使自己终身受益。

严于律己积极拓展 兢兢业业求真务实

在校、院领导的关心和培养下,完成援非任务回国后不久,汪之和于1997年担任学院副院长,开启了"双肩挑"角色。

在经济快速发展的时代,人们的理想、信念、文化也趋向多元化,汪之和受中华传统文化的熏陶和党的教育,崇尚以德修身、以诚待人的理念,追求做事公平、公正和公开。2004年,食品学院对领导班子进行调整,汪之和担任学院党委书记;2006年,因工作需要,他又调任校党委组织部部长,兼统战部部长和校党校常务副校长;2017年,因年龄原因,他从行政岗位上退下来,又回到学院从事科教工作。在长达20年的党务和行政工作中,汪之和在完成繁重行政工作的同时,始终坚持教学和科研"双肩挑"。能一一完成这些工作,他感念大家的帮助和支持。

在20年的党务和行政工作中,汪之和始终勤勤恳恳、任劳任怨,全身心把精力扑在学院和学校工作上,积极为学院发展出谋划策,与周培根教授一起先后组织了两次"水产品加工与贮藏"专业博士点申报,为之后的成功申报积累了一定经验。尤其是学校搬到临港新片区后,汪之和经常是朝八晚九的工作日程。在组织部工作期间,他见证了上海水产大学最后一届党代会和上海海洋大学第一届党代会。在校党委的领导和指导下,他积极参与会议的组织和筹备工作。工作中,汪之和严于律己、兢兢业业,做到宽严结合。除了做好党员发展、党员信息化管理、基层组织建设、干部培养选拔、干部换届等常规工作外,他还较早在高校中推行了基层组织公推直选、上海市党务公开试点、目标责任制考核等工作。他先后开展保持共产党员先进性教育活动、深入学习实践科学发展观活动、党的群众路线教育实践活动、"三严三实"和"两学一做"等学习教育活动。通过这些活动,广大党员和干部能够时刻牢记自己的理想、追求的目标和肩负的责任。

在统战工作中,汪之和坚持同心同德同行建设,积极支持和配合民主党派的组织建设和发展工作,制定政策来充分调动党派人士参政议政的积极性,使民主党派建设取得快速发展,民盟、九三和民建组织分别由总支与支部发展为委员会,并且新成立了民革支部,发展了致公党和农工民主党成员。在党派成员的共同努力下,三大民主党派的基层组织与党员先后被评为全国及上海市先进基层组织和先进个人,为学校赢得了荣誉。此外,对台工作方面也有较快发展。从 2006 年起,在校领导的支持下,汪之和开始组织沪台两岸海洋高校每年互访的海洋文化交流活动,并由原来的沪台三所大学发展到两岸六所高校。目前,这项工作已推进到双方每学期互派学生进行交流的阶段,为两岸高校青年的学习和交流创造了有利条件。这项工作得到上海市台办的充分肯定,并在上海市对台工作会议上进行了交流。

回顾从教经历,汪之和谦虚地说:"没做出什么成就,只能说是尽力而为做好每一件事。在改革开放的历史背景下,国家发展取得了巨大的进步,学校事业也有了快速的发展,这些成绩的取得都离不开各级领导和全体师生长期共同的努力和无私奉献。希望学校在新的历史条件下,再接再厉,再创辉煌。"

(2019 级食品科学与工程专业　孙洁)

黄晞建

  黄晞建(1952.8—)，江苏溧阳人，教授，中共党员。1977 年与 1986年，先后毕业于上海交通大学机械制造与工艺设计专业及思想政治教育专业；1995 年，上海交通大学管理工程（国际商务）专业硕士进修班结业。历任上海交通大学讲师，昂立实业集团副董事长，党委宣传部副部长、部长，上海市教育委员会德育处（学生处）处长、人事处（师资处）处长，上海海洋大学党委副书记、副校长等职。现任上海震旦职业学院党委书记。中国心理卫生协会大学生心理咨询专业委员会专家委员，上海高校心理咨询协会专家委员会主任，上海学校心理健康教育专家委员，复旦大学、上海交通大学等高校心理健康教育特聘专家，上海高校心理健康教育发起者。

着力三个维度 聚焦立德育人

黄晞建身上总洋溢着一股朝气与活力。青春是人生年华,也是人生态度。黄晞建身上就始终氤氲着浓浓的青春气息。他在交通大学主修机械工程,后因工作需要,先后学习思想政治教育、心理学、工商管理等知识。在他看来,学习不能唯专业建构,而是一个文理交叉、理工结合的系统工程,工作需要什么就学什么。大学毕业后,黄晞建先任职于交大物理教研室,养成了严密思考、细致谋事的习惯,后来走上行政管理岗位,他用理科思维把行政管理工作分成与时事、与人、与常态事务相关三大类,轻重缓急安排得有条不紊。他说团结就是力量,就像造飞机,每人造好一个零件,500 万个零件组合起来就是巨变。其后,黄晞建从交大调到市教委,并且在正值干事创业的年纪,又从市教委调任上海海洋大学党委副书记、副校长。在上海海洋大学,他拉开人生新阶段,创新并实践"三维育人法",即抓牢实践、网络、心理三个维度,着力于"立德树人"这个核心。累累硕果凸显了"三维育人法"的成效,也印证了他刚到上海海洋大学时郑重许下的奋斗目标。

着力实践育人

黄晞建干一行,爱一行,走到哪里就爱上哪里。到任上海海洋大学不久,他身上很快就有了"海味"。他说:"海洋大学是有特色的,在上海找不到第二个海洋大学。"碧海搏浪的教学与科研实践,塑造了上海海洋大学,也让黄晞建更加认识到,校内外的社会实践是培养人才的大舞台。为培养"有信仰,经世面;有理想,善作为"的优秀人才,他把校内外实践看作难得的育人课堂。人生少不了困顿曲折,事业少不了千锤百炼,只有到实践中去磨练、淬炼、精炼,才能学会如何把曲折变成"微笑曲线",让事业成功,让人生出彩。

2008 年 5 月 17 日,黄晞建(左一)陪同上海市领导视察上海科技活动周学校展台

在黄晞建主导下,大学生志愿者工作风风火火。在 2010 年中国上海世博会的"小白菜"中,在"食品安全宣传周""科学商店"等各种大型国内外活动中,在上海科技馆、上海中国航海博物馆等文博场馆内,都有上海海洋大学大学生志愿者的足迹与风采。志愿者们肯干、苦干、巧干、实干,展现了"勤朴忠实"的校训精神,并且他们也在志愿服务中淬炼和提升了自己。值得一提的是,在 2010 年中国上海世博会的志愿服务中,学校的 3000 名"小白菜"以"存好心、做好事、说好话、常微笑"为准则,连续 14 天每天清晨 6 点披星戴月出发,夜幕降临归还,可是海大的"小白菜"们却从未觉得辛苦。他们调侃道:"小白菜起得比鸡早,志愿者平方起得比白菜们早,而食堂的师傅们压根就没睡。"在志愿服务中,学生们锻炼了能力,磨练了意志,开阔了视野。

为了培养素质多元的人才,黄晞建想方设法鼓励学生社团发展,百

2010 年 9 月 6 日，黄晞建(左三)赴世博园区看望上海海洋大学的"小白菜"们

花竞放，各表一枝，繁荣校园文化。同时，他通过邀请上海音乐学院、上海戏剧学院等高校专家教授来指导，集合有文艺特长的学生，重点培养了一支拿得出来、上得了台面的大学生艺术团。2012 年，在全国第三届大学生艺术展演活动中，这支艺术团原创的舞蹈作品《紫禁流云》经过一年多的精心准备、刻苦排练，从各省市报送的 253 件舞蹈作品中脱颖而出，以美丽动人的表演，获得了全国甲组一等奖和优秀创作奖的优异成绩。全国大学生艺术展演每三年举办一次，是中国目前规格最高、规模最大、影响最广的大学生艺术盛会。此次获奖，展示了海大学子的潜力和风采。还是这支艺术团，在百年校庆文艺晚会中，创造了振奋昂扬、美轮美奂的记忆。

不少高校博物馆有着深厚的学科积淀和历史积累，然而却长期暗藏深闺，不为大家所了解。黄晞建到上海海洋大学后，开始探索高校文博育人。他说："要让高校博物馆从深闺走向社会。"在他的支持和指导下，上海海洋大学面向文博育人需求来整合学科资源，以学校馆藏丰富的鱼类标本为基础，结合中国优秀传统文化鱼文化，成功申请获批了上海高校民族文化博物馆。这既使高校文博场馆资源"活"了起来，又融入了优秀传统文化内容，开启了"文博育人"的探索和实践。在 11 家上

2012 年 2 月 8 日，在第三届大学生艺术展演上，黄晞建（第三排中间）与《紫禁流云》演员和工作人员合影

海高校民族文化博物馆中，上海海洋大学有幸成为育人联盟的会长和秘书长单位。2007 年，上海高校民族文化博物馆首次在上海科技馆举办了联展，引起良好的社会反响。这一育人模式很快走出上海，得到全国众多高校的响应。2012 年，来自全国的 71 家高校博物馆联手成立全国高校博物馆育人联盟，改变了高校博物馆"养在深闺人未识"的状态，夯实文化育人之基、铺就文化育人之路，上海交通大学被推为会长单位，上海海洋大学被推选为副会长单位。如今，高校博物馆文博育人已成为推进立德树人、提升文化自信、传承大学文脉的重要载体。

着力易班育人

　　黄晞建是思想政治教育领域的专家，对思想政治教育的发展始终保持敏锐的洞察力。随着网络技术日新月异，黄晞建超前地意识到，网络世界将成为今后思想政治教育的主阵地。他认为，谁掌握了网络就掌握了未来，谁丢掉了网络就丢掉了未来。2006 年，中国互联网进入"宽带时代"，大学生上网比例突破 85％，网络成为大学生获取信息的最主要途径。然而，一些商业网络趁势进入大学校园，各种社会思潮甚至不良思想渗透进"象牙塔"。在这种状况下,如何尽快构筑思想政治教育的网络阵地,构建适应形势发展需要的网络思想政治教育,已经成为迫在眉睫的任务。

2006 年,上海市科教党委推出 E-class(易班 1.0),上海海洋大学作为唯一试点高校,出色完成了交办的任务。后来,该系统成为中国大学生在线的前身。2008 年,上海市教卫工作党委又推出基于 SNS(社交网络)的 E-class2.0(易班 2.0),上海海洋大学再次成为首批试点高校。相比于上海交通大学、上海外国语大学和东华大学,上海海洋大学的信息化基础比较薄弱,但是选择的试点模式却最富有挑战性,即全校范围试点。主动加压并不是盲目自大,面对一些质疑和担忧,理工科出身的黄晞建经常用物理学上的力学原理激励大家。在他看来,上海海洋大学虽然基础最弱,但是需求最强,力度也是最大的;互联网的发展趋势是社群化,规模决定了流量,而流量是网络的密码。因此,在 2009 年 9 月 15 日的启动仪式上,黄晞建明确要求:下定决心,凝聚共识,做出成效。

在黄晞建的带领下,上海海洋大学迅速启动试点工作,仅用 1 个月时间就完成了相关环境的搭建和测试。彼时,智能手机尚未普及,微信还未推出,学校也刚刚搬迁到临港新片区不久,一些配套设施还跟不上,不仅周边生活娱乐设施极为稀少,而且由于距离市区较远,手机上甚至经常出现"浙江漫游"的信息提示,所以不少学生抱怨"自己是不是不在上海读大学"。环境影响的不仅是校园生活,其对学生的管理服务也带来了很大挑战。面对学生的思想波动,黄晞建提出用易班来破解学生教育管理的"时空之困",即通过建设易班来构建学生的网络精神家园。在此基础上,一个又一个网络班级、网络党团组织、网络社团在易班应运而生。这些网络社群连接了师生,不仅身处远郊、倍感孤单的学生得到了暖心的陪伴,而且教师利用易班的网络应用为学生提供学业指导和答疑解惑,各级组织也在易班平台开展了丰富多样的网络文化活动,提供了不少网络生活服务。辅导员、思想政治理论课教师纷纷化身网红走进网络、入住易班,他们的博客、空间成了不少同学每日打卡之地,海洋易班在黄晞建团队的建设下日益活跃起来。黄晞建说:

"运用好网络'易班'这个工具，加强同学之间的交流，加强学生与学校的信息交流，将世界缩小了。"

2010 年 9 月 14 日，中宣部、中央外宣办和教育部在上海海洋大学召开上海高校"易班"网上社区建设经验座谈会

在黄晞建的指导下，上海海洋大学边推进边总结，逐步建章立制，先后出台了《上海海洋大学 E-class 项目试点工作方案》《上海海洋大学关于进一步推进 E-class 试点工作的实施意见》《上海海洋大学关于进一步推进易班建设的工作方案》等文件，并且组建易班发展中心，成立易班学生工作站，一大批网络骨干迅速成长起来。同时，上海海洋大学首创了基于易班的网络班级"七到位"等做法，开展易班之夜、超级梦想班级等系列特色活动，"海洋易班"涌现出一系列的特色和亮点。易班建设的"海洋模式"得到了上级和各方的关注。2010 年 8 月 31 日，教育部思政司网络处处长李永智、国新办网络局宣传处副处长李成等来上海海洋大学作专题调研。2010 年，上海高校易班的成功实践得到胡锦涛同志的批示。同年 9 月 14 日，上海高校易班网上社区建设经验座谈会在上海海洋大学举办，中宣部、中央外宣办、教育部有关负责同志等参加会议。易班由此从上海开始向全国辐射。其中，"海洋模式"成为各高校学习借鉴的典型案例，超过 400 多个省市教育主管部门和高校来上海海洋大学调研。截至 2021 年 11 月，易班已覆盖全国 1776 所高

校,大学生实名注册用户 2931 万人。在一次大会上,教育部易班发展中心主任朱明伦对易班的"海洋模式"予以充分肯定,指出"今日海洋易班,明日易班海洋"。

截至 2022 年,"海洋易班"薪火相传,先后取得全国高校校园文化建设优秀成果特等奖、上海市教育改革实验奖一等奖、上海市高校德育创新发展研究成果优秀奖、连续四届"全国高校百佳网站"称号和"最佳文明网络社区奖""最佳思政创新奖""最佳网络社区奖",以及上海市教育系统优秀网站、市优秀网站提名奖、全国和上海市十佳易班学生工作站和站长、全国高校优秀校园网络通讯站等荣誉。

着力心理育人

现代社会,优秀人才既需要过硬的本领,也需要坚韧的心理素质。黄晞建发现,社会工作节奏在加快,职业人面临的心理压力在变大。他意识到,人才培养必须加上心理健康教育与咨询模块,这也将是今后大学教育教学的重点内容之一。在黄晞建的领导下,上海海洋大学于2005 年申请建设上海市高校学生心理健康教育与咨询区域示范中心(浦东片),并于次年获批成为第一批 5 个上海市高校心理健康教育区域示范中心的高校之一。其间,学校在队伍建设、普及教育、教学科研、危机干预、社会协同、服务区域范围内的高校等工作方面做了大量探索和实践,特色鲜明,成效突出,得到专家肯定和社会认可,获得全国和上海市的荣誉称号。2012 年,在上海高校学生心理健康教育与咨询示范中心的新一轮申报遴选工作中,上海海洋大学再次被上海市教卫党委、上海市教委命名为"上海高校心理健康教育与咨询示范中心(2012—2015 年)"。

多年来,中心确立了"教育为本、预防为主,促进学生心理健康;协同育人、创新发展,共享社会优质资源"的工作原则,建立了专兼职心理教师队伍。其中,兼职心理咨询师由心理健康辅导员组成,100%获得国家二级心理咨询师资格证书。此外,中心面向上海市高校辅导员开展为期一周的两次专题培训工作(5 月"大学生心理危机干预"、12 月

2006 年 5 月 16 日，上海海洋大学的"上海市高校学生心理健康教育与咨询区域示范中心"揭牌

"心理咨询技术与方法"）；指导学院进行大学新生心理建档；组织辅导员开展校内外专业知识培训；开展上海大、中、小学心理健康教育工作合作与衔接；安排全校心理健康教育课程及其建设；成立"危机干预协助小组"，统计分析全校新生心理健康测试；统计各学院每月上报的学生心理危机筛查结果，全面动态掌握全校学生心理动态；落实白天心理咨询预约接待工作；及时有效地进行心理危机干预工作；对学生骨干进行定期培训，发挥朋辈互助作用。

"他山之石，可以攻玉。"黄晞建积极拓展心理健康教育与咨询的国内和国（境）外交流及合作。他邀请海内外心理学专家二十余人担任上海海洋大学兼职教授，如清华大学樊富珉；浙江大学马建青、王伟；天津师范大学梁宝勇；北京大学郑日昌；复旦大学孙时进；香港城市大学岳晓东；美国加州大学伯克利分校心理中心主任 Jeff Prince 和 Christine Zhou 博士；美国加州大学戴维斯分校咨询与心理服务中心主任 Emil Rodolfa 教授；南澳大利亚大学朱迎教授、Petter Chen 教授等。上海海洋大学与美国加州大学伯克利分校、南澳大利亚大学、澳大利亚莫纳什大学、澳大利亚斯威本科技大学签定了合作协议，拓展国际学术交流。上海海洋大学每年会选送 1—2 名心理健康教育与咨询教师去美国加州大学伯克利分校进修 1 月,而伯克利分校每年会选送 2 名专业教师来上海海洋大学进行专业交流 1 个月。此外,上海海洋大学还积极推进上海高校心理咨询协会与长三角高校心理健康教育组织合作,与英国牛津大学、德国波鸿鲁尔大学等高校进行交流与合作,拓展了心理健康教育的广度和深度。

上海海洋大学与牛津大学签约合作

上海海洋大学与长三角高校心理健康教育组织联手合作

2012 年 11 月,上海海洋大学举办"两岸四地高校心理辅导与咨询高峰论坛";2013 年 4 月,上海海洋大学举办"上海大学生心理咨询方法与途径国际研讨会"。在"两岸四地"论坛上,北京大学教授郑日昌在现场参观时曾说:"对于你们没有心理学专业的学校举办国际性心理健康教育学术会议,心里还是有些好奇与疑虑,但今天看见你们心理健康中心的工作室条件,以及你们出版的这些心理学学术研究书籍后,我觉得你们学校与领导非常支持你们的工作,你们是有各方面的条件和基础来举办这样的国际学术会议的。"

上海海洋大学面向全体新生开设"心理健康教育"必修课,并以此为基础,建立了心理健康教育课程群,用不同教育模式向不同年级提供积极心理引导、潜能拓展开发、危机预防教育。学校先后开设心理健康教育必修课一门,以及大学生心理健康修养、发展心理学、人格心理学、创新思维与训练、心理素质培养与能力训练、职业心理素养与管理等选修课。2013 年,选修课"大学生心理健康修养"被评为上海市级精品课程;2014 年,必修课"心理健康与成长"被评为上海市级精品课程。

心理健康教育与咨询中心先后主编出版《大学生心理健康》《发展心理学》《发展心理学学习指导与习题集》《心理咨询技术与方法》《大学生心理卫生与咨询》等著作。其中,《大学生心理健康》获 2015 年上海普通高校优秀教材奖,以及"上海高校心理咨询协会第二十一届学术年会"优秀著作奖。2011—2013 年,上海海洋大学心理健康教育与咨询中心连续三年获得"上海高校心理健康教育活动月特色项目奖""优秀组织奖";上海海洋大学大学生心理健康研究教育中心每年被评为"上海市高校心理健康教育工作先进集体"。2011 年以来,上海海洋大学教师在心理健康教育课程大赛中,分别获得国家级二等奖,以及上海市示范奖、一等奖、二等奖、三等奖、优秀奖等奖项。这背后,都与黄晞建的前瞻规划、积极建设、悉心指导分不开。

感　悟

提升学生的心理健康水平,让每个学生都能快乐地生活。

寄　语

海大百年树丰碑，甘洒热血写春秋。在历史的制高点上看问题，看得更远一点，为国家，特别是为渔权、海权乃至国权谋发展。

（宁波　刘智斌）

黄硕琳

黄硕琳(1954.9—　)，福建南安人，中共党员，教授，博士生导师。本科毕业于上海水产学院海洋捕捞专业，获工学学士学位；研究生毕业于英国伦敦大学政治经济学院海洋开发的法律、经济和政策制定专业，获经济学硕士学位。曾为英国剑桥大学国际法研究中心高级访问学者，日本名古屋大学客座研究员。共出版著作、发表论文 100 多篇/册。多次作为中国政府代表团成员参加双边和多边渔业谈判。历任上海水产大学渔业学院副院长、工程技术学院副院长及院长、科研处处长、副校长，上海海洋大学副校长、海洋科学研究院院长、海洋政策与法律研究所所长；曾兼任教育部水产类本科教学指导委员会主任委员、亚洲水产学会理事长、中国水产学会副理事长、中国海洋法学会副会长等职；现任中国海洋法学会副会长、*Aquaculture and Fisheries* 主编、《水产学报》主编、《上海海洋大学学报》副主编、《联合国海洋法公约》附件八所规定的国际渔业特别仲裁专家。1990 年，被授予"上海市新长征突击手"称号；1991 年，被授予"上海高校优秀青年教师"称号；1993 年起，享受国务院政府特殊津贴；1997 年，被评为上海市教卫系统"优秀共产党员"；1997 年，被授予"中青年有突出贡献专家"称号；1997 年，被授予"上海市回国留学人员先进个人"称号；1997 年，获上海市教学成果奖一等奖，同年获国家级教学成果一等奖；2019 年，被亚洲水产学会授予杰出贡献金奖。

学术无问西东　岁月自成芳华

2012年，一篇题为《渔权即是海权》的文章在中国法律界顶尖刊物《中国法学》上发表，引起强烈反响，直到现在仍然具有十分重要的学术和实践价值。该文作者是上海海洋大学时任副校长黄硕琳教授。回顾过往，黄硕琳与海洋似乎有种不解的缘分。

知青岁月　砥砺前行

上山下乡是那个年代特有的印记。1972年6月，18岁的黄硕琳也跟知识青年们一起来到福建省长泰县陈巷公社美彭大队。南方的稻田里有插不完的秧和干不完的农活，这自然也成了知青们的日常。收获的稻米要装进麻袋包，从田间扛到岸上再装车，一袋大概180斤左右，全靠人力扛运，几年劳作使黄硕琳的身体受到一些伤损。每逢上山开荒种树，他们就茅草搭蓬、凉席为铺，索性住在了山上。知青的生活艰苦，每天只有主食，没有菜吃。幸而当地民风淳朴，农民们回家带来的饭菜经常分给他们吃。如果说生活上的困难容易克服，那么心理上的困窘实属无处安放。当时，推荐上大学的中学同学趁暑假去看望黄硕琳，同学们的白衬衫、黑皮鞋与一脚泥巴、皮肤黝黑的他形成了鲜明对比。老乡们的调侃让他对自己的现状及前程深深担忧。黄硕琳不想就这样沉沦在岁月的车辙里，于是在劳作之余，他抓住一切可以学习的机会，拼命汲取知识，为自己的人生发展积蓄力量。机遇总是会垂青有准备的人，一个偶然的机会，黄硕琳当上了当地初中的代课教师，并且因为表现优秀又成为大队的团总支书记。黄硕琳说，经过那几年的曲折磨砺，他感觉以后啥苦都能吃，而这些磨砺也成为了激励他以后人生道路的最强大动力。直到现在，黄硕琳也见不得别人浪费。上山下乡的物资是贫瘠的，但精神却是丰满的。六年时间，生活教会了他坚韧、感恩和友善。

结缘海大　休戚与共

　　回忆当年的知青岁月，黄硕琳说最庆幸的便是劳动之余没有忘记学习。当高考制度恢复后，黄硕琳于 1977 年便报名参加了高考，并被顺利录取到厦门水产学院海洋捕捞专业。学习期间，他随学校复校来到上海，毕业后留校任教。"勤朴忠实"的海大校训从此融入黄硕琳的血脉，"渔权即海权"的信念也在他心底深深扎下了根。从厦门到上海，从上海水产大学更名为上海海洋大学，黄硕琳参与了两次校址搬迁和两次校名更改工作，见证了学校的发展变迁，也铸就了他对学校深沉而又隽永的依恋。从普通教师、班主任到教研室主任、副院长、院长、科技处长，再到副校长，黄硕琳在做好教书育人工作的同时，也分担起学校管理和发展的重任。作为分管科研和研究生工作的副校长，他几乎对学校每位教授的研究方向、特点都很清楚。他也一直认为，为了学校发展，要有海纳百川的胸怀。因此，只要对学校发展有利、对教师的教学科研有所帮助，他都会主动出面帮助协调，为他们"站台"。上海太和水环境科技发展有限公司董事长何文辉到现在回忆起当年的研究创业历程，仍然记忆犹新。他多次提到，如果不是黄校长鼎力支持，可能就没有今天的太和水。而这一切在黄硕琳眼里，是作为学校领导的责任和担当，也是作为海大人的使命和情怀。

　　退休后，黄硕琳仍然坚持每天到校上班，即使疫情期间也是如此，没有节假日，也没有周末。他仍然关心学校的发展和学生的教育，遇到不合理的做法也都会向有关部门反映。被问到是否担心别人对他有意见时，黄硕琳笑笑说，我已经习惯了，学校要发展，难免会有些不同的声音，总要有人去解决，我也只是对事不对人。

2019 年，黄硕琳(中间)被亚洲水产学会授予杰出贡献金奖

留洋海外　行远自迩

20 世纪 80 年代，出国留学的机会极为难得，对黄硕琳来说更是来之不易。对于"文革"开始之年进入初中的他，英文就像一只拦路虎，挡在了出国留学的路上，然而只有通过英文考试，才可以获得申请留学的资格。上大学之前，黄硕琳从来没有接触过英语，一个英文单词都不会，掌握英文的听说读写无疑是个难度极高的挑战。黄硕琳意识到，英语学习，听力是关键，于是他用自己参加工作一年时间的全部工资结余，买了一个学习外语用的收录机，把自己的闲暇时间全部投入到英文学习之中。经过持之以恒、周而复始的不间断学习，他终于通过考试，获得了留学资格。学校当时缺少海洋法方面的教师，黄硕琳主动提出去学习海洋法，并顺利申请到伦敦政治经济学院海洋开发的法律、经济和政策制定专业的学习资格。考试和实践完全是两码事，英国的学习

使黄硕琳清楚地认识到这一点。英国教师全程用英文快速授课，加上大量专业词汇，使最初听课像听天书一样。此时，他琢磨出一套适合自己的学习方法：每天大量阅读相关专业书籍，试写一篇篇英文专业文章，然后请一位加拿大籍的助教帮忙批改和指导。这位教师在批改的文章上批注："you are not studying，you are struggling."（"你不是在学习，你是在挣扎。"）毕业回国后，为了发挥专长，黄硕琳一有机会就主动承担专业知识的翻译工作。熟练的英文、专业的海洋法和渔业管理教育素养，使他得到了国内和国外同行的赞扬。他是学校当年选派出国留学的40多人中，学成回国的少数几人之一。当时，黄硕琳也有很多机会留在国外，但是他毅然选择归国回校。他的回答很简单："我是国家培养的，我应该回来报效祖国。"

博士生课程结课报告

国际交锋　任重道远

《联合国海洋法公约》附件八所规定的国际渔业特别仲裁专家，中国只有两位，黄硕琳便是其中之一。细数黄硕琳的学习和研究经历，从捕捞学到海洋开发的法律、经济和政策制定，再到国际海洋法和国际渔业法；从海上实习到两次赴英学习，以及到日本讲学；这样综合全面的知识和经历，为他参加国际渔业会议和国际渔业谈判奠定了坚实的专业基础。作为中国代表团成员，黄硕琳参与了 1991—1992 年世界粮农组织促进公海渔船遵守国际养护和管理措施协定的谈判，并于 1995 年起参加中日渔业协定、中韩渔业协定的谈判。其中，公海渔船养护措施的谈判使他先后五次赴罗马。这样的经历让黄硕琳深刻领会到渔业在国际关系中的特殊地位，以及渔业权在国家主权中的历史和现实价值。在构建"人类命运共同体"的过程中，中国要树立负责任大国形象，海洋和渔业在其中承载着重要的纽带作用，但国家和人民的合法权益也不容任何侵犯。作为学者，他认为，应该让更多人认识和了解渔业，《渔权即是海权》正是黄硕琳学习和实践的思想阐述；作为教育者，他也认识到，复合型海洋和渔业人才培养具有重要性和紧迫性。

黄硕琳(左)与老友、中国第三任国际海洋法庭法官高之国(中)和学生、海洋文化与法律学院院长唐议(右)

硕琳桃园　　有蕡其实

黄硕琳有一份十分珍爱的视频资料《硕琳桃园》，那是在他 60 岁生日的时候，学生们特意为他制作的。1996 年开始担任硕士生导师，2000 年开始担任博士生导师，黄硕琳培养了数十名博士、硕士研究生，本科生更是不计其数。毕业后，学生们大多都走上了与渔业管理、渔业法律法规相关的岗位，有些人已经卓有建树。现在，他仍然坚持为学生授课，仍然有很多学生慕名来"蹭课"。学生们对他又怕又爱。"怕"是因为黄硕琳对学生要求非常严格，他一直坚持学生要形成自己对于学术研究的认识，但这个过程是要经过艰苦训练的；"爱"是因为黄硕琳爱护学生，很愿意帮助学生，他教会学生的不仅是学习，还有生活。2021年毕业的博士何好如说："我们学生之间有时会将他的办公室戏称为'海大第二心理咨询室'。当遇到生活中的困扰时，黄教授的办公室就成为了我心灵的港湾。他用自己生活的智慧，为我们前行的道路点上一盏明灯。他总是为学生着想，时刻关心着我们的学业和成长，总是开心接受学生给他'添麻烦'，却总不愿给学生'添麻烦'，让我们有更大的自由和更多的时间专心写作。"桃李不言，下自成蹊。黄硕琳润物无声的背后，是学生们对他的敬重与爱戴。2001 年，黄硕琳身体抱恙，需要住院做手术，学生们便自发组织去医院陪护。医生惊讶地问道："您的小孩怎么这么多？"听说是学生，大家不免感到羡慕。"每年除夕之夜，手机就响声不停，会收到来自全国各地学生的祝福，这可能就是教师最大的快乐了。"谈及学生，黄硕琳洋溢在脸上的是说不出的满足与欣慰。

修身齐家　谈笑鸿儒

　　黄硕琳日常工作繁忙，出国学习就有 3 年多时间，出差更是家常便饭。在辉煌成绩的背后，他觉得亏欠他的家庭。黄硕琳的夫人也是一位高校教师，为了他的事业，夫人付出了很多，照顾孩子的任务几乎是由夫人一人承担，有时候甚至还要充当他工作上的助手。1992 年，黄硕琳接到主编农业部高校统编教材《海洋法与渔业法规》的任务。那个时候，他们的孩子才 3 岁大，每天哄孩子睡着后才有时间写作，有时凌晨 3 点便起床写作。当时没有计算机，书稿完全靠手写，然后由夫人帮忙誊写在格子纸上。相濡以沫四十载，容颜老去，沉淀下来的是优良的

留学英国

家风和彼此的成就。

工作之外的黄硕琳,幽默、风趣、热爱运动,爱交朋友。他年轻时就是系乒乓球队、排球队、篮球队队员,后来还参加了高校校长杯的乒乓球比赛和网球比赛。后来,因为身体原因,不再打球了,骑行便成了他强身健体的运动项目。近几年来,他可能是校园里每天活动最早的海大人,连学校大门的保安都知道,每天早晨5点,黄校长风雨无阻都会

硕士生课程结课留念

到校。骑行一个"半马"或"全马"的里程,然后再赋诗一首,这也成了他退休后每天生活的开始。

黄硕琳是个性情中人,他的朋友也很多,中国第三任国际海洋法庭大法官高之国便是其中之一。谈及近 20 年的友情,高法官感慨颇多,他说:"黄硕琳是我的老朋友,我们认识很多年了,虽然平时大家忙于工作,没有太多的时间在一起,但是每次见面总有讲不完的话,每一次交流都会有相见恨晚的感觉。《大学》有言,修身齐家治国平天下,黄硕琳一直在为此努力,我认为,他做得很好。"君子之交,始于惺惺相惜,陷于德行才华,终于人物品格,这便是最好的友情吧。

(2019 级渔业环境保护与治理专业　孙晓凤　2018 级渔业经济管理专业　雷露)

陈舜胜

陈舜胜(1956.12—　)，教授，中国水产学会、中国食品科学技术学会、中国营养学会资深会员，九三学社上海市委科普工作委员会副主任，九三学社第十四届中央委员会科普工作委员会委员。主要研究方向：水产资源利用学、食品分析、食品营养与安全、食品感官评定。1996—2003年，作为中方主持人参加中日国际合作研究项目——中国淡水渔业资源利用技术开发。主持或参加国家重点研究项目10余项，参与编写《中国农业百科全书·水产卷》《中国大百科全书·水产卷》《化工大百科》《辞海》《大辞海》《水产品安全性》《食品分析》《水产食品学》《食品感官评定》等重要著作10余部。在国内外重要刊物上发表论文150余篇。2010年以来，作为受邀嘉宾，经常出席上海电视台、东方卫视、中央电视台科技频道、湖南卫视、上海人民广播电台、一席演讲等媒体的食品安全类、营养类、海洋生物类等专题节目。在《澎湃新闻》《生命时报》《食品与生活》《解放日报》《新民晚报》《德国之声广播电台》等媒体上撰文或接受采访，为消费者答疑解惑，并从食品科技、食品营养、食品安全等角度出发，指导消费者识别消费宣传陷阱，提高对健康食品、安全食品的鉴别能力。2019年，获上海市科普教育创新奖；2020年，获上海最美科普志愿者奖。

为学学而不厌 为师诲人不倦

在上海海洋大学,每次评选学生最喜爱的老师,陈舜胜总能当选。每年毕业季,总有许多受过陈舜胜教导的学生依次与他合影。学生们喜欢他,除了向他学习知识外,他的人格魅力更是一本精彩的"教材":淡泊名利、专注学问。陈舜胜身上体现了学生心目中关于好老师的一切要素。

"己欲立而立人,己欲达而达人。"陈舜胜借用孔子的这句话作为自己的座右铭及格言。他说,作为一名教师,自己首先必须有实力。如果自己不能站起来,那当看到有人摔倒,你怎么能帮助他们呢?其次,需要做一个乐于助人的人,尽最大努力帮助每个学生。这是他这些年在海大一直秉承的信念,他用这个信念与海大一起经历风雨。

陈舜胜(前排右二)64 岁生日与学生合影

不忘初心　奉献讲台

陈舜胜在上海海洋大学食品学院任教共 40 年,如今已经 65 岁,多次延聘、返聘后于 2021 年底正式退休。在这 40 年里,陈舜胜传道解惑、研究学术,如今已满头白发,讲台下的学生也从曾经的 60 后到如今的 00 后,但他对讲台的初心始终未变。

上大学时的陈舜胜

2008 年,上海海洋大学主体搬迁至临港新片区后,陈舜胜也开始了"5 + 2"的日子,周五回到他在市区的家,周日乘地铁返回临港。他通常早晨 7 点从海洋小区骑自行车到校园,晚上 10 点才回家,每天三分之二的时间都有书籍和学生陪伴。他推自行车和上下楼梯的熟悉声音,深深地铭刻在每一代学生的记忆中。这与海大"勤朴忠实"的校训不谋而合。

打开陈舜胜的简历,可以看到他对日语和英语都十分精通,而且有着深厚的专业成就。然而,与今天许多大学教师相比,他并没有出国深造的经历。陈舜胜于 1977 年参加了"文革"后的首届大学入学考试,并于 1981 年底毕业留校作为上海水产学院助教。1985 年,学校更名为上海水产大学;2008 年,学校再更名为上海海洋大学。20 世纪 80 年代,全国高校迎来改革开放的春风,各高校从世界银行获得低息或无息贷款,选派优秀人才出国深造和购买国外先进研究设备。购买进口设备要制作招标文件,要先浏览、筛选大量外文仪器设备的文献资料,这项工作需要年轻且精通外语的人才。日本的仪器设备不少,但精通日语的人却很少,于是陈舜胜成了不二人选。学校将他作为青年教师必须参与的辅导员、班主任工作也减免了,让他全力承担世界银行贷款购置设备的招标事宜。他阅读了大量日语文献,出色完成了学校工作,并且顺便学好了日语。陈舜胜与公派出国学习的机会也因此擦肩而过,但他依然安心勤奋努力、教书育人。陈舜胜也明确婉拒转到行政岗位,只因为他热爱学术,更关心学生。

面对平凡的教学工作,陈舜胜很快就找到了乐趣。在这段时间里,学校缺乏师资,他承接了许多主要的大学课程,从水产品加工到食品分析、食品营养、食品卫生、食品风味、食品感官评定等。"当我和学生一起学习这些课程时,我突然发现有很多领域我自己都不了解,我需要学习很多新知识。"因此,他学习了应用数学、食品统计、生物化学等知识。"当时,改革开放时间不长,中文书籍与杂志的资料比较陈旧。为了便于日文和英文专业文献的直接阅读,我便自学了英语和日语。"

根据上海海洋大学食品学院的统计,陈舜胜授课时长达 30 多年,不仅包括专业理论课程,还包括实验课程和实习课程,教学的每个环节都难不倒他。

愿做学生兴趣的引路人

陈舜胜是上海高校首批优秀青年教师,在国内高校首次开设了食品感官评定、食品加工学等一系列食品专业的精品课程,负责并承担中日国际合作项目——中国淡水渔业资源利用技术开发研究项目,获得过国家科技进步奖二等奖……取得了为师为学的很多荣誉称号。教而优则仕,是许多青年优秀教师的自然之路,而陈舜胜一直与学生们在一起,坚定地站在教学第一线。

陈舜胜从教 40 年以来,爱岗敬业,刻苦钻研业务,有强烈的责任感和事业心,几十年如一日,关爱学生,教书育人,以身作则,为人师表。

陈舜胜访问日本北海道大学

从本科生、硕士生到博士生,从理论课、实验课、实习课到本硕论文指导、大学生创新指导,所有的教学环节他几乎都参与了。特别是从助教开始,他一直到现在都每年制定计划并亲自带本科生实习,几十年如一日地始终活跃在教学第一线。作为教师,他清楚自己的职责在于"传道、授业、解惑"。每次站上讲台,陈舜胜都在想如何帮这群大孩子"抢救"兴趣。用典故,讲故事,融汇文史,每每听他上课,理科生就感觉走错了课堂,硬邦邦的科学知识竟然有了气象万千的"文学味"。

不知是为教有方,还是40年总有"好运",陈舜胜说:"我从教多年很少碰见调皮捣蛋的学生。"生活中,陈舜胜以朋友的状态和学生们相处;对于学术,陈舜胜秉持着开放思维、各抒己见、原理为主的理念。他的一位学生邱伟强说,在导师指导下做研究的过程中,对他启发最大的就是从事科学研究的方式:"做科学研究的时候,有时会在一个很难的问题面前卡壳,一时无解。有些导师会一味在学生背后鼓劲,陈老师却让学生懂得要以退为进。"陈舜胜引导式的学习方式改变了很多学生的学习态度,使他们将被动学习转变为主动学习。

乐做学生的"百事通"

每天早上7点多走进校园,晚上9点之后才离开,陈舜胜的办公室几乎总开着门,会客沙发上的常客不是领导而是一脸青涩的年轻人。无论是自己教过的本科生、研究生,还是讲座上有一面之缘的"听众",在他们眼里,陈舜胜一头花白板寸,慈眉善目,一开口春风化雨。他们明明是来求教学术问题的,且明知陈舜胜不是辅导员,但在交流中,各种各样的人生困惑不自觉地就"溜达"出来了。如何写论文,怎么投稿,男朋友可靠不可靠,为什么我不愿意和父母多说话,如何和身边的小伙伴相处……他就像学生们的人生"百事通",不少学生有事没事就常来坐坐。甚至毕业多年的学生,也时常回来找他交流人生感悟,听听他的意见。日常轻声的问候,生病时的关切,低落时的鼓励,浮躁时的提醒,是一种责任,一种智慧,一种情感,一门艺术。师生互动之间有温度,有感动,有思想,有心灵的呵护和人格的尊重。

陈舜胜说:"学生在人格上与教师是平等的,教师要平等地爱护每一名学生。不管男生还是女生,无论贫穷还是富裕,他们在我的眼里既是有血有肉青春蓬勃的学生,也是独特而不可复制的可爱的朋友。传道、授业、解惑,需要方法,也有技巧,更是心与心的推动。"这是陈舜胜40年教学生涯对教书育人的诠释。

陈舜胜获(右四)于2019年上海科普教育创新奖科普贡献奖

感悟：教育是一颗心推动另一颗心

从身份地位而言，老师高于学生，教师是"传道、授业、解惑"的主导方，有教书而育人之责。但是，师生在人格上是平等的，在科学探索与对真理的追求过程中所处的位置也是平等的。师生之间不是雇佣关系，也不是买卖关系，而是"同道"关系。"闻道有先后，术业有专攻"，老师了解的"道（包括知识）"多一点、早一点，有责任先向学生"传道"。当今科学发展迅猛，知识扩增有"爆炸"之说，学生在某些方面的知识甚至超过老师。年轻人闻道早，也可以成为年长者的老师，所谓"道之所存，师之所存"，这就是说师生的身份是可以互换的。"传"不是单向的，而是双向的交流、沟通，有相互的影响。所以，师生之间的关系其实"亦师亦友"。在探索科学、追求真理的过程中，从共性的角度看，师生也是"战友"，是朋友的关系。

寄语：求真务实

无论读书、研究，还是为人、处事，忌好高骛远、盲目崇拜、随波逐流、人云亦云。立身行事当不卑不亢，淡泊明志，宁静致远；学做真人，务做实事。

科学研究者最基本的素养是：知难而上，知理守序，知错即改，明辨是非，求真务实。

（2019 级食品科学与工程专业　戴振庭）

蔡生力

　　蔡生力（1957.5— ），浙江临安人。1982年2月，毕业于上海水产学院，获学士学位；2001年7月，毕业于青岛海洋大学，获博士学位。1982年3月至1999年10月，在中国水产科学院黄海水产研究所工作，曾任助理研究员、副研究员等职。1999年10月，调入上海水产大学，曾任副教授、教授、渔业学院副院长、科研处副处长等职。主要研究方向：海洋生物学、观赏性海洋生物、水产动物繁殖和发育生物学及增养殖学。曾获农业部科技进步奖二等奖2次，国家海洋局科技创新奖二等奖1次，中国水产科学院二等奖3次、三等奖1次，上海海洋大学科学研究奖三等奖1次。先后在《水产学报》《中国水产科学》《海洋科学》《海洋与水产研究》等学术期刊上发表论文40余篇。主编和参编专著或教材5部。

和风吹拂桃李　汗水汇聚幸福

蔡生力温文尔雅，极富亲和力。不少上过他课的学生都说，蔡老师是一位温柔且学识渊博的老师。

心态平稳　尊重规律

蔡生力于 1974 年高中毕业后，在浙江临安县下乡当知青。知青生涯虽然艰苦，但是没有磨灭他对未来的憧憬，他说自己希望有一天能够到外面去发展，希望能够拥抱一个更远、更广阔的天地。他做了 2 年中学民办教师，1977 年恢复高考后考入厦门水产学院（上海海洋大学 1972—1979 年曾一度在厦门办学，当时叫厦门水产学院）海水养殖专业，毕业后到青岛黄海水产研究所工作了 17 年。

蔡生力在中国水产科学院黄海水产研究所工作时，主要研究虾类，所做课题有国家"八五"攻关课题、国家攀登计划 B 项目等。他当时主要是在育苗厂从事对虾育苗研究、企业养殖指导、病害防治等一系列工作。他的育苗研究取得丰硕成果，尤其是对虾养殖最高峰的年份，每年都能育出几千万到上亿的对虾虾苗，培育十分成功。虾苗为当地创造了巨大经济效益，他受到当地养殖户的欢迎。

中国是最大的对虾养殖国，养殖面积最大，产量最高，从业人员也最多。对虾养殖刚开始时搞得轰轰烈烈，成绩也很好，然而后来大面积病害发生，对虾产量锐减。在此背景下，蔡生力开始转向对虾的病害、免疫方面的研究，他希望靠自己的努力，让中国对虾产业能够健康发展。他回忆说："当初在育苗厂，左邻右舍有四五家育苗厂，大家都想早点育出苗，早点占领市场，但一些技术人员急功近利，产出的苗质量差。我在培育亲虾时，不急于抢时间，而是根据对虾的生长发育规律，慢慢培育，产出来的苗数量大、质量又好，赢得了好口碑，连续待了六七年，每年都有好收成。虾苗之所以好，就在于心态放平稳，尊重自然发展规律，不急功近利，不和别人比。"

蔡生力认为，要达到目标，不在乎多走点路，多下点功夫。育苗厂的工作经历对他以后的人生产生了很大影响。1990年，他的科研成果"盐田生物的开发和利用"获得中国水产科学研究院科技进步奖三等奖。他说："做一件事情不要看别人做到什么程度，去追、去赶，要尊重自己的规律，脚踏实地一步步做。做事跟风的话，就像邯郸学步，失去了自己的风格。正所谓'取则行远'。"正是由于心态平稳，尊重自然规律，坚持自己的意见，脚踏实地地做科研，蔡生力取得了不俗的成果。

2001年10月，蔡生力赴日本九州大学进行学术交流

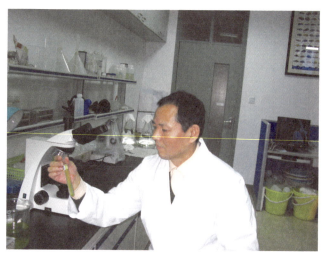

蔡生力在实验室开展科学研究

结缘海大　求学从教

蔡生力既是学校的校友，又是学校的教师。他在学校工作了 13 年，加上本科学习的 4 年，总共 17 年。除了缘分外，他更与学校有着深厚感情。他在 1977 年恢复高考后考入学校，成为厦门水产学院的学生，又于 1980 年随着学校在上海复校搬迁到上海，成为上海水产学院的学生。蔡生力本科毕业后到青岛黄海水产研究所工作 17 年，后又考入青岛海洋大学攻读研究生。然而，他一直向往着教师工作，想念着母校。1999 年，他欣然接受母校的邀请，回到学校工作，主要讲授海洋生物学、海洋生态学、水产养殖、生命的起源与进化等课程。此时的母校已更名为上海水产大学。

蔡生力经历学校四次更名，前两次作为学生，后两次作为教师。他觉得自己和学校有着难以割舍的情缘，学校培养他成为一名合格的毕业生，并最后成为学校教学科研的主要成员。在他的人生中，母校对他有着至关重要的影响。他说在求学从教的岁月里，感到很幸福，对学校充满着感激之情。"从 1999 年到学校工作，方方面面都受到了学校的培养和关照，让我能够安心平稳地工作。刚开始以教学科研工作为主，后来做过行政工作，当过学院副院长、科技处副处长。此后因为健康原因，辞去了管理工作，主要从事教学和科研。十分感谢学校对我多年来的培养和教育。"他动情地说。

学校有很多老教师给蔡生力留下了非常深刻的印象，如王素娟教授、苏锦祥教授等，其中影响最大的是臧维玲教授。臧维玲长期坚持在生产一线工作，蔡生力将她视为榜样，一直向她学习，敬佩她关心学生、爱护学生，敬佩她努力工作、不懈追求、不怕辛苦。蔡生力说："过去在研究所工作，更多的是考虑怎么把自己的研究成果转化为生产力，应用于生产，把研究和实际生产结合起来，把成果应用到生产上，转化为社会生产力。到了上海海洋大学后，更多的是搞教育，教书育人成了重点。每年研究生、本科生毕业时我会感到很愉快，自己的工作有成绩，就像以前在生产当中育出来的对虾苗受到欢迎一样有成就感。"学生取得的成绩就是对教师辛勤教学的回报。他的许多学生现在工作非常出色，遍布祖国各地，许多人已经成家立业、生儿育女，但他们不忘老师、不忘学校，常常回校看望他。

蔡生力说，从前在研究所里研究对虾育苗时，苗育得好，非常抢手，老百姓十分尊重，像看功臣一样看待他，令他十分有成就感。在学校做研究就比较平淡，他将自己的精力更多地放在教学上。带学生进行实践教学时，看到学生兴奋、执着、专注地采集海洋生物标本、分析样品，在专心致志、欢快的气氛中学习，他也感到快乐，体会到了工作的价值。他希望学生的学习不要太枯燥，能以一种快乐的心情学习，掌握一种好的学习方法，要把理论学习和实践学习相结合。他说："让学生事半功倍，学到更多的东西，这是教师应有的一种责任"。他很少批评学生，都是以鼓励为主。他认为，当代大学生对问题要有自己独立的看法，教师的看法及对事物的评判标准也会在教学中影响学生。教师的言行对学生的言行起重要作用，学生认识世界是从认识人开始的，教师的一言一行对学生影响深远、至关重要。

精心提案　改善郊区

2006 年 12 月，经改选，蔡生力担任学校九三学社第十二届支社委员会主任委员，全面负责支社工作。2007 年 4 月，他被选为上海市政协委员。为履行民主党派职责，他在参政议政方面投入了相当多精力，写的很多提案都得到落实，如改善临港的交通、均衡医疗资源等提案基本都得到采纳。对于促成在临港建第六人民医院分院，蔡生力也有一份功劳，他的高雅艺术入郊区校园等建议也得到采纳。

蔡生力花了许多时间去收集社情民意，撰写提案。在日常生活中，他时刻关注教师和学生们的想法。九三学社开会时，他也会征求成员的意见，收集他们的建议。他经常会到街道、乡镇、社区等地方去做调研，了解市民需求，写成提案供上级决策。如今，临港校区建设得越来越好，师生的生活越来越便捷、舒心，背后有蔡生力等许多民主党派人士的心思和谏言成果。

憧憬新百年　寄语众学子

蔡生力对校训"勤朴忠实"有着深刻的理解，他说："我校的许多专业应用性比较强，需要经常走到生产第一线上去，我们需要勤朴忠实。勤劳、勤奋是第一个，要想走到生产第一线，就要不怕吃苦，能够和农民、渔民或者是工人一起安心于艰苦的生活条件，不怕吃苦。忠实就是围绕着品格，做人要诚实。如果学生能够真正理解这四个字的真谛，那么他的人格基本上是完整的。"

蔡生力对学校的未来充满期待。他认为，学校要想在教育界立住脚跟，必须办出特色，要有自己的校园文化；最重要的是要循序渐进，根据自身发展规律，一步一个脚印，慢慢积累，按规律办事，不能跟风。"过去我们学校比较注重研究跟实际生产应用相结合，因此在国内各省市有很好的口碑。然而，近年来，全国普遍存在的浮躁风气对学校也有一定程度的影响，有些研究是为研究而研究，而不是为了发现问题、解决问题,失去了科学研究的真正内涵和意义。我们学校虽然有 100 多年历史,但是文化积淀还不够深厚,根基不是很牢,缺少独立精神,受外界影响较大。大学应该有自己独立的文化,有自己发展的规律,一般不会为外界所动摇。即使我们目前在一些方面还有欠缺,但不能急功近利,着急追赶,我们要稳扎稳打,稳固基础。"蔡生力如是说。

从教多年的蔡生力对学生温柔呵护,希望他们快乐又有成就。他说:"第一,我希望每个学生都有自己的理想,理想是最重要的。心有多长,路就有多长;心有多大,事业就能做多大。如果没有理想,那么工作中就会慢慢失去动力。只有树立起远大的理想,你才会朝着这个理想奋斗,这时候做什么事情都会有动力,有一种力量鼓舞着你往前走。这是每个学生都要有的。第二,我希望同学们不要太顾眼前的利益,做事把眼光放远一点,不要去赶热闹、赶潮流,只要你觉得某件事情是有意义的,就静下来心来踏踏实实地做,只要你付出一分,就能收获一分。虽然有时候时间会长一点,成果会慢一点,但是生活是公平的,你付出多少就能得到多少。"

感　悟

"取则行远",要达到目标,不在乎多走点路,多下点功夫。做一件事情不必在乎他人的速度,去追、去赶,要尊重自己的行事轨迹,脚踏实地一步步做。凡事跟风的话,就像邯郸学步,失去了自己的风格。

（杨晨洁　周鑫）

严兴洪

　　严兴洪(1958.9—　　),浙江义乌人,博士,教授,博士生导师。现任全国水产原良种审定委员会委员,上海市优秀学科带头人。1977年,考入厦门水产学院海水养殖专业;大学毕业工作3年后,再次考回母校攻读硕士学位;硕士毕业后,留校工作7年,东渡日本深造;1998年,获东京水产大学水产生物学专业博士学位;2000年6月,完成日本文部省学术振兴协会(JSPS)博士后研究。先后主持2期国家863计划重大研究项目,3个国家自然科学基金项目。在国际上完成首例江蓠原生质体成株培养,选育出中国第一个紫菜良种——坛紫菜"申福1号""申福2号"。先后获得上海市科学技术进步奖一等奖、国家科技进步奖二等奖等奖项。

钟情紫菜　精研一生

少年分家忧　劳动磨意志

严兴洪出生在浙江的一个农村家庭,靠父亲一人挣钱来养活全家三代人。他少年时代正值"文革",生活异常艰苦。在他还身不及牛背高时,就开始分担家里的经济重担,每天起早贪黑地割草放牧牛羊,挣到的工分除养活自己外所剩无几。这一干就是 8 年,直到上大学的前一天,他才放下了手中的农活。当时,每天干活的时间在 5 小时以上,除了在学校的时间能用于学习外,几乎没有余暇时间可用来读书,但这并没有影响严兴洪的学习成绩,他照样年年是三好学生,每次考试都是年级的前两名。从小劳动和生活的不易,不仅培养了他顽强的意志,而且使他很早就认识到珍惜时间和勤奋的重要性。在与学生交流时,他说:"人生的许多东西,是无法从书本和教条中学到的,只能从辛勤的劳动中悟出来。"严兴洪感叹道:"你们这一代学生,最缺乏的就是劳动。因为没有经过劳动的磨炼,你们对时间的宝贵和学习机会来之不易的理解不够啊!"

大浪淘沙　高考中榜

严兴洪是 1977 年高考恢复后的第一批考生。当时的高考可谓是百里挑一,大浪淘沙,而他通过努力,成了顺利走过独木桥的成功者之一,被当时的厦门水产学院(上海海洋大学在厦门办学时的校名)录取。作为"1977 高考"的亲历者,谈起那一段特殊的难忘经历,他至今记忆犹新。由于当时读书无用论的泛滥,很多年轻人看不清时代方向,荒废了学业,而严兴洪却始终牢记母亲的一句话——"书读到肚子里不会烂掉"。由于认识到了知识的重要性,即使在干农活的田间休息时间,他照样会手捧书本,勤奋苦读。功夫不负有心人,1977 年恢复高考,他榜上有名,顺利成为了一名大学生。对于那段特殊的年代,严兴洪没有抱怨,反而多了一份感激。他认为,正是那段特殊的年代,磨炼出了他们这代人的品质与坚强意志,使他们的内心世界变得丰富而坚强。

追求事业　坚定考研

1978 年 2 月,严兴洪进入厦门水产学院学习;4 年后,他以优异成绩毕业,被分配到青岛水产养殖公司工作。在那里,满怀壮志的他过起了按部就班的行政工作,严兴洪了解自己不适合坐办公室搞行政,脚踏实地地在一线干一番事业才是自己的追求。他主动要求到生产一线去挥洒汗水,与员工们一起去养虾。这样的要求令当时的领导十分费解:好好的办公室工作不做,干吗要去和员工们一起养虾?为了心中的一份执念,于是他决定考研!为了把每年 20 天的年假积起来用于考研前的集中复习,他连续 2 年没回老家过春节,独自一人在远离家乡的青岛"体验寂寞"。最后,他如愿以偿,成功地考入当时的上海水产大学攻读硕士学位。

严兴洪(左)与硕士研究生导师王素娟(右)教授

留学日本　受益颇丰

　　研究生毕业后,严兴洪留校工作。1992 年,他向在法国召开的第十四届国际海藻学术大会组委会递交了一篇关于江蓠原生质体成株的论文,该论文被评为青年优秀论文一等奖,获得了 2500 美元的奖金。利用这笔奖金,他只身赴法国参加会议。他在会上发表了世界首例江蓠原生质体成株的研究结果,受到同行学者的好评,同时也获得后来成为他博士导师的东京水产大学(现东京海洋大学)教授的赏识。第二年,导师为他申请到了日本文部省国费奖学金,让他赴日本攻读博士学位。

　　谈起在日本的多年留学生涯,严兴洪感触颇深。他说,只要有机会出差去日本,必定抽时间去探望已年迈的恩师。在日本,他不仅在学术上得到了大幅度提高,更重要的是学到了对待科学的态度。他的博士导师在日本藻类界是以苛求完美出名的严师,对研究十分苛刻,哪怕论文中出现一个标点符号的错误都不允许。他喜欢这样的导师,因为他深知严师出高徒的道理,他的硕士导师也是上海海洋大学有名的严师王素娟教授。从导师们身上，他学到了对待科学研究要有逻辑严密的思考方法和严谨求实的工作态度，这也对他从事科学研究工作产生了深刻影响。

对于现在的严兴洪，学生中流传着这样一句话："严教授，人如其名，严！"走进他的实验室，学生们会觉得整洁有序，井井有条。严兴洪经常告诫自己的研究生，如果实验室脏乱差，那么得到的研究结果是不可信的。对待学生的研究结果，他更是严格把关，从严要求。一篇已交付出版的论文，哪怕最后校稿时发现有数据错误，也会被严兴洪叫停。对待教书育人，他同样是实事求是，严格对待。学生的考试成绩哪怕差一分及格，他也绝不会"仁慈"地将它拉到及格线……这样的小事，在大多数学生看来也许不近人情，但严兴洪说这是对学生和学校的负责。在他看来，老师不但要教授学生知识，更重要的是要教导学生如何做人做事。

严兴洪的研究生在实验室

钟情紫菜　奉献一生

在国外完成了博士和博士后的研究后，严兴洪毅然回到母校——上海水产大学任教，继续他的紫菜事业。回国后，他连续担任了2期国家 863 计划重大研究课题的首席科学家。经过近 10 年努力,他终于培育出中国首个紫菜新品种——坛紫菜"申福 1 号",被农业部认定为适宜推广的水产新品种,在全国进行推广。

严兴洪主持完成的"坛紫菜新品种选育、推广及深加工技术"项目荣获 2011 年度国家科技进步奖二等奖

严兴洪(右)参加日本藻类学会第 28 届年会

从硕士、博士到博士后,再到今天,严兴洪的研究方向从未改变,一直都是研究紫菜。有人曾劝他,别老是搞紫菜,还是换个更容易拿研究

严兴洪在实验室

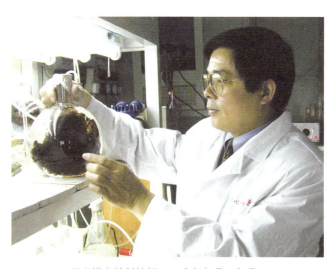

严兴洪主持科技部 863 重大专项研究项目

经费的研究方向吧,但他却说,我这辈子没有别的本事,只能研究紫菜了。对于紫菜,严兴洪已经钟情了近 30 年,并且如今仍准备继续从事他的紫菜事业。他有一个心愿未了,即改变国人的紫菜食用方式。国人时常用开水冲泡紫菜做汤吃,这种延续了数百年的食用习惯不够科学。他说,紫菜的蛋白质含量接近 40%,含有人体所需的各种维生素和微量矿物元素,兼具营养和保健双重功能,但其细胞中的营养物质却被包裹在厚实的细胞壁和琼胶中。人体没有消化琼胶和其他藻胶的生物酶,因此紫菜大部分营养无法被吸收。即使用开水冲泡或煮,也无法破开紫菜的"软甲"和细胞壁。正确的方法是先通过烘烤,进行细胞破壁处理,待紫菜颜色由黑变青绿色,营养才能溶于水中,被人体吸收。"日本人均紫菜消费量很大,达到中国的十倍左右,这也是日本人均寿命世界领先的原因之一。"严兴洪说,中国不仅要研究和推广高产的紫菜新品种,而且要努力培育营养价值更高、口感更好、更容易消化吸收的紫菜新品种。同时,要改变中国坛紫菜的加工和食用方式,使这种古老的藻类能更好地造福中国百姓。

严兴洪说,不论春夏秋冬,他希望每一天都能在美丽的海大校园里看到学生学习的画面,能够在实验室里看到更多身穿白大褂、埋头忙实验的学子身影。

感　悟

人生的许多东西,是无法从书本和教条中学到的,只能从辛勤的劳动中悟出来。

寄　语

"勤朴忠实"四个字,"实"字最重要,一个人只有踏踏实实做事,老老实实做人,才能成就一番事业。在人生道路上,要仰望星空,脚踏实地,不断认识自己,确立自己的人生目标,找到一条适合自己的道路。

(杨晨洁　张芸)

何培民

何培民（1959.10— ），博士，教授，博士研究生导师。2000 年，获南京农业大学博士学位。上海海洋大学海洋生态与环境学院教授，水域环境生态上海高校工程研究中心主任、海洋环境生态与修复研究所所长。2001—2003 年，在美国 Connecticut 大学海藻生物技术重点实验室进行访问合作。现在主要从事海藻生物技术与生态修复研究。现任生态学专业学术型硕士点负责人。2019 年至今，被自然资源部聘请为黄海绿潮防控咨询专家组组长。先后主持过国际科学基金项目、国家海洋 863 项目、国家科技支撑项目、国家海洋局公益项目、国家重大水专项、国家自然科学基金项目、上海市优秀学科带头人项目、上海浦江人才项目、上海教委曙光计划项目等科研项目。现为中国生物化学与分子生物学学会海洋生物化学与分子生物学分会理事长、上海市海洋与湖沼学会副理事长、上海药学会海洋药物专业委员会副主任、中国藻类学会常务理事、上海植物学会常务理事、亚洲水产学会会员、美国藻类学会会员。获教育部科技进步奖二等奖、国家海洋创新成果奖二等奖、海洋工程科技进步奖二等奖、上海市科技进步奖一等奖与二等奖等多个省部级奖励。发表论文 300 多篇（SCI 100 多篇），出版专著 7 部，授权专利 60 多项。

研究藻类 福及民生

何培民于 1986 年在上海水产大学攻读水产养殖专业硕士，毕业后留校任教。他几乎将半辈子都献给了教学与科研事业。

聚沙成塔 贵在准备

何培民多次主持国家级科研项目。他的团队一般都是将项目从小变大，聚沙成塔。为了获得一个大项目，他们有时甚至要做 2—3 年的精心准备，包括做些创新性很强的小项目，以及发表些高质量论文。所谓"一口吃不成个大胖子"，有了基础以后，或者说做好大项目 70%—80% 的前期准备后，再去申报大项目就容易水到渠成。然后，他们用获得的经费，再去完成项目，科研成果这样就会像滚雪球一样越来越多。

何培民说："做项目时，不做前期准备，等这个项目来了再去做，心里就会发急。如果很顺利，那么就比较幸运，一旦有些困难或出现未预料到的情况，就会像热锅上的蚂蚁——心里十分忐忑，担心到最后拿不出成果。我们的项目一般比别人付出的努力多很多，一些指标也要比别人多很多，那么在同样对等的竞争条件下，我们能做出更多的成果，至少在数量上也能把别人比下去，那么最后这个项目一定花落我们团队。毕竟申报项目是存在竞争的嘛。"

何培民在查看条斑紫菜体细胞培养及海上生长情况

机会是给有准备的人的，正是由于何培民为每一个项目做了精心准备，他才能够主持一个又一个国家项目和国际项目。何培民曾先后主持并承担了瑞典国际科学基金(IFS)资助课题(3次)、中美海洋计划合作项目、国家863项目(2项)、国家自然科学基金项目、教育部留学回国人员科研启动基金、教育部博士点基金、国家"十五"水专项子课题(3项)、国家"十二五"水专项子课题、国家海洋局海洋公益专项项目及子课题(5项)、上海市曙光计划资助项目、上海市科委浦江人才培养计划项目、上海市优秀学科带头人计划项目、上海市科委登山计划、上海市科委国际合作项目、上海和国家科技部世博专项等项目，他现在正在承担国家重点研发计划项目"深海生物毒素致伤和防护评价技术研究"等重大项目。一个沉稳的人总是未雨绸缪、计划未来，时刻为稍纵即逝的机遇做着准备，把它变成科研创新链上的必要环节。

物尽其用　磨砺门生

项目一旦争取下来，何培民会协调整合科研资源与团队人力资源，调动每位成员的主观能动性，使人人发挥专长，集成众人智慧来完成科研任务。曾经有一个国际合作项目，需要发表3—5篇论文，他的团队完成了十几篇,翻了 1 倍多。在验收时,专家啧啧称赞道:"相比于经费数量,完成了那么大的工作,真是很了不起!"如此日积月累的口碑,也使各种大项目接踵而至。

做科研项目,一在创新知识,二在培养人才。科研项目可以锻炼人、培养人,是青年人才理论与实践相结合、成长发展的重要通道。何培民做科研项目时,心里始终装着"教育"二字。完成一个项目只不过是完成了一个项目,但通过项目来培养年轻人才就可以接力完成更多新项目。何培民特别要求青年教师固定一个主攻研究方向,专一地深入研究,这样其研究水平可以在较短时间赶超国内乃至国际先进水平。刚开始做项目时还没有研究团队,他就带着本科生、研究生申请项目、完成项目。随着一个又一个项目相继完成,一批又一批年轻人才也成长成熟起来。现在,他的团队规模变大了,有不少教师加盟,然而研究生仍是科研创新的重要力量,团队每年共新招 20 多位硕博生,在校硕博生人数达到 60—70 人。目前,团队主要集中于 4 个方向:近海绿潮和金潮暴发机制与防控、滨海湿地盐沼植物生态恢复、水域水生植物及近海大型海藻生态修复、对虾白斑综合征转基因微藻免疫防控。其中,近海绿潮暴发机制与防控研究水平达到国际领先水平,其他三个方向均达到国内领先水平。何培民带着团队设计好科研思路、框架和方法,让研究生们去执行,并在执行过程中时不时给予指导和帮助,这样能够增长学生的科研经验和实践能力。

潜心科研　躬行实践

藻类学是何培民的主攻方向。何培民在大学时主修生物学,那时便对藻类产生了兴趣;跟随著名藻类学家王素娟读研究生时,他更加深了对藻类的兴趣。他觉得藻类的光合作用能力十分奇妙,藻类对海洋生物量和地球氧气的贡献也非常可观,他希望能够研究藻类的光合作用机理。对藻类的认识和研究步步深入之后,何培民发现这个领域十分深奥,越往深里研究就越需要先进的研究设备和条件,而在当时,国内的科研条件还比较有限,于是他转而选择研究如何更好地利用藻类,

何培民(右)与导师王素娟(左)合影

从而在藻类活性物质、通过藻类改善环境等方面取得了不菲成绩。

　　藻类在很多方面直接或间接地影响着人类的生产生活。比如,藻类可以作为保健食品,如紫菜、海带、螺旋藻等。目前,藻类食品的保健功效较高,而中国又是海藻生产大国,一年生产150—160万吨,因此研究藻类可以创造经济效益。再比如,藻类对环境有很大影响。藻类生长会吸收氮、磷等营养物质,而在人类活动影响下,氮、磷等营养物质大量进入湖泊、河口、海湾等缓流水体,使水体富营养化,引起藻类及其他浮游生物迅速繁殖,造成水华、赤潮等水质恶化现象。水体富营养化孳生的海藻会分泌毒素,再加上这样的藻类生存能力比较强,一旦诱发赤潮,后果会比较严重。目前,对水华、赤潮的治理方法有很多,但真正能付诸应用的却寥寥无几,而且其突发性强,往往使人措手不及。赤潮形成初期是肉眼看不见的。基于中国近海的营养化,加上天气、风向、阳光等因素综合作用,赤潮容易骤然暴发,波及范围大的能达到6000多平方公里,防不胜防。根据目前监测显示,47%的赤潮是有毒的,很容易通过食物链,累积在鱼贝类体内,人若误食吃了有毒海藻的鱼就容易中毒。不过,有毒赤潮的发生是可以监测到并提前发布预警的。何培民研制出了可以直接快速检测鱼贝肉体里及水体中的赤潮贝毒软海绵酸和水华微囊藻毒素的金标免疫检测层析试纸卡,显色反应只需 5 分钟,全过程只需半小时。目前,何培民还在进一步开发有毒海水赤潮藻和淡水微囊藻分子检测技术,其灵敏度已可以检测到 1 个藻细胞,完全可以实现有毒赤潮和水华的预警预报。同时,何培民早已致力于应对海洋和水域富营养化问题的研究并取得许多成果,他充分利用大型海藻或水草来控制封闭海域或水域的富营养化。2009 年,他主持的"富营养化水域生态修复与控藻工程技术研究与应用"项目获得当年上海市科技进步奖二等奖;2010 年,他主持的项目"养殖海区富营养化大型海藻生态修复技术与应用"获国家海洋局科技创新成果奖二等奖。

何培民控制富营养化海域的研究分为两种情形:一是针对封闭性海域,如金山城市沙滩。这种水域容易引发赤潮,因为金山城市沙滩水域富营养化程度高,营养丰富,只要温度适宜、光照充足,极易暴发赤潮。2006—2007 年,何培民采用大面积栽培大型海藻江蓠技术,成功抑制了赤潮暴发,并且经过 1 年治理,水质由 V 类提升为Ⅰ—Ⅱ类,透明度由 0.5 米提高到 3—6 米,成为上海市唯一的一年四季长期保持海水优质且景色碧蓝的封闭海域,每年旅游收入达到近 2 亿元。2015 年,金山城市沙滩第二期工程水质恶化,仅对公众开放 10 天就因水体富营养化严重并发黑变臭而被迫关停。何培民临危受命,在调查清楚水质恶化原因及污染程度后,于 2016 年果断通过大面积栽培大型海藻江蓠及水生植物狐尾藻,成功压制了一期和二期水域铜绿微囊藻水华的暴发,并在 2017—2019 年将水质一直维持在Ⅰ—Ⅱ类。同时,他投放的大量黑鲷、斑节对虾、青蟹等形成了稳定健康的海洋生态系统,仅几十万尾黑鲷就带来了巨大的鱼钓经济效益,塑造了国内及国际近海封闭海域生态修复的典型成功案例。在封闭海域做藻类研究相对比较容易,能够量化,且获得技术参数相对简便。二是针对开放性海域,这种方式进行量化研究比较困难,要找一个较大藻类养殖区域进行测定分析研究。比如,2003—2004 年,何培民在江苏省启东县吕四海区一个 5000 多亩的紫菜养殖区进行检测,然后与养殖区外远隔几十公里没有养殖海藻的区域进行对比,首次发现大规模紫菜养殖海区可以将水质由Ⅵ类提高到Ⅰ—Ⅱ类。这种大面积区域研究可以获得更大成效,何培民发现,江苏省海域赤潮发生次数较少,与其沿海大面积养殖紫菜有直接关系。2013—2016 年,何培民在江苏辐射沙洲滩涂海域上对 20 万亩条斑紫菜养殖区生态修复效果进行监测。对海藻产量与营养成分的逐月分析表明,通过养殖收获,每月可移除氮 8.04—1495.72 吨,磷 0.19—43.86 吨,养殖季节共移除氮 3688.15 吨,磷 105.61 吨。同时,20 万亩条斑紫菜养殖可以使辐射沙洲离岸 5 公里至 100 公里海域水体的氮指标达到Ⅲ类海水标准,磷达到Ⅱ类标准。整个过程中,养殖总产量约 58950 吨(干重),总销售额达 65.08 亿元。

何培民与渔民的关系也非常密切。在攻读硕士学位期间,为了完成王素娟导师的课题,他有一次跟随试验组渔民到海上紫菜养殖筏架紫菜细胞育苗试验网帘去采样。完成采样后,试验组渔民让何培民先回到岸上。回程路上要行走半小时,何培民在中途遇上大雾,差点走反方向,幸好碰到一个渔民,将他带回。做实验时,他经常找渔民帮忙,进行交流。他将育好的苗放到海上去,隔一段时间要去检测,进行跟踪研究,渔民会腾出地方给他们做实验。20 世纪 80—90 年代,实验条件十分艰苦,为了把海上实验做好,何培民当时经常与渔民同吃同住,在船上更是如此。何培民记忆犹新地说:"这些吃苦精神都是从我的导师王素娟教授身上学来的。"何培民说:"渔民会把他们的经验告诉我们,对我们很有帮助,他们对藻类生长很有一套,从事藻类栽培十几年,很有经验。"

曲线救国　防控绿潮

2022 年,黄海绿潮已连续 15 年大规模暴发,不仅曾经影响 2008 年的奥运帆船比赛,在 2021 年更是覆盖达 1746 平方公里,严重影响了江苏、山东近海的生态环境和生态安全,每年致使山东及江苏近海遭受10—20 亿元经济损失。目前,绿潮治理亦成为世界难题,至今未有成功的治理案例。国家对此高度重视,采取多种防控措施来抑制绿潮规模性暴发。长期以来,我国山东、江苏两省投入大量人力、物力和财力来组织打捞处置工作,但未能从根本上解决问题。

2021年6月,何培民陪同自然资源部王宏副部长在青岛海域现场调研绿潮发展情况

何培民在进行黄海绿潮暴发种浒苔样品分选

自然资源部副部长王宏(左)听取何培民(右)关于浒苔绿潮防控研究的汇报

在国家海洋局海洋公益专项、国家重点研发专项、国家自然科学基金项目等科研项目的支持下,何培民团队从2008年开始,开展了黄海绿潮研究。经过10多年的连续研究,何培民团队从细胞、分子与生理生态水平上揭示了我国南黄海绿潮的发生机制,查明并确认了南黄海绿潮暴发的主要源头,并创建了南黄海绿潮源头防控技术体系,防控效果显著。通过分子标记及染色体全基因组与转录组分析,何培民团队

首次发现了南黄海绿潮暴发早期 4 个绿潮藻种存在种群演替规律,其中的暴发种浒苔具有抗高光强和抗高温双重特性,且仅浒苔大规模暴发,并具有长距离漂移机制,可以向北漂移至青岛等海域;发现了浒苔快速营养繁殖及单性生殖方式加速生物量激增是绿潮暴发性生长的主要原因,且暴发规模与漂移过程中的适宜环境和持续时间密切相关,从而奠定了绿潮防控理论基础。何培民团队建立了多手段综合监测机制,连续 8 年在第一时间监测确定了南黄海绿潮发生源头海区,并第一时间报告国家海洋局,为黄海绿潮防控赢得了宝贵时间;采用 ITS 及 5S-rDNA 序列分子跟踪技术,进一步确认了紫菜筏架固着浒苔生物量是造成南黄海绿潮暴发的主要种源,解决了源头不明的难题;首次提出黄海绿潮暴发过程分为形成期、快速期、平稳期、衰亡期,建立了黄海绿潮浒苔活力评价体系,发现了江苏海区浒苔在快速增长期的日增速率可高达 58%—121%,并且将辐射沙洲区域作为源头防控重点的建议被自然资源部采纳;创建了南黄海绿潮源头环境友好型过碳酸钠、过氧化氢、次氯酸钠等紫菜筏架固着浒苔清除技术,清除效果为 100%。2019 年,何培民被自然资源部聘请为黄海绿潮防控专家组组长,协助自然资源部指导黄海绿潮防控大试验。2020 年,自然资源部和江苏省自然资源厅采用了次氯酸钠喷涂技术,清除了 11.2 万亩紫菜筏架固着浒苔,有效减少绿潮暴发最大覆盖面积至 192 平方公里,比前 5 年均值减少了 60%以上,持续时间缩短近 30 天。2022 年,相关部门采纳了源头防控、前置打捞等措施,极大减少了黄海绿潮暴发规模,最大暴发覆盖面积仅为 2021 年的 7.7%,为历年最小暴发面积,从而有效控制了绿潮大暴发。

目前,何培民带着副教授张建恒与硕士研究生符美琳,正在研究利用紫菜生态位竞争来抑制浒苔的新技术,他们对原位海区养殖缆绳进行紫菜育苗,确保紫菜提前占据缆绳等浒苔的生态空间,结果不仅能够有效抑制浒苔在紫菜养殖区附着生长,减少源头浒苔生物量,进而有效防控绿潮暴发规模,而且可以提高紫菜产量,提升渔民养殖积极性,可谓一举两得。在紫菜养殖过程中,藻体会释放单孢子至海区,单孢子可游动并附着在养殖缆绳等设施上并发育成紫菜藻体,进而通过生态位竞争方式来抑制浒苔的进一步附着萌发。经过 5 年实验攻关，课题组已基本摸清紫菜与浒苔的竞争模式，研究了紫菜干粉末浸提液和紫菜培养液对浒苔生殖细胞的抑制效果，开展了紫菜成体与浒苔幼苗的竞争实验。结果表明，条斑紫菜在共培养微尺度范围内，可以释放化感物质来抑制浒苔生殖细胞附着萌发和浒苔幼苗快速生长。海区试验证明，该技术具有很好的应用前景。

<h2 align="center">矢志不渝　方有所成</h2>

虽然何培民如今硕果累累，但是他也曾走过弯路和遭遇过失败。这些磨砺和挑战都为现在的工作提供了宝贵经验。失败后，他总结经验教训，接着再来。他说："面对环境生态问题，能想办法在时间很短、成本很低的情况下把它解决掉，这就是本事。"

除了科研，何培民喜欢球类运动，篮球、足球、羽毛球都是他的爱好。他曾是学院篮球赛主力队员，现在开始练习网球。由于工作繁忙，何培民每天只睡五六个小时，但他坚信身体是革命的本钱，身体垮掉了什么都做不了。为了做好工作，必须把身体锻炼好，所以他经常抽时间去打球，锻炼身体。

大学是增长知识、拓宽眼界、提高修养的良机。何培民读大学二年级时，寝室里有着浓厚的学习氛围，大家都喜欢读书，每个人每周都会将读书的心得体会写成读书报告，聚在一起来分享学习收获。就这样，何培民与室友们互相交流，一起提高。这种读书氛围，使他在大学时代积累了丰富知识，为今后的科研生涯打下了重要基础。他建议青年学生必须定好目标，不能太大也不能太小，要在自己能力范围之内，同时要兼顾自己的兴趣。定好目标之后，就朝着目标走，不管碰到什么困难，都要一往无前，不要退缩；要踏踏实实做事，老老实实做人，这也是校训"勤朴忠实"的体现。

对于未来的人生规划，何培民说："要开展自己的事业，首先要找到自己的兴趣，然后当你刚开始投入其中时，你会发现并没有你想象的简单，因此，需要你执着地将它坚持下去。"能发现目标的人，聪颖；能懂得坚持的人，坚忍；而唯有像何培民这样能找到目标并矢志不渝，能坚韧不拔并认清方向者，才能成就一番大事业！

或许某一天，在海大莘莘学子遍布世界各地时，他们犹能记起何培民的谆谆教诲，而他们也会像老一辈海大人那样，勤勤恳恳、脚踏实地、爱国荣校、敬业奉献，将海大的传统发扬光大，用海大之光照亮祖国的江河湖海！

感　悟

要开展自己的事业，首先要找到自己的兴趣。当你开始投入其中时，你会发现并没有想象中的简单，此时，需要你的执着和坚持。

寄　语

要老老实实做人，踏踏实实做事。

（杨晨洁　周鑫）

王永鼎

　　王永鼎(1963.12.——　　)，上海人、中共党员，上海海洋大学机械工程学科教授。1985年7月，毕业于上海交通大学动力机械工程专业；毕业后，入职上海海洋大学任教。曾先后任职于海洋科学学院、工程学院。1996年4月至1998年7月，作为轮机工程专业带队教师，参加中国水产总公司远洋渔业公司外派工作，参与"海供油302"油船出海作业实践，主要承担管事兼随船翻译工作。

踏实勤恳工作　用心教书育人

漫漫求学之路　亲历改革浪潮

　　王永鼎读书期间,正值中国改革开放,他亲身经历了国家教育体制的改革与发展,见证了科学春天的到来。王永鼎在江西南昌完成中小学学习。其间,赶上春秋季入学改革,正值初中和高中从两年制向三年制过渡,所以他在中小学总共学习了 10 年半时间。

　　王永鼎的中学时代,赶上了改革开放的好时期,学习氛围很浓厚。他有幸考入当年的南昌市第十中学,遇到了优秀的老师。虽然那时的高考录取率不高,考大学比较困难,但是王永鼎的努力取得了良好效果,他以优异的成绩考入大学学习。那时的青年,都怀揣着报效祖国的梦想,专业选择大多集中在船舶、航空、能源、化工等重工业领域。由于王永鼎的祖籍在上海,家里人也希望王永鼎能回上海读书,于是他就选择了上海交通大学船舶动力装置专业,将动力机械工程作为将来的努力方向。

　　1985 年大学毕业后,根据国家需要,王永鼎进入上海水产学院(上海海洋大学前身)工作,成为一名光荣的人民教师,与渔船结下了不解之缘,他至今一直从事和承担渔船动力、渔船节能、渔业现代化、渔业船员管理等相关学科的教学和科研工作。在上海海洋大学工作期间，王永鼎开阔了业务领域，从而让他学习到了更多知识。为更好地融入水产这个大家庭，王永鼎坚持边工作边学习。在船舶动力学科的基础上，他学习渔船动力、渔船管理，深入渔村、渔船、渔民，了解渔业发展状况；深入渔轮修造厂，学习渔船设计建造过程；深入渔业公司，参加渔船出海作业，感受捕捞作业的艰辛。也是在工作期间，他完成了自己研究生阶段的学习。

教学三十余年　见证学校发展

王永鼎之所以到上海海洋大学从事教育教学工作，除了服从当时的组织分配，也受到一路求学所遇到的教师之影响。在王永鼎心目中，教师是一份非常光荣的职业，是一项非常崇高的事业。当然，教师也需要更加优秀的成绩和能力。

上海海洋大学的前身是上海水产学院，王永鼎经历了两次学校更名。王永鼎于 1985 年入职上海水产学院时，学校还在军工路校区办学。改革发展初期，学校的办学条件和周边环境还是比较艰苦的，规模也相对比较小，但外界条件并未动摇王永鼎的初心。随着学校发展和办学规模的扩大，上海水产学院于 1985 年更名为上海水产大学，又于 2008 年由上海水产大学更名为上海海洋大学，并于 2008 年 10 月主体搬迁至滴水湖畔的新校区办学。

王永鼎入职初期，学校规模不大，但特色鲜明、行业明显、专业多样。王永鼎在当时的海洋与渔业系工作。那时，渔业机械、轮机管理、运输与动力装置等专业的学生都需要学习和掌握渔业、渔船、渔机等方面的知识，涉及渔船主机、渔船辅机、轮机自动化、轮机管理等方面的课程。王永鼎需要丰富新知识、开设新课程，还要参加实验室建设及实习基地建设，更要随船带教实习、出海作业，工作任务非常繁重，但看到学生学有所成，走上社会，看到专业条件的充实和改善，看到学校的进步和发展，他内心还是非常高兴的，工作也就更有动力了。可以说，学校是王永鼎梦想开始的地方，也是王永鼎实现梦想的地方。

从工程学院于 2006 年取得独立建制开始,其不断从单一学科专业向多学科专业发展,从本科教育向研究生教育方向发展。随着时代的发展和教育改革的深入,上海海洋大学不断发展壮大,学科专业进一步优化,向着应用研究型高校迈进,学校与社会各界的联系更加紧密,服务社会的功能更加明显。王永鼎也有幸作为其中一员,在培养人才、校企合作、产学研一体化、政府决策咨询提供等方面发挥着服务社会的作用。

从教 30 多年来,学校的学生规模从 1000 余人发展到现在 15000 余人,王永鼎真实感受和见证了学校的不断变迁和发展壮大。王永鼎坚守教育初心,坚持在教学科研一线,一心扑在工作上,他参加教学改革、教材建设、实验室建设,参加实习实践、社会服务,也和团队成员一起,参加科学研究、产品开发等工作。工作是辛苦的,但王永鼎的内心是充实的。

教学实践结合　培育动手能力

如何提高学生分析问题和解决问题的能力,一直是大学教师思考和探索的课题。面对不同学生,王永鼎在进行理论教学的同时,不断调整和增加学生实践的范围与方式,以提高培养学生动手能力的有效性。他不但在课程实验中增加设计类和综合类实验,而且更多鼓励学生在理论学习之余,积极参加校外社会实践活动和大学生创新实践活动,从而使学生在兴趣活动中巩固理论知识,增强实践技能。

从 1990 年代开始,王永鼎争取经费建立创新实验室,带领学生开展创新实践活动,并且持续至今。通过参与各类活动和竞赛,他坚持传帮带。其间,也有许多教师参与进来,项目和规模有了很大发展,也取得了一定成效,多次获得市级和国家级奖项。王永鼎也有幸获得 1990 年上海市校外实习先进个人、2002 年上海市第 16 届优秀发明选拔赛一等奖等荣誉,由他指导的学生在参加的上海市大学生三维设计大奖赛、上海大学生三维 CAD 大奖赛、机器人马拉松嘉年华、OI 中国水下机器人大赛、上海市机械工程创新大赛、中国大学生船舶与海洋工程设计大赛、上海市挑战杯创业计划大赛、上海市大学生创业大赛、上海数字化创新设计大赛、中国研究生数学建模竞赛、全国大学生智能汽车竞赛等活动中,均取得了较好成绩,荣获了诸多奖项。

海洋渔业和轮机工程,是上海海洋大学特色鲜明的学科专业。1996—1998年,作为带队教师,王永鼎和专业学生共同参与了中国水产总公司远洋渔业公司西非远洋渔业的实践活动。他们随作业船舶从国内出发,一路远航,穿越太平洋、印度洋,亲历北半球到南半球的跨越,体验了大西洋的风浪,也享受了波斯湾的平静。这是教学实践的一部分,也是工作生活的一部分。王永鼎和学生一起,经历风浪的艰辛,感受收获的喜悦。这种收获,不但是实践知识的充实,更是人生阅历的丰盈。

面对大海,情怀追随着海浪,梦想就在远方……

(2020级机械工程专业 刘牛)

成永旭

成永旭（1964.5— ），河南济源人，教授，博士生导师。上海市青联委员，中国甲壳动物学会理事，上海市动物学会理事，上海市农业工程学会理事，《上海海洋大学学报》《海洋通报》杂志编委，中国水产学会淡水养殖分会委员。主要研究方向为水产动物增养殖和营养繁殖学。2000 年农业部科技基金人才基金获得者，2002 年上海市曙光学者获得者，先后获得 2009 年度上海市科技进步奖一等奖、2010 年国家科技进步奖二等奖、国家海洋科技创新奖二等奖、上海市科技进步奖二等奖、安徽省科技进步奖二等奖等奖项。

外刚内柔养好蟹　外柔内刚写人生

成永旭的研究方向,主要是甲壳动物增养殖学及营养繁殖学。其中,最具代表性的研究物种,便是中华绒螯蟹。

与蟹为伍　成蟹之美

螃蟹自古有很多美好寓意,如八方来财、横行天下、金榜题名、和谐乐生等,这些寓意多是源于螃蟹的形态特征。然而,人们往往不太注意螃蟹的生长特性。外刚内柔的螃蟹,用坚硬的外壳保护自己免受外界伤害,但其外壳不能随着身体的成长而同步成长。当原有的甲壳不足以容纳生长的肌肉和器官时,螃蟹必须蜕去原有的保护壳,静待新壳钙化变硬,也就是完成一次蜕壳。蜕壳的过程对螃蟹而言危机四伏。没有坚硬外壳的保护,稍有不慎就会被同类或天敌伤害,或者因营养不足而死亡。纵览螃蟹短暂的一生,要历经 20 次左右蜕壳,最终才能成长为坚强的自己,可谓九死一生。

螃蟹一生的经历,像学术研究,更像跌宕起伏的人生。成永旭因此爱上了螃蟹,乐此不疲地搞河蟹研究。经过日日夜夜的潜心钻研,他积累了沉甸甸的研究成果。异曲同工,殊途同归,在科研道路上攻坚克难,也犹如螃蟹蜕壳,虽然艰难且痛苦,但是只要屏气凝神,坚定信念,一旦渡过难关,就会换来成长和进步。

如今,由成永旭带领的"水产动物营养与繁殖大家庭"日益壮大,现硕博就读人数已达100人,是学院数一数二的大实验室。2021年末,在年终总结报告会结束合影时,水产与生命学院B楼门口几乎要容纳不下所有人,路过的老师纷纷打趣道,B楼的半壁江山全在这里集齐了。此时的成永旭,脸上洋溢着快乐而自豪的笑容。然而,"桃李满天下"背后要承担多少压力,又有谁人知晓! 成永旭低调简朴,不算高大的身躯里,蕴藏着说不完的故事。

阅读实验室发表的硕、博士论文时,在致谢部分总会看到学生对成永旭发自内心的尊重和感恩。潘杰的谢辞写道:"成老师的身影一直是忙碌的,忙碌到学生们不忍心去打扰。但只要与我们有交流的机会,大家就能够感受到成老师溢于言表的关切。老师和我曾在基地循环水系统整理过单养盒,我见过他撸起袖子边干活边给我讲实验设想的神态;找老师报销实验费用时,我见过他审阅每一笔大额开销的细致和偶尔挠头的可爱;组会汇报工作进展时,我聆听过他对我耐心细致的指导;在自己面临挑战和承受压力时,我也享受着老师的安抚和庇护。我将永远牢记成老师对于我们'接地气'和'团结紧张严肃活泼'的教诲,同时也对成老师对我的指导、关心和包容致以最为诚挚的谢意!"成永旭关心学生,时不时嘘寒问暖,为学生遮风挡雨、保驾护航。能有幸成为成永旭的研究生,在他的庇护下完成学业,追求学术理想,是很多莘莘学子梦寐以求的事情。

两岸情深　助台养蟹

水产养殖是应用性非常强的学科,成永旭的许多学术成果,在实际生产中都得到了成功转化。能力越大,责任就越大,成永旭秉持着"干一行爱一行"的敬业精神,在对河蟹养殖产业发展做出卓越贡献的同时,还饱含着浓厚的家国情怀和强烈的社会责任感。

10年前,祖国宝岛台湾的大闸蟹产量低,市场供不应求;进口螃蟹价格昂贵,民众难享口福,有人甚至为了吃蟹而专程飞往大陆。为了解

水产动物营养与繁殖实验室 2021 年度工作总结合影

决台湾地区大闸蟹水产养殖的困境，成永旭团队数次前往台湾苗栗县考察调研。经过调查发现，苗栗县的水文地理和生态环境复杂，当地蟹种品质参差不齐，养殖户技术水平低，严重阻碍了大闸蟹的规模化养殖生产。针对困局，成永旭团队在上海崇明岛搭建蟹种基地，专门培育适应苗栗多样性气候的早熟河蟹品系，为其供给了优质的蟹种资源。于是，沪台两地因"蟹"结缘，成为大陆农业技术首次输入台湾地区并获得成功的典范事例。除了向台湾地区供给优质蟹种外，成永旭团队再利用秘方营养饲料与成熟养殖技术"三管齐下"，使苗栗县大闸蟹养殖产业有了质的飞跃。

成永旭领衔完成的精品科研项目"基于全程配合饲料和营养调控的高品质河蟹生态养殖技术研发与应用"，堪称养蟹的"饲料金配方"，背后蕴藏着成永旭团队十多年的攻坚克难。健康、安全、营养的饲料，无疑是大闸蟹茁壮成长的"神力"。这一重要学术成果，他也毫无保留地向台湾地区提供。苗栗大闸蟹养殖刚起步的那几年，团队先后派驻王春、杨志刚带领研究生驻守苗栗，精心实施每一个技术环节，手把手教蟹农如何养殖，池塘整改、水草种植、苗种投放、水质调控、饲料投喂、疾病防控等一应俱全；而且，团队每天坚持实地巡视检查，水质测定、生长测量、饲料统计等一一记录在册，及时制定技术改进方案。正是在成永旭团队的不懈努力下，如今"崇明蟹宝宝"凭借着"青壳白肚黄毛金爪"的正宗颜值，完全"横行"整个台湾地区市场。每年秋季，台湾同胞都会从各地驱车前往苗栗去抢购螃蟹。

成永旭(前排右一)向苗栗县养殖户传授大闸蟹养殖技术

崇明蟹苗大约只需 0.8 元一只，但在苗栗成长一年后，它们身价倍增，摇身一变成为售价 100 元的"苗栗大闸蟹"。养殖户陈云涌是苗栗县优质大闸蟹产销协会干事长，更是海大专家团队 10 年来的忠实粉丝之一。据了解，从 2012 年开始，他就开始跟着上海海洋大学的教授们学习养蟹技术。这些年，大闸蟹实实在在让养殖户赚到了钱，也让台湾地区民众能一饱口福，享受大陆的美食文化。陈云涌不仅打出"黄金大闸蟹"的金字招牌，还种植了丰富的地产蔬果。每到周末，慕名而来的游客不仅到他的餐厅吃蟹，还会买其他农产品，从而带来了不少额外收入。

上观新闻记者在报道中写道，目前，台湾苗栗大闸蟹养殖面积稳定在 16—20 公顷，优质蟹数量稳定在 25—30 万只，河蟹每只售价为400—600 元新台币，仅第一产业的产值就达到 2500—3000 万新台币。当地养殖户还结合民宿休闲、乡村旅游等产业来增收，借由大闸蟹振兴三产，每年带来约 1 亿新台币的总收入，亮出了金灿灿的名片。

　　苗栗县县长徐耀昌致信上海海洋大学、上海海洋大学党委书记王宏舟和水产与生命学院教授成永旭，感谢学校及专家团队对宝岛河蟹养殖的支持："上海海洋大学成永旭团队多年帮助本县大闸蟹养殖产业发展，成效斐然，为两岸农业交流建立了良好的典范。"对于宝岛来信，王宏舟书记回信表示，小螃蟹，大协作，面向未来，海大继续秉持两岸"一家亲"理念，加强与台湾河蟹产业双赢共富，不断深化多层次、宽领域交流合作。

　　2020—2022 年，受新冠肺炎疫情严重影响，蟹种运输成本不断上升。相比疫情前，与养殖户约定的运费已提高近 5 倍。苗栗蟹农们纷纷表示可以按现行运费价格缴费，但成永旭团队却坚持延用原来的运费。成永旭说："十年来，我们和苗栗已经结下这般情谊，让苗栗兄弟们把蟹养好，苗栗大闸蟹知名度越来越高，就是最大的欣慰。"简朴务实，一心为民，从成永旭身上，可以看到新时代水产科学工作者的家国情怀，他也切实诠释了"知识就是力量"。科教兴国，人才强国，成永旭用自己的努力，推动着海峡两岸的经济发展和友好交流。

　　成永旭对学术的赤诚热爱，对河蟹产业的突出贡献，让学生无不为之振奋鼓舞。他对工作的"硬"态度和对学生的"软"呵护，深深地感染着身边的年轻学子，从而让知识涓涓流淌，让科学精神传承有序。

（2020 级水产养殖专业　于小雯）

宁喜斌

宁喜斌(1964.4—)，黑龙江鹤岗人，中国科学院沈阳应用生态研究所微生物学专业博士，江南大学食品科学与工程博士后，美国佐治亚大学高级研究学者。中国农学会农产品质量安全分会理事；教育部高等学校食品科学与工程教学指导委员会食品质量与安全专业分会委员；上海科技成果转化促进会专家；九三学社上海市委员会资源环境和城市建设专门委员会委员；上海市普通高校成人学历教育"学分银行"食品质量与安全专业认证专家组组长；中国食品协会食品安全师讲师；上海市食品安全培训师；ISO 9000 审核观察员。先后主讲食品微生物学、食品微生物学实验、食品安全学、食品安全学实验、食品质量控制学、名师导航、认识实习、毕业实习等课程。主讲新生研讨课"食品的安全鉴别与食用"；先后主讲硕士研究生课程"现代食品微生物学""现代食品微生物学实验"，以及博士研究生课程"食品生物技术"。2003 年起，筹建并建成食品质量与安全专业。发表论文 200 余篇，主编、参编教材与专著 20 余部。曾获上海市成人高校"十佳优秀教师"称号。

坚持笃行筑前沿　不畏困难为食安

专业起步　机会青睐有备者

民以食为天，食以安为先。改革开放后，中国人民的生活水平快速提高，食品安全越来越引起人们重视，而当时中国还缺少具备食品质量与安全知识和能力的专业人才。作为中国最早进入食品安全领域的学者之一，宁喜斌很早就意识到食品安全人才培养的重要性和紧迫性。

2001年，宁喜斌从江南大学博士后流动站出站，来到上海水产大学任教。在开展食品安全研究的同时，他本着"传道、授业、解惑"的初心，开始酝酿食品安全人才培养。"机会留给有准备的人。"在博士后研究期间，宁喜斌就已广泛收集国内外相关资料、进行同行交流、深入企业调研、开展食品安全宣传，在理论和实践方面都做了比较充分的准备。

2003年1月，宁喜斌出席在陕西杨凌召开，有40余所院校参加的"第一届全国食品质量与安全专业高校教材研讨会"。基于前期积累和对新专业的见解，宁喜斌成为新成立的"食品质量与安全教材编写委员会"委员，他与其他委员一起规划了中国第一套食品质量与安全专业教材，并对各门课程的大纲内容进行研讨。"骐骥一跃，不能十步；驽马十驾，功在不舍。锲而舍之，朽木不折；锲而不舍，金石可镂！"这句话说明，一个人有恒心，一些困难的事情便可以做到；没有恒心，再简单的事也做不成。随后，为进一步完善课程大纲内容，宁喜斌精雕细琢、反复思考，终于完成创建食品质量与安全专业的构想。同年8月，宁喜斌再一次参加在北京农学院召开的"第二届全国食品质量与安全专业高校教材研讨会"，进一步对规划教材进行研讨。几次研讨会后，宁喜斌组织完善了学校食品质量与安全专业的办学特色、课程设置、课程大纲，于2003年组织申报并获批"食品质量与安全"本科专业。

夯实基础　披荆斩棘勇向前

"食品质量与安全"本科专业设立后，2004年开启第一届招生工作。万事开头难，对于一个缺乏经验借鉴的新专业尤其如此。宁喜斌心里清楚，学生入学后只能迎难而上，集中全专业教师的智慧，集思广益，心往一处想，劲往一处使，如此才能探索出具有上海海洋大学特色的专业，培养出具有海洋、水产品印记的食品安全专业人才。

宁喜斌明白，培养学生首先要组织人员来制定专业教学计划，这是整个培养过程的指挥棒，也是人才培养规格的要求。搞教育不能赶时髦，更不能华而不实。从选定设计方案到方案最终确定，宁喜斌经历了无数个漫长的日日夜夜，无数修改，无数思索。随着专业教学的运转，实践教学不足的问题慢慢凸显出来。随着科技进步，越来越多的先进设备出现在食品安全领域，而当时学校的教学设备已显陈旧。宁喜斌认为这样不行，不紧跟时代发展潮流，终将会被时代淘汰，如此培养的学生无法胜任越来越高的社会需求。2007年，宁喜斌作为主要负责人，申报上海市教育高地"食品质量与安全教育高地",获得上海市立项,并借此购买了食品质量与安全专业教学所必要的一些设备。通过该项目建设,食品质量与安全专业的教学硬件得到很大改善,从而为提高专业建设能力奠定了基础。

解决了硬件问题,紧接着又出现了一个新问题——毕业生实习问题。学生分散到不同实习单位,实习内容浮于表面,得不到高质量的实践锻炼,因此建立一个综合性的实习基地十分迫切。于是,宁喜斌等人开始筹划实习基地建设。天上不会掉馅饼,只有付出才会有相应回报。2011 年,宁喜斌作为主要负责人,申报并获得上海市高校校外实习基地重点项目"上海海洋大学食品质量与安全实习基地"。经过 3 年建设,基地项目于 2013 年 1 月通过验收,为学生将知识与操作实务相结合提供了机会,并且为上海及周边院校的学生实习提供了平台。在此基础上,宁喜斌作为学术负责人,于 2013 年申报获得教育部"本科教学工程"大学生校外实践教育基地建设项目"上海市食品质量与安全校外实践教育基地"。这一项目的完成,进一步提升了食品质量与安全专业的实践教学水平。循序渐进,步步为营,宁喜斌在专业建设过程中展现了脚踏实地、坚持不懈、严于律己、精益求精的追求,而这也滋养着他的学生在人生道路上心无旁骛、脚踏实地。

内涵建设　吾将上下而求索

"水滴石穿,绳锯木断",这个道理人人都懂。微不足道的水能把石头滴穿,柔软的绳子能把硬梆梆的木头锯断,说明凡事贵在坚持。一滴水的力量是微不足道的,然而无数滴水经年累月地冲击石头,就能形成意想不到的效果,最终把石头击穿。同样的道理,绳子也会把木头锯断,功到自然成。只要能克服困难,坚持不懈地努力,成功就在眼前。

在专业建设标准方面,宁喜斌对食品质量与安全专业有着独到理解,他力求踏踏实实办好专业、办出特色。作为教育部高等学校食品科学与工程教学指导委员会食品质量与安全专业分会委员,他积极参与中国《食品质量与安全专业教学质量国家标准》的制定,并提出自己的一些想法与意见,为专业发展献计献策。

专业建设期间,曾有人对"食品质量与安全专业"的设立褒贬不一,但宁喜斌明白,新事物都会经历分娩的阵痛,唯有坚守初心、实干苦干、不断提升建设能力才是王道。他们通过课程内容优化、课程开发、实践教学、专业认证,完成了一个由新专业到优质、高效新专业的蝶变。2020年,宁喜斌组织了食品质量与安全一流本科专业的申报,获得上海市一流本科专业称号。作为专业负责人,他还从2018年7月开始,组织协调食品质量与安全专业会同食品科学与工程专业,共同申报ASIIN认证,并于2021年4月通过认证。同时,食品质量与安全专业获得EQAS食品标签,使食品质量与安全专业人才培养与国际接轨,在培养具有国际化视野的食品安全人才、促进中国食品安全发展方面,迈出了历史性的一步。

课程建设是专业建设的基石。在宁喜斌的带领下,专业所有核心课程均获得立项建设,整体教学水平得到长足进步。宁喜斌自己主讲的"食品安全学""食品质量控制学""食品的安全鉴别与食用"也获得各种层次的立项建设,特别是"食品安全学"课程获评为上海市精品课程,并且其也是学校"上海市课程思政教育教学改革"项目的重要支撑课程之一。"食品安全学"课程建设成果不但使学生收益,而且为上海开放大学"食品安全学"课程建设、上海中医药大学"食品安全与卫生"、上海城建学院"食品安全与卫生"课程,以及上海市食品安全培训等都提供了很好的借鉴。经过宁喜斌和他带领的"食品质量与安全专业核心课程群团队"的共同努力,"食品质量与安全专业实践教学模式的构建和应用"获得上海海洋大学教学成果奖一等奖。

编写高水平教材,提高教育教学水平。作为专业负责人,宁喜斌鼓励专业教师结合自身背景和研究领域来编写特色教材,并且积极推荐专业教师参加其他院校教师主编的教材编写。宁喜斌先后主编《食品质量安全管理》(中国质检出版社)、《食品安全风险评估》(化学工业出版社)、《食品微生物检验学》(中国轻工业出版社)、《食品安全学》(郑州大学出版社)、《食品微生物学实验指导》(中国轻工业出版社)等著作。在编写《食品安全风险评估》时可谓困难重重,当时国内掌握风险评估理论的学者不多,不少作者尝试之后选择退出,但宁喜斌坚持要编写一本方便学生学习的合适教材。从 2011 年到 2017 年,历经 6 年,这本教材终于完成,其如今已成为国内许多院校本科生、研究生教学的首选教材。这些教材的广泛采用,规范了食品质量与安全专业的课程内容,引领了专业发展。为了帮助学有余力的学生继续深造,宁喜斌结合 20 余年的教学实践,主编了《现代食品微生物学》(科学出版社),作为副主编参编了《食品质量与安全控制》(中国轻工业出版社,出版中)。

酒香也需广而告之。宁喜斌多次参加食品类教学指导委员会会议,先后作《食品质量与安全专业实践教学的实施与改革》《食品质量与安全国家级大学生校外实习基地的建设》《上海市精品课程"食品安全学"建设的实践与思考》《食品质量与安全专业核心课程团队建设》《"食品微生物检验学"的课程设立》等报告,交流专业和课程建设成果。此外,他每年参加学校、学院组织的招生宣传,面向全国推荐专业,吸引优秀学子报考并投身食品质量与安全事业。

世间最容易的事是坚持,最难的事也是坚持。说它容易,是因为只要愿意做,人人都能做到;说它难,是因为真正能做到的,终究只是少数人。坚持是一种信念,坚持是一种修养,坚持是一种高尚的品质。

人生感悟

豪言壮语皆虚幻,坚持信念终成功! 只要在前人认识和经验的基础上,创立属于自己的东西,那就是收获。不论什么时候,不管遇到什么情况,不允许自己有一点点的灰心丧气,因为放弃时间的人,时间也会放弃他。有困难是坏事也是好事,困难会逼着人想办法,困难环境能锻炼出人才来,因此应该迎着困难前进。其实,每一天的生活都是一场交易,付出了多少努力,就会有同等价值的收获。只要有持久坚持的心,一个庸俗平凡的人也会有成功的一天,否则即使是一个才识卓越的人,也只能遭遇失败的命运。

(2019 级食品科学与工程专业　李雪萍)

沈和定

沈和定(1964.5—)，浙江奉化人，民建会员，上海海洋大学海洋生物系教授，博士生导师。1987年，毕业于山东海洋学院(现中国海洋大学)；2002年，获上海水产大学农学硕士学位；2009年，获上海海洋大学农学博士学位。曾任上海海洋大学水产养殖系副主任，水产与生命学院海洋生物系副主任及学术委员会委员；现兼任中国贝类学会理事会理事，世界经济合作与发展组织(OECD)未来海洋经济探索项目中国区专家，世界贝类学会会员及国内多家专业学会会员；担任多家重要学术期刊审稿人和全国各级科技中心评审专家；《贝类增养殖学》副主编。

和蔼可亲于教　倾心致力在研

细数沈和定的教学科研生涯，不难发现，他是一个自信要强、积极向上并勇于拼搏的人。他相信，在不断的学习和高效的工作中，一定能取得巨大进步。

为人和蔼可亲　遇事果决志定

1987年，沈和定从山东海洋学院毕业，后又先后获得上海海洋大学的硕士与博士学位。在学校，沈和定致力于贝类育种、海洋资源等方面的教育与科研。

沈和定为人和蔼，注重对学生创新思维能力的培养，并积极鼓励学生打破常规，勇于质疑发问。任教几年，他便被评为最受学生欢迎的老师之一。

除了待人平易，对于沈和定来说，能做到的事就应尽力做到，并且要努力做到最好，这样才不会在错过或者失败之后再感到后悔懊恼，徒增遗憾。曾有一次，江苏省某个水产相关协会要举办一个活动，协会负责人打电话邀请沈和定作为专家评委出席。然而，顾及当时已有的科研项目及教学任务，沈和定在电话中暂未给出明确回复。后转念一想，他发觉倒也不是不能抽出时间前往，这一犹豫何尝不是为自己不去找理由呢？开脱有了第一次，很难保证就不会有第二次、第三次，因此沈和定思虑片刻后，又立刻回拨了负责人老师的电话，并表示会准时出席活动。在上海海洋大学从事教学工作的这些年，发生在沈和定身上的类似小故事还有许多，这些事例无一不展现出沈和定对自我的高标准、高要求与他的自律上进。

沈和定十分要强，总是严格要求自我并毫不松懈。在任务目标没有顺利完成时，他首先不是找各种理由来开脱解释，而是反思自身在某些方面是否做的仍有所不足。这也使得沈和定在某些观念立场上能够保持清晰的哲理认知，不随意附和、曲意逢迎。正如有不少人相信失败是成功之母一说，沈和定并不完全否认，但他觉得一直失败也是不可取的，不如说通过自身不懈努力、细致规划取得每一次小成功后，进一步赢取未来更大的成功会更加完美。此外，沈和定平时也注重加强实验室的安全管理和危险化学品管理，对学生们的安全意识、责任意识、应急能力等方面严加要求，以期培养学生形成良好的科研实验习惯。正因如此，在上海海洋大学首届水产与生命学院实验室"安、洁、雅"大赛中，沈和定实验室在参赛的 80 余个实验室中表现优异，荣获大赛三等奖。

沈和定以严谨求真、科学求实的学术精神告诉学生，科学容不得半点虚假；为了让学生们更好地适应并融入科学研究的华丽殿堂，他不仅因材施教，而且利用引导式教育理念进行教导；不仅如此，在平常生活中，他也以高效务实的处事态度影响着身边人。作为老师，他注重培养学生的独立学习能力；作为长辈，他更是用行动关心着身边的每一个人。通过这种长期的言传身教，沈和定深深地影响着实验室的每一届学生，并促使他们日后逐步形成积极向上的性格。

深耕八年　致力新品蛏

缢蛏养殖历史悠久，多养殖于沿海一带。然而，进入 21 世纪以来，亲贝的选用不当、频繁近交等问题已导致缢蛏遗传多样性不断降低，从而引起缢蛏种质资源的退化。市场上的一龄缢蛏普遍较小，而二龄蛏养殖成本又较高，养殖效益欠佳。在此背景下，对于缢蛏新品种的人工选育已是刻不容缓。沈和定作为贝类遗传育种专家，有着长期从事水产动物优质、高效育苗技术及健康生态养殖技术研究的经验。于是，经学校研究决定，一支以李家乐为领导，沈和定为主要负责人，几位资深老师参与的上海海洋大学缢蛏选育组来到了浙江三门，着手开展选育工作。

2006 年，沈和定和其他老师开始对上海、浙江、江苏、福建四地的六个缢蛏野生种群进行种质评价和筛选。经过两年的努力，他们最终确定了遗传多样性丰富、生长优势明显的浙江乐清野生群体为缢蛏良种选育的基础群体。2008 年 9 月，沈和定等人随机抽取了 1200 个乐清野生个体，并依据壳长排序取前 120 个，其中一半进行苗种繁育来获得选育亲本苗种，另一半留作后备亲本。之后三年，沈和定等人依据相同方法，获取了缢蛏选育系子一代 F_1、子二代 F_2 和子三代 F_3。时间来到 2013 年 9 月，沈和定等人通过 F_3 的二龄蛏亲本群繁，获得了选育系子四代 F_4，并在此基础上构建了 32 个缢蛏家系。一年后，沈和定利用 F_4 和从 32 个家系中筛选出的 5 个快长家系进行群繁，获得了选育系子五代 F_5。至此，选育工作基本告终。而后，沈和定等人分别在浙江宁海、三门和江苏连云港等地进行了最后的试验养殖。通过两年的中间试验和生产性对比试验，新品种成活率优势与生长优势明显，其壳长、鲜重与成活率相比普通对照组均有显著提高。由此，快长选育新品系确认成功，在商讨后被定名为缢蛏"申浙 1 号"，并于 2018 年正式通过了国家农业农村部的审定，获颁了水产新品种证书。

新品种选育的过程中，困难自然不少。长年深入基地一线育种的艰辛自不必多说，其间还需要四地辗转，选择合适场区进行养殖试验。同时，苗种的放养、亲贝的运输、家系的维持等都需做到稳妥处理，而这些都少不了团队成员支出大量的精力去细致规划和妥善安排。当时，全国水产范围内选育的新品种数量并不多，而海水养殖动物新品种更是未见报道，因此可供借鉴的资料也是相当有限。此外，在选育过程中，为了把控选育方向，对每代选育系的遗传多样性检测必不可少，这也需要熟练掌握运用多种分子育种技术。在第四年，沈和定等人更是

2018 年,农业农村部公告的缢蛏"申浙 1 号"水产新品种证书

首次突破了缢蛏家系构建技术,为之后群体与家系结合选育奠定了坚实的基础。

作为主要完成人之一的沈和定,凭借着一股子拼劲与冲劲,在困难面前不退缩,挫折跟前不放弃,凡事亲力亲为,以坚定决心,势要攻克新品种选育难关。其间,沈和定除了经常下基地检验养殖情况外,还每年派遣学生常驻基地落实进展。在众人的齐心协力下,选育工作最终获得了成功,不仅为上海海洋大学增添了一项新的荣誉,也为中国水产新品种的选育工作开创了新局,打好了海水养殖动物人工选育的第一战。

另外,作为贝类育种专家,沈和定在海水贝类繁育方面有着丰富的学术知识和生产经验。为了更好地帮助相关养殖户的生产养殖,延续多年来上海海洋大学师生服务社会的优良传统,沈和定利用暑假,积极开展渔业科技服务。他带领缢蛏遗传育种服务团队成员前往浙江省宁海县和三门县,大力指导缢蛏育苗技术,就温度对缢蛏养殖造成的影响提出了暑期高温生产应对良策。

"因为相信,所以看见,快速学习、发挥潜力、提升综合能力是我们培养人才的最终目标!"这是沈和定时常对学生们的告诫,也是他一贯的教学理念。沈和定认为,培养学生不仅是让他们提高学识,能力性格等多方面的综合培养也十分重要。因此,对于实验室的学生,沈和定从不强行加以限制,而是注重他们自身的意愿,并鼓励学生提出具有创新性与建设性的想法。充满斗志、富有激情和创新精神及强大的行动力,是沈和定对自我的严格要求,也是他对学生们的殷切期望。正所谓"学高为师,身正为范;学而不厌,诲人不倦",这便是沈和定多年科研的真实写照。也正因这种认真的教研精神,沈和定为众多学生所尊敬。

（2020 级渔业发展专业　李伟鹏）

平瑛

平瑛(1964.4—)，教授，博士生导师。1985年，毕业于上海财经大学；同年，到上海水产大学渔业经济系任教。曾任上海海洋大学经济管理学院院长。现任上海海洋产业发展战略研究中心主任；教育部高等学校农业经济管理类专业教学指导委员会委员；中国林牧渔业经济学会常务理事、渔业经济专业委员会理事长；中国海洋学会海洋经济分会副主任委员；上海管理科学学会监事会主席。2020年，受聘为农业农村部"全国渔港管理专家委员会委员"；上海市农业农村委"上海市水产品市场首席分析师"。兼任《世界农业》《上海管理科学》编委。致力于渔业产业组织、休闲渔业、海洋经济等方向的研究，代表论著有《休闲渔业国内外经验与启示》《渔业经济学》《统计学原理》《中国渔业经济发展理论研究》等。曾获上海市优秀青年教师称号，国家精品课程"渔业经济学"第二完成人，上海市教学成果奖二、三等奖获得者。在《中国农业经济》《统计与决策》《中国人口、资源与环境》《中国软科学》《中国渔业经济》等刊物上发表学术论文30余篇。

渔业管理做文章　立德树人担责任

遇见海大　遇见可能

"成为教师，一直是我的理想。"从初为人师到桃李满天下，平瑛已经勤勤恳恳走过了 30 多个春秋。自最初成为大学教师至今，平瑛感慨时间流逝之快，同时也回忆起教师生涯中的难忘时刻。

比较幸运的是，国家于 1977 年恢复高考，给了有志青年学习深造的机会。1981 年，平瑛参加了高考。当时，招生名额不多，好在她平时认真学习，所以如愿考入了上海财经大学统计学专业。当时选择这个专业时，她未曾多想，也没想过以后要干什么，只是因为上学时对数学比较感兴趣。学习以后，她才体会到统计学确实是一个很有用的工具。平瑛的父母都是大学教师，在耳濡目染下，她顺其自然地对教师产生了浓厚的职业兴趣。在平瑛的办公桌上，一直放着父亲写的"爱岗敬业"4 个大字，她一直这样要求自己并努力做好。平瑛深知教师意味着承载一份责任，要对得起党和国家的培养，不辜负社会期望。本科毕业之后，平瑛来到上海水产学院当了一名教师。当时，渔业经济系刚组建不久，开始招收专科生、本科生，专业教师严重不足，年轻教师一进学校就承担起教学和学生管理工作。当时，平瑛主要为经济管理类专业学生讲授统计学原理课程。

　　渔业经济管理是上海海洋大学经济管理学院的重点研究领域和特色学科,而平瑛在本科和研究生阶段主修的是经济学和管理学,后来能成为渔业经济学研究领域的一员,她特别感谢老校长和系主任给予的支持、指导和帮助。刚刚参加工作时,她的主要工作任务就是全身心地投入到听课和教学中。其间,平瑛经常去旁听水产养殖系、海洋渔业系的课程,与教师们交流。既然来到上海水产大学,就不能光教书,还要继续学习新知识,了解学校主体学科的发展。通过学习与了解渔业,她逐渐爱上了渔业经济研究。当时,学校和联合国粮农组织(FAO)有合作,老校长和系主任鼓励青年教师参与一些研究课题。平瑛就跟着同事去渔村、企业做渔业调研,将本科学习的统计学知识应用到调研中。印象最深的是,蔡学廉教授负责的"全国渔业节能办公室",他邀请平瑛一起做全国渔业节能调研工作。之后,平瑛编写了关于渔业节能统计的教材,开设了有关渔业节能统计的培训班。这是一个很好的考验和锻炼机会,培训班学员来自全国各地的主要渔业管理部门和生产企业。老师和学员们的帮助与鼓励,使平瑛明白了所学理论是如何与实际接触并得到应用的,这对一位年轻教师的成长产生了极大影响。在跟随周应祺校长和葛光华系主任开展渔村、渔业调研的过程中,平瑛接触到渔业生产和流通等环节,从而使她对渔业经济产生了兴趣,并逐渐成为她今后的研究方向。平瑛撰写的第一篇渔业经济论文,是在系主任鼓励下动笔的。当时,系里让平瑛参与农业部渔业局的一个委托课题,她撰写的分析报告得到领导肯定,这让她有了从事科学研究的信心。之后,平瑛对研究领域慢慢熟悉和了解,逐渐发现很多实践中的学术问题,开始尝试去搞清楚和予以解决。然而,要真正解决一个学术问题,不仅需要重视并依据基础资料来思考,而且需要尊重前人研究成果,但也不能盲从。探究学术不能蜻蜓点水,不能浅尝辄止,需要坚持,不断探索和积极思考,需要在长时间段中进行多维度微观探寻。抚今追昔,平瑛觉得要做好科研工作,首先需要保持热情和敬畏之心,其次需要有责任心和上进心,不断去积累和思考,这样才能去专注地发现一些细节。

　　随着教学和科研工作的深入,平瑛将所学专业与学院学科特色结

2015 年,平瑛(左一)走访韩国鹭梁津水产市场

合,逐步涉足水产领域,深入沿海渔村和水产养殖、加工企业进行调研。渔业产业发展的动向,尤其是渔业产业结构调整、渔民转产转业等领域,成为她长期关注的重点方向。

上下求索　朝夕不倦

　　平瑛在大学主修的不是渔业经济,但进入上海水产大学成为教师后,好奇心驱使她不能做门外汉,多少得了解一下水产行业。于是,平瑛就去旁听鱼类学、海洋捕捞等课程,向专业教师请教渔业问题。只要有机会,平瑛就会跟着老教师到渔村、加工厂、养殖企业等地调研。平瑛跟随周应祺校长、蔡学廉教授等学者了解日本、中国台湾地区等地的休闲渔业发展情况。结合中国当时渔业生产所面临的问题,她在 20 世纪 90 年代末就提出在有条件的地方推动发展休闲渔业。再后来，平瑛慢慢了解了渔业产业，并看到渔业产业内部存在着很多值得去研究的内容，她也很希望在渔业产业提升和可持续发展方面发挥自己的微薄之力。所以，平瑛在渔业研究中加入了责任感和使命感。之后，她的研究目标变得越来越清晰，就是力所能及地为提升中国渔业产业水平及其国际影响力服务。

平瑛参加 2018 年第三届中国休闲渔业高峰论坛

　　研究道路并非一帆风顺，只要往深里探究就会碰到瓶颈。人文社会科学的科研方法与自然科学的实验研究不太一样，需要长期坐冷板凳，一丝不苟地循序渐进。做人文社会科学研究要得出有价值的成果，需要有很深入的思考，而且这思考不能凭空瞎想，必须有大量真实数据来支撑。平瑛记得刚做科研那会儿，常常为了获取更多、更全的数据而反复奔波，因为有些研究若得不到信息数据，就没有办法深入下去。那时，信息渠道比较单一，要获取自然科学方面的相关数据来完成国家渔业经济管理项目，就需要不同学科领域的人共同参与。从那时起，平瑛就开始去全国各地调研，多结合实际思考，多与业内的行家里手交流。同时，搞社会科学研究需要见多识广。早在 20 世纪末，平瑛就向周应祺校长建议，成立一个渔业发展战略研究中心，她的初衷就是把不同学科背景的教师整合起来,通过交流与合作,成立研究团队并建立渔业经济专业数据库。

好奇心是一块敲门砖,兴趣与责任感使平瑛一直在坚持。她认为,科研需要的是一丝不苟的治学精神,以及淡泊名利的精神境界。

初心不改　矢志不渝

作为一名教师,平瑛的职业责任感始终不减。执教以来,她始终将师德贯穿于教书育人和为人处世的每一个细节。平瑛回忆到,学院成立之初,她经常要到全国各地奔波,负责学院的招生工作,为硕士点申报撰写材料,教学行政双双兼顾,常常是忙得不可开交,但不管在什么岗位上,只要把本职工作做好,能对学院有用,对学生有所帮助,得到学生们的认可,就是值得的。她一到学院行政管理岗位履职,就将"学生的发展高于一切"设定为工作原则和指导思想。不管是制定管理制度还是人才培养方案,她都会更多地为学生发展考虑,为他们创造更大的发展空间,如按专业建设学生发展中心、制定校企联合培养方案、设计企业创新创业大赛、创办实践基地等。那时,学校的办学资源有限,学院教师们就去开拓让学生去海外合作交流的机会,尽力降低留学费用,增加奖学金。平瑛说:"几十年如一日地全身心投入在学院行政工作上,其实最后的工作成果都不是我一开始刻意设想的。"在 30 余年的教职生涯中,平瑛一直秉持着教学的初心、恒心、平常心,她希望学生也能时刻保持一颗平常心。她说:"不同时代大家追求的目标不一样。"学生好学有目标是好事。从整个职业生涯发展来说,目标一定要放长远;要脚踏实地做好每一件事情,不要急功近利,做人做事都要讲究"问心无愧";在付出的过程中锻炼自己的同时,也要积累口碑,做自己的品牌。只有得到大家认可,以后机会才会不期而至。

一路走来,无论是对待科研任务还是教学工作,尤其是自 1995 年开始做副院长之后,责任感始终在默默支撑着平瑛。在面对工作和家庭无法平衡的时候,平瑛选择把重心放在工作上,将工作放在首位。目前,她计划把思考感悟及相关教材整理出来。她认为,一个教师的本职是教书育人，选择教师工作就等于选择责任和奉献。在三尺讲台上传授知识和人生经验，与学生分享快乐人生的分分秒秒，培育一代又一代海大人，是一位教师深埋心底的责任。

无论身处行政岗位还是教师岗位，平瑛每个学期都会开几门课，她从不忘身为一名教师的初心。她希望更多学生和年轻学者投身到科研中来，所以经常带着学生进行社会调研、科学研究，指导他们参与科创项目及论文撰写工作。作为科研工作者，她觉得做学术就是要解决问题，所以在未来生活中，不管遇到什么问题，无论是基础研究还是应用研究，都应该着眼于问题解决，在研究中培养解决问题的能力，并训练思维方式。只有将科研工作融入日常生活，保持一颗平常心，才能做好自己的事业。

三尺讲台　三千桃李

在指导不同类型的学生时，平瑛会根据学生的性格和学习基础来因材施教，力争让教学效果事半功倍。她说："作为一名高校教师，就要尽到一名教师的本分，上好课、教好书、指导好每一个学生，让更多的学生成为有用之才。"平瑛在培养学生方面比较宽松，她认为应该以爱来激发和鼓励学生的学习热情。在每年与新入学的研究生第一次见面时，平瑛首先会询问他们研究生毕业后的人生规划，是准备就业，还是准备继续深造，然后再根据他们不同的人生计划，为他们制定不同的学习目标和规划。在研究生培养方面，她注重因材施教，喜欢随时随地、因人因事地顺应引导。每个学生都是独特的，各有所长、各有爱好，他们的能力和需求也互不相同，因此大学培养人才更应该注重因材施教。平瑛乐于培养学生的科研兴趣，在学生学术能力的基础上辅以科学引导，激发学生将自己的热情融于课题，沉下心来把一件事情精益求精地做好做透，并转化为科研成果。她经常语重心长地强调，做科研要放下功利心，不要只看到眼前，应该把目光放得长远一些。她认为，做人比做学问更重要。她希望在海大的研究生学习能够对学生的理性思维、解决问题能力和做人做事产生积极影响。如今，她的不少学生在金融、教育等各行各业发光发热。

桃李不言，下自成蹊。平瑛培育出一届又一届优秀学子，许多学生在毕业多年后仍然与她保持着密切联系，逢年过节就会从全国各地发来问候和祝福。每年教师节，学生们都会送上鲜花或问候。"良好的师生关系不应止步于校园，而是在人生漫长的道路上能够成为相互陪伴、相互温暖、相互支持的朋友。"在学术道路上，每一个人都不是生而知之者。从勤奋学习，到广博的通识教育，再到艰深的专业研究，乃至返归实际的考察与应用，学术道路需要勇气和毅力。教师、院长、教授……平瑛的身份有很多，但无论是工作还是生活，她都会以平易友善的心态，以求真务实的态度，履行着作为一名学者和教师的使命，在平凡的岗位上像一朵百合花般默默开放，芬芳自己，也芬芳天涯。

平瑛（前排左四）与 2017 届研究生合影

寄　语

脚踏实地，心向远方。

（2019 级应用经济学专业　闵晨）

吴文惠

吴文惠(1965.8—)，内蒙古赤峰人，中共党员，上海海洋大学生物制药专业教授，浦江学者。1986年，大学本科毕业于内蒙古农业大学；1989年，硕士研究生毕业并留校任教至1998年；1998年至2005年，在日本担任访问学者，并获得东京农工大学博士学位；2005年开始，任教于上海海洋大学。兼任上海药学会理事和海洋药物专业委员会主任委员，中国生物化学与分子生物学学会海洋分会顾问委员，中国药学会海洋药物专业委员会和中国微生物学会海洋微生物专业委员会委员，科技部海洋生物国际联合研究中心海洋生物活性物质方向负责人。创建新型溶栓理论观点结合药物发现技术的小分子溶栓先导化合物研究体系，发现稀有海洋微生物菌株产生的新型化合物作用于溶栓新靶点实现溶栓作用，小分子海洋溶栓先导化合物研究成果被评价为"国内领先、国际先进"。以海洋胶原为核心生物材料，多年进行海洋生物医学组织工程基础理论和应用研究。完成"印度洋鱼类胶原蛋白生物医学材料应用特性的研究"等上海市国际科技合作项目，建立规模化制备海洋生物胶原新技术，提出海洋生物胶原应用生物化学特性新内涵，创立海洋胶原生物材料综合指数估算新方法。获得国家海洋局海洋科学技术奖一等奖和二等奖、上海海洋科学技术奖二等奖、上海药学科技奖二等奖等荣誉，以及上海海洋大学育才奖、优秀共产党员、上海市优秀教职工等荣誉称号。

默默耕耘育英才　切切探索著文章

一名光荣的大学教师，
永远担负着人类灵魂工程师的理想和责任。

　　吴文惠现任食品学院生物制药专业负责人、海洋药物与健康食品研究所所长。作为海外优秀留学回国人员被引进以来，他勤于耕耘，默默奉献，为高等教育事业奉献着青春和热血。

践行教育事业

　　多年来，吴文惠始终把热爱党的教育事业同热爱学生的真实感情融为一体，全面关注学生的成长，关心学生的思想、学习和生活，积极帮助和关心青年教师的发展，充分体现着一名教育工作者教书育人、为人师表的职业操守，被广大学生和青年教师誉为学业明烛，事业火炬。

　　满怀挚爱，用热心、诚心和爱心培养教育本科生、硕博士研究生，是吴文惠对待教书育人工作的准则；立足自由探索精神，用创新、融合和发展进行科学研究，是吴文惠开展学术探索的指导思想；以人为本，用尊重、共存和合作促进各项事业的进步，是吴文惠进行服务和管理的价值观念。

课堂教学艺术高超。吴文惠开展专业基础课和专业课教学方法研究，创造了学生愉快学习的优美课堂环境，建立了民主、平等、友好的师生关系，制造了生动活泼的课堂气氛，实现了扣人心弦的教学节奏。

学生的良师益友。吴文惠始终坚持热情自然、平等相待的原则，无论是在学业上还是在思想上，都给予同学们有力的帮助。担任学业导师、大学生创新实践指导教师和毕业论文指导教师期间，吴文惠总是给学生们详细讲解和示范实验原理与操作要点，学生的专业能力得到快速提升的同时，也能真诚地感受到师恩的温度。

教育教学工程的践行者。吴文惠组织教师在生物制药专业构建了世界流行的 PBL 实践实训体系，建立了专业实践实训体系，编写了《海洋药物导论》《海洋生物制药实训教程》等教材，通过财政部实验室专项建设的海洋生物制药实验室处于国内先进水平。吴文惠倾注精力，开展学科专业布局结构优化调整教育教学活动成效明显；建设完成上海市精品课程"海洋药物学"，开展了上海市一流课程建设"人体解剖生理学"；开展国际化视野创新人才培养，定期邀请海外名师和专业特聘教授为学生开设前沿讲座和学术交流，组织学生赴海外游学和接受国外游学学生访学交流；指导留学生攻读学位和开展富有成效的研究，协调安排教学团队成员赴海外开展访问研究，组织建立了海外名师前沿课程教学团队。吴文惠开展了富有成效的教学改革，发表教改论文多篇，副主编《海洋药物导论》等教材，主编脑、精神疾病与药物作用机制教学参考书《脑、精神疾病与药物作用机制》《海洋天然产物化学》等。吴文惠在海洋心脑血管药理、海洋生物医学组织工程材料、特殊医学用途临床食品等方向，取得了一系列重要的成果，成为海洋药物领域著名的青年科学家。他致力于知识创新与知识服务工作，多次参加沪滇科技合作、上海援藏科技服务活动、上海服务其他省份产学研对接活动，先后为多家企业提供生物医药技术支撑，产生了良好的经济效益，获得了良好的社会声誉。

教书育人的楷模

吴文惠笃信大学是社会之光，是人才培养的摇篮，是文化创造的源泉，未来的社会必将由经济为中心进入文化为中心的阶段。按照这样的理念，在平凡的工作岗位上，他身体力行，开展着以服务社会为使命的教书育人和科学研究工作。

吴文惠还积极开展人才培养方案修订、专业综合建设等深刻的教学改革，不断探索教育教学的规律和方法，获得过校"师生联系优秀个人"称号；开展的"生物技术专业海洋生物制药方向人才培养体系优化及学科发展策略"专业综合改革项目被评为上海海洋大学教学成果奖二等奖；认真推进"085工程"重点专业建设项目，努力推进高校教师成为大学生心灵的塑造者、崇高理想的指导者和人类社会价值的传递者。这些教学成果和理念的实施，对于完善海洋生物制药专业人才培养模式、加强实践环节、提高教学质量和学生综合素质发挥了非常重要的作用。分布在上海市以至全国生物医药行业的上海海洋大学海洋生物制药专业学生已经有了很好的声誉，许多学生在著名药企工作，部分学生继续攻读硕士、博士研究生，在行业管理部门工作的学生也正在发挥越来越重要的作用。

此外，吴文惠还根据学科发展和教学改革需要，积极编写教材和撰写专著，主编《脑、精神疾病与药物作用机制》，副主编《海洋药物导论》，参编《海洋天然产物化学》。吴文惠科研成果丰硕，主持完成了多项国家和上海市科研项目，正在主持的国家高科技发展计划项目推进了海洋生物制药学科的发展和进步，规划和形成了海洋药物与健康食品研究所的发展目标和方向，建设和完善了海洋药物与健康食品研究平台。吴文惠入选上海市"浦江人才"，完成的"海洋生物胶原食品健康功能和生物材料功效的精准应用"获中国海洋学会海洋科学技术奖一等奖。吴文惠因在学术研究和学科建设上的影响力，当选中国生物化学与分子生物学学会海洋分会副理事长、上海药学会海洋药物专业委员会主任委员和上海微生物学会海洋微生物专业委员会副主任委员。

　　吴文惠在工作岗位上以人才培养、科学研究、学科发展、团队建设为着眼点,教书育人,无私奉献,用心血和汗水浇灌着满园桃李成栋梁之材;他爱岗敬业,勤奋努力,用热情和真心奉献谱写着华美乐章。

（2020 级生物与医药专业　葛宝霖）

钟耀广

钟耀广（1965.1—　），广东博罗人，中共党员，上海海洋大学食品学院教授。《农产品加工》杂志编委，《农产食品科技》杂志编委，《辽宁奶业杂志》顾问，中国农产品贮藏加工分会理事，中国食品工业协会食品安全师讲师，中国畜产品加工研究会理事，辽宁奶业协会特聘专家。1988年，毕业于东北农业大学农畜产品加工专业；1995年，获东北农业大学硕士学位。2002年7月，于中国农业大学食品学院获食品科学专业工学博士学位。2007年至今，任教于上海海洋大学食品学院。2009年12月，于沈阳农业大学食品学院博士后出站。主持或参加的项目40多个，曾获大连市科技进步奖一等奖。主编及副主编教材或著作10多部，发表论文100余篇。2003年，在国内首次为食品科学与工程专业开设"食品安全学"课程；2014年，主编的《食品安全学》获评教育部"十二五"国家规划教材。

痴情求索食品安全 春风化雨教书育人

2021年6月30日,钟耀广(中)与采访学生王娟紫(左)、张云(右)合影

选择教育职业 首开"食品安全学"课程

一听口音,有很多学生就会问钟耀广是不是东北人。其实,他是个广东人,但是生在东北,长在东北。从名字就可以看出,姓钟,耀字辈,之所以叫广,是因为钟耀广的祖籍是广东。钟耀广的父亲曾在广州的

华南农业大学读书，因此给他起了这个名。钟父是 20 世纪 50 年代的大学生，毕业后积极响应国家号召，"到最艰苦的地方去，到祖国最需要的地方去"，于是从温暖如春的花城——广州，来到祖国的冰城——哈尔滨，在东北农业大学工作。后来，钟父成了一名教授。

1978 年，哈尔滨恢复了重点中学，钟耀广有幸考入当时黑龙江省最好的中学——哈尔滨师范大学附属中学（简称"哈师大附中"）。钟耀广于 1984 年参加全国统一高考，黑龙江省文、理科高考第一名都出自哈师大附中。文科第一名曹实是钟耀广的初中同学。班级里的每个同学对待学习都抱着极大热情，他们在课堂上积极与老师互动，经常废寝忘食。在这样的学习环境中，钟耀广也不自觉地被带动起来。正如斯蒂文所说："志气这东西是能传染的，你能感染着笼罩在你的环境中的精神。那些在你周围不断向上奋发的人的胜利，会鼓励激发你作更艰苦的奋斗，以求达到如像他们所做的样子。"一段时间后，钟耀广第二批加入共青团，并且在自己的不断进步中，连续 4 年获得"三好学生"称号。

本以为自己的进步和努力能让自己更上一层楼，但高考没有钟耀广想得那么容易。发挥失常、成绩不理想，他没有考取自己想去的高校。成绩出来后，有很多学校和专业要抉择，受到父亲潜移默化的影响，钟耀广选择了东北农业大学。在选择专业的那一年，学校新开了食品专业。钟耀广当时觉得，衣食住行乃生活基石，所有人都离不开食品，所以他就选择了食品专业。在中学同班同学中，很多人考上了北京大学、浙江大学、天津大学、吉林大学、哈尔滨工业大学等名校，如今这些同学已遍及世界各地。进入大学后，钟耀广想要证明自己的实力，所以他暗暗发誓一定要考个第一名。功夫不负有心人，一年后，钟耀广获得校一等奖学金 250 元。钟耀广用这笔奖学金，在暑假期间与考入北京大学的亢迪、东北林业大学的史强两位中学同学走遍了大半个中国。他们去了北京、天津、南京、黄山、杭州、苏州、无锡、宜兴、上海等地，见到了中国不同地方的人文生活，体验了同一个时间下，不同地域人是如何对待生活的。各具特色的语言和文化让钟耀广的眼界更加宽阔。

　　大学毕业后,一个偶然的情况促使钟耀广读研究生。毕业后,钟耀广先是到中国科学院从事科研工作。那时,钟耀广住在单位分配的集体宿舍里。一天下班回来,看到室友床上有一张考研辅导班的宣传单,他随后就报了名。因为基础不错,他的考研很顺利。硕士毕业后,钟耀广又回到中科院工作。出于对老师的尊重与感激之情,过年时,钟耀广常去硕士导师崔成东家里拜年。后来,钟耀广觉得知识远远不足,有继续深造的必要。经过不懈努力,他考入中国农业大学食品学院继续读博,博士生导师是中国肉品行业的领军人物南庆贤教授。

　　博士毕业后,钟耀广面临择业的问题。钟耀广意识到,食品行业具有重要性,且国内急需大量食品专业人才,如果成为教师,那么他可以培养一大批学生。于是,经过选择,钟耀广到大连工业大学食品专业任教。到学校不久,钟耀广就开设了"食品安全学"选修课,希望更多人能够重视食品安全。直到多年后,钟耀广才知道,原来他是第一个在食品科学与工程专业开设"食品安全学"课程的教师。

2007 年,钟耀广前往日本访学

2007年,钟耀广(左)赴日本与水产大学校校长(右)进行学术交流

2011年,钟耀广(右)参观广东省农产品加工公共实验室

2014 年，钟耀广参加上海现代农业食品产学研项目对接会

注重学生兴趣　形成独特课堂风格

　　每当站在讲台上，钟耀广格外兴奋。教书育人是钟耀广的理想，他希望每一位同学都能够学到知识。于是，上课时，他从学生们感兴趣的点讲起，给予学生充分的想象空间。如果学生对上课没有兴趣，那么这门课再重要，他们也必然充耳不闻。

　　中国的大学教学与欧美发达国家有所不同。国外大学有些专业一学期就五六门课，中国有的高校一个学期就将近二十门课，教学方式显然有很大差别。国外课程少，但作业非常多，学生要自己去查阅大量文献，但中国高校里的课程排得满满的，留给学生自主学习的时间有限，所以在中国高校的课堂上授课，教师必须学会吸引学生们的注意力。

　　钟耀广平时十分注重与学生交流，以拉近师生之间的距离。钟耀广认为，这样才能更有效地了解学生的兴趣爱好、思维方式及他们想要在课堂上获取哪些知识。钟耀广对自己指导的研究生也十分上心，接触时间长了，他发现每位学生都有自己的优势。过去，人们习惯于单一地以学习成绩来评判学生是否优秀，但现代社会对人才的要求提高了，除了基本的课程知识外，还十分注重学生的综合素质。平时，钟耀广根据学生的特长来分配日常工作，因材施教。在钟耀广看来，每位学生都有潜质，都能在工作、生活中找到自己合适的位置。因此，钟耀广很欣慰，能够让学生们在各自领域充分发挥自己的优势。钟耀广始终认为，因材施教地去培养学生，就有可能让他们每个人都成为优秀人才，也不会辜负学生们的信任。

2008年，钟耀广（中间）带领学生参加第十四届世界食品科技大会

不惧艰难险阻　克服重重难题

从事食品学科，需要创新思维。就拿钟耀广读博那几年来说，几乎天天都在实验室度过，就像加菲劳所说的，求学的三个条件是：多观察、多吃苦、多研究。钟耀广每天要面对大量实验内容和实验数据，枯燥复杂的科研任务本身就是对耐心毅力的极大考验。除此之外，还要有所创新。那段时期是钟耀广数十年来压力最大的时候，他要查阅大量文献。有时按照资料上的方法按部就班却毫无结果，他就只能一遍一遍重复。重复次数多了，他就开始反思为什么结果会不一样，于是继续深挖，继续查资料，继续做实验。春节时，钟耀广因为实验而顾不上回家；除夕时，钟耀广还在做实验。逆境可以锻炼人，可谓"宝剑锋从磨砺出，梅花香自苦寒来。"经过日日夜夜的实验后，钟耀广顺利毕业。在日常工作、生活中，戒骄戒躁、刻苦钻研的秉性使钟耀广在很多事情上更加得心应手。

开设"食品安全学"课程之后，钟耀广又面临着一个更具挑战性的工作，即编高水平教材。一开始，钟耀广到中国人民大学、天津大学、吉林大学、哈尔滨工业大学等单位去找优秀的一线教师编写教材。这部教材后来经过不断修订，最终被评选为上海市优秀教材、教育部"十二五"国家规划教材。

"食品安全"不仅仅是一门课程，更是关乎民心、关于民生的问题。民以食为天，食以安为先。现如今，一些关于食品安全的报道也依然能够勾起人们的思绪。一个小作坊的食品卫生不过关，百姓们就要提心吊胆好长一段时间，从而使他们在日常食品的选择上都要仔仔细细地进行筛查。如果能从源头上掐断危险源，从根本上提高食品安全性，那么大家的日常生活也能少一些担忧。这是国家经济发展和社会稳定的重要因素。钟耀广感到了肩上沉甸甸的责任感。作为一名人民教师，他希望能够培养出优秀的食品安全人才，助力国家食品健康事业，让老百姓切实感受到食品安全学科的发展成果。

感　悟

将自己的兴趣爱好、特长与工作相结合，每天进步一点点。

寄　语

同学们，海阔凭鱼跃，天高任鸟飞，在未来的征程中百折不挠，勇往直前。希望你们常回家看看，上海海洋大学永远是您最温馨的家！

因兴趣而选择　因责任而奉献
严谨对待科学　生活融入学术
积极探索未知　从容应对挑战
全面塑造自身　引领后辈前行

（2020 级生物与医药专业　王娟紫　2018 级食品科学与工程专业　张云）

戴小杰

戴小杰(1966.1—)，安徽无为县人，上海海洋大学海洋科学学院教授，博士生导师。中国濒危物种科学委员会协审专家，中国远洋渔业协会金枪鱼技术组成员，农业农村部濒危物种科学委员会委员。曾获国家科学技术进步奖二等奖、教育部科学技术进步奖二等奖等奖项。2019年，获上海市"五一"劳动奖章。

文质彬彬的弄潮儿

戴小杰低调朴实、文质彬彬，看不出是一位孔武有力的大海弄潮儿，但他的确是一位地地道道的碧海赤子。他对海洋的了解，就像对家乡一样熟悉。

争取金枪鱼渔业配额

"西经120度附近是东部太平洋公海渔场，加拉帕戈斯群岛在南纬1度左右，西经92度附近，这片海域水温很低。"即使坐在办公室里，戴小杰依然对这些金枪鱼活跃海域如数家珍。曾几何时，为了搞清楚金枪鱼渔业的本底数据，戴小杰30年的科研生涯中，几乎有1/6"泡"在漫无边际的大海里。

金枪鱼是优质蛋白质的来源，被誉为"软黄金"，是不少国家和地区的常见美食，然而中国直到2000年才开始发展金枪鱼渔业。彼时，金枪鱼的公海捕捞配额已被发达国家分配殆尽。为了争取和维护中国渔权，戴小杰60余次代表中国出席各种国际渔业科学谈判会，光会议报告就准备了30多份。在他有理有据的争取下，中国金枪鱼的总产量从最初的0提升到10多万吨，产值超过50亿元，为全国各渔业公司创造了几万人的就业机会。

2017 年，戴小杰开启国内首艘远洋渔业资源调查船"淞航号"的科考之旅

太平洋上建实验室

很多人或许不了解，国际上对渔业科学数据的要求非常严格，不仅项目繁多，而且极其精细，捕捞渔场也必须精确到规定的经纬度范围之内。戴小杰解释道："渔权就是海权。在国际谈判中，要确保中国在金枪鱼渔业的捕鱼权，并争取更多渔业权益配额，科学数据是最好的武器。"

为了弄清楚渔业资源，获得第一手科学数据，戴小杰把实验室建在了海洋上。1994 年，他随大西洋金枪鱼船队到西非开展金枪鱼渔业生产实践，一去就是三年；2003 年，他又作为观察员，到东部太平洋公海渔场进行金枪鱼渔业资源调查……大海令他神往陶醉，大海也磨练了他，使他变得坚韧而成熟。

海上工作，苦中作乐。在船上，戴小杰和船工一起劳动，每天倒班捕鱼，只能睡四五个小时。一个航次下来，脸黑扑扑的、头发长长的，像从原始森林里走出来的。戴小杰则乐呵呵地说："苦，我不怕。我觉得这种锻炼很重要。""做水产科研，一是产学要结合，二是要在实际中解决问题。"常年追寻金枪鱼的巡游轨迹，使他成长为中国金枪鱼的研究专家。截至目前，他已出版多部金枪鱼方面的专著，还因金枪鱼研究获

戴小杰在海上与小翻车鱼合影

得国家科技进步奖二等奖。

谈判桌上护渔权

科研是艰苦的历练，而国际谈判更像一种艺术。

在一次国际谈判中，有外国代表团提出，要限制中国在印度洋海域的金枪鱼延绳钓渔船数量。中国的回应是，中国的正当发展不需要外国来指手画脚。

戴小杰(右)与许柳雄(左)代表中国出席第17届印度洋金枪鱼委员会科学分委员会会议

戴小杰曾 60 多次代表国家,坐在国际渔业组织的谈判桌旁。

在戴小杰扎实工作的基础上,中国在国际上新开发渔场 11 个,占全国新开发远洋渔场的 90%,并实现了商业化开发和利用。总结国际谈判经验,戴小杰提炼为"三四五"。其中,"三"就是要牢记三大任务,即确保中国金枪渔业可持续发展,维护中国正当的捕鱼权;培养海洋渔业人才;产出科研成果。"这些简单数字的背后,其实涉及了鱼、渔场、国家利益、企业、数据统计、国际法律等各方面。"戴小杰解释道。

直面困难,想尽办法克服困难,正是弄潮儿的本色。经年累月的海上调查和科研探索,养成了戴小杰迎难而上的工作习惯。最初参加国际谈判时,由于英语底子薄,他也曾在国际谈判桌前胆怯。为了搞清楚来龙去脉,戴小杰起初谈判时都用录音笔一一录下,有听不懂的地方再回放。为了攻克语言关,他下苦功背单词,现在仍然每天坚持收听英语新闻。他说:"一个人所学的东西总是有限,只有坚持不断学习,才能不断迎接挑战。"

培养接棒队伍　把海洋精神传承下去

随着走上国际舞台次数的增多,戴小杰也在默默观察:在一些远洋渔业发达的国家和地区,有专门队伍从事数据统计工作,有专业人员分析科学问题,还有观察员计划。戴小杰看在眼里,急在心里。如何为中国海洋事业培养接班人,成为他最忧心的事。他要求自己带教的男生必须下海。他强调,"只有下海才能深入了解渔业整体状况。否则,学生对于渔业发展的认知就是盲目的"。

下海很苦,却可以成就成熟的男儿。戴小杰用各种方法鼓励学生,让他们勇敢地面向大海、驰骋大海。他坦言,自己也曾在船上遭受过不少委屈,但只要咬咬牙坚持下来,就会收获难能可贵的坚韧、胸怀和胆魄。现在,他的不少学生已经成为远洋渔业的骨干成员。然而,戴小杰依然忧心忡忡,觉得不够,他总是希望中国海洋渔业科学研究能够再强一点,希望有更多年轻人不畏困难,勇敢地加入其中。

海洋对年过半百的戴小杰来说,始终有一种独特魅力。他爱大海,

戴小杰在远洋渔业展示厅作讲解

他给儿子取名也和大海有关——振洋，寓意振兴海洋，这也是戴小杰美好的心愿。

感 悟

实践出真知。

寄 语

把论文写在大洋上。

（原文汇报记者　金婉霞）

董玉来

　　董玉来（1966.9—　　），中共党员，毕业于华东师范大学，现任上海海洋大学马克思主义学院院长、教授，上海高校思想政治理论课分教学指导委员会委员，上海高校思想政治理论课名师工作室——董玉来工作室主持人，上海市延安研究精神研究会副秘书长，上海《东方讲坛》讲师，网名"沪城学士"。曾获上海市第十届教育科学优秀成果一等奖、全国农林院校思政课与社会主义核心价值体系建设研讨会论文一等奖、上海市育才奖、上海高校网络文化建设与校园管理创新论坛征文二等奖等荣誉。主要著作有《微博之力》《媒体中的@沪城学士》等。

思教合一　沪城学士

主流媒体引导思想动向，信息化影响着生活方式的转变，
新青年一代处在这个信息化发达的、更关注发言的时代，
教育则更应该担起符合时代动态的价值观引导的责任。

　　教育的意义，更多的是给迷茫找寻的孩子们一个向导，一个可以独立发展、独立地实现正确人生价值并达到自我实现的一个引导。董玉来是这样说的，也是这样做的。在执教生涯中，他专心研究思想政治教育的重要意义，将自己的所思所想与人生感悟，结合课堂讲授，传递给孩子们；不仅如此，他更是以身作则，在互联网上宣传符合社会主义核心价值观的价值引导，与互联网上的污言秽语作斗争，并被《人民日报》多次转载，为微博世界注入了一股清流。

微博里的@沪城学士

　　2013年起，董玉来就紧随时代发展，转变舆论倾向，多次在微博上发表学术观点。利用当时微博这个广泛被大众接受和使用的平台，他宣传和分享研究观点与看法。2014年，他在新浪微博发布微博3600余条，被阅读127余万次，被全国68家报纸、网络、电台、官方微博、电视、杂志等转载转播368次。其中，《人民日报》《光明日报》《新华日报》等34家报纸累计转载86次，人民网等20家网站首家转载26次，《央广新闻》《央广新闻晚高峰》《中国乡村之声》等7家电台栏目转播216次；1篇微博入选"百度百科"词条。

微博作为被很多新一代青年喜爱的舆论消息平台，在信息时代是一个重要的宣传和沟通媒介。利用微博来分享所观所想、传递思想学说，显然已经成为了一种新时尚。在微博刚刚开始为人们所熟知时，董玉来就利用微博散播快、范围广、受众面大等特点来传达他的生活感悟和对时事的评论观点。于是，网络上掀起一股由专业人士引导大众客观多面地看待问题的思潮，这股思潮也为后来微博的知识化、专业化提供了参考和借鉴。

董玉来的微博不仅凸显了他对当下主流价值观的客观看法，而且有着身为一名教师、一个思想政治研究者的社会责任感。积极投身时代变革的大潮中，做推动社会变革的参与者，以立言述论、建言献策为荣，是他的作风与坚持。

在他的微博里，你可以看到他对教育的独特见解：国人深信"知识就是力量"，所以常常以拥有知识的"先后"和"多寡"来区别一个人的能耐，而忽视或者无视对知识的运用，其实"运用知识"才是力量——这也是"钱学森之问"的关键所在。他用买土豆的比喻来阐述"钱学森之问"的含义，直观又易懂。这样直观化的学术解释，是学术界缺少的，更是学术界需要的。不仅如此，我们也可以看到他对当下信息消费热点的关注，还有他对社会制度、生产方式等的思考，以及对生活的热爱。

董玉来立时代之潮头、通古今之变化、发思想之先声，勇挑重担，积极为党和人民述学立论、建言献策。董玉来用他的热情和专业，为学术大众化树立了典型示范；他以身作则，肩负起了一个学者的责任与担当。

以学生为中心　以教师为本

坚持以人为本、推进素质教育是教育改革发展的战略主题，是贯彻党的教育方针的时代要求。董玉来在明确和深入体会这一中央指导要求后，明确提出"以学生为中心，以教师为本"的中心思想。这一思想明确了新时代的学习目标重点，点出了学习不只是普遍性知识的获得，更多的是能力培养，包括问题解决能力、协作能力、创新能力等。

教师是学生学习的引导者、引航灯。教师在开展"以学生为中心"的教学实践中，必须谨记学习目标不再是知识的获得，能力要比知识更重要。要以教师为本，教师要发挥自己的引导作用，结合实际，善用资源，切合实际地了解学生需求，帮助和促进学生自主而积极地学习。

在此思想的引导下，董玉来于 1999 年上交给学校一份新的学生激励办法和社会实践项目开展计划，主张在保证原有奖学金的情况下，增设单项助学金等多项学习奖励；提出"第一、第二课堂相结合"的互动理论，认为学生们应该在除了基本教学课堂学习外，拥有更多的学习途径，要促进学校社团、组织机制的完善。

师者，传道授业解惑者也。董玉来的求学生涯占据了人生很长一部分时光，所以他深知，一个好老师对学生来说意味着什么。教师在教育中的作用，是那颗摇动学生的树，是那朵推动学生的云，是那个触碰纯洁学生的怀着崇高价值感的灵魂。董玉来说："做教师，就要做一个纯粹的人。要在烟尘四起的世界里，找到做人的那一份纯真，要拥有纯粹的仁爱之心、真挚的理想信念、高尚的道德情操。要找到'千教万教，教人求真'的初心，要率先垂范、以身作则，引导和帮助学生把握好人生方向，要用爱心打开知识之门、启迪心智，滋润美丽的心灵之花。"

潜心钻研　知行合一

跨入 21 世纪后，中国高等教育的一些历史问题开始凸显。高校扩招使职业教育的生存空间受到严重挤压，高考人数也突破 1000 万大关……2002 年，国务院召开全国职业教育工作会议，强调要从实施科教兴国的战略高度，大力推进职业教育的改革与发展。针对中国高等教育转型发展的矛盾和挑战，董玉来于 2002 年发表题为《危言耸听：高等教育"大跃进"现象》《浅论高校思想政治工作存在的问题，高等教育管理的研究与探索》等文章。通过观察分析高等教育的具体现象，他提出了自己的见解和看法。

2011 年，董玉来参与"上海市德育实践课题：高校思想政治理论课教学效果评价标准与机制研究""教育部思政课人文专项：网络环境下高校思政课教学方法创新研究"等多项研究,并结合具体实际,为高校的思想教育改革和实践献出了一份力。

2012 年,针对院系党组织和易班建立中出现的问题,董玉来发表了《高校院系党组织如何发挥政治核心作用》《基于易班的高校思想政治理论课教学方法创新探微》等文章,发挥了哲学社会科学学术研究的开拓者、社会风尚引领者的积极作用,并获得全国农林院校思政课与社会主义核心价值体系建设研讨会论文一等奖、上海市育才奖等奖项。

2013 年,教育部印发《普通高等学校思想政治理论课教师队伍培养规划(2013—2017 年)》的通知,着重突出高等学校思想政治教育课程的重要性。紧跟时代步伐,董玉来开展了与之相关的调查研究,并发表了题为《高校思想政治理论课建设中的两难问题及对策研究》的文章,提出以加强师德建设和提高教师业务水平为中心,以提高理论素养为基础,以创新方法为载体,以强化科研能力为支撑,以完善制度措施为保障,以提高教育教学质量为目的,切实地促进落实通知实施。

2014 年,董玉来在思想理论教育方面的研究也更加深入。《基于科学发展观的高校科学管理略论》等文章的发表,上海高校思想政治理论课名师工作室的建立,高等教育上海市教学成果奖一等奖等荣誉的获得,更是丰富了董玉来的研学履历。

董玉来现在不仅承担着研究生的辅导教学工作,还撰写相关论文,并且仍坚持站在三尺讲台讲课。"教学相长、以人为本、以仁待人"是董玉来的师者品格;"审问、慎思、明辨"是董玉来的学问精神;"纯粹、坚守、勤朴"是董玉来的为人品格。这展示了董玉来身为教师、学者和本我的不同追求,也激励着后来者在人生道路中朝着这个目标不断靠近。

(2020 级社会工作专业　张仁霞)

胡麦秀

胡麦秀(1966.3—)，女，陕西渭南人，中共党员，经济学教授，博士生导师。现任上海海洋大学经济管理学院应用经济学学科中心主任。2005年，毕业于西安交通大学经济与金融学院，获经济学博士学位；2006—2008年，在复旦大学管理学院工商管理博士后流动站从事研究工作。主要研究方向为国际贸易理论与政策、海洋战略、极地战略与国际经济合作。在《经济管理》《国际贸易问题》《世界经济研究》《上海经济研究》《宁夏社会科学》《宁夏大学学报(哲社版)》《安徽大学学报(哲社版)》《南京师范大学学报(哲社版)》《极地研究》等CSSCI/CSCD来源期刊上发表论文20余篇，其中2篇被人大复印资料《对外经济、国际贸易》全文转载。2014年上海市浦江人才计划获得者，主持国家社会科学基金项目2项、教育部后期资助(重大)项目1项、上海市教委创新项目1项、上海市质量技术监督局资助项目1项、上海海洋大学人文社科基金项目2项，获得上海海洋大学人文社科成果奖2项。

倾心倾力育人　脚踏实地求索

博观而约取　厚积而薄发

1984年,胡麦秀考入陕西师范大学。其间,在"科教兴国"战略的号召下,她努力学习,在实践中琢磨应用,经常与老师和同学们讨论。由于时代原因,当时教材较为落后,她就在课后主动搜寻学习资料,了解当时世界上最先进的理论知识。为了更好地拓展自己的知识基础,她还经常去旁听其他课程。在度过4年充实的大学生活之后,胡麦秀以优异的成绩毕业。身处深化改革开放的时代浪潮,胡麦秀意识到,中国急需国际贸易人才,于是她考入西北政法大学经贸学院的国际贸易专业进行硕士阶段的学习。硕士毕业后,她到西安交通大学任教,一边教书育人,一边学习高级宏观和微观经济学理论,努力提升经济学理论基础。在教学方面,她对自己和学生都严格要求,经常找些教材之外的最新知识和理论给学生讲授,从而在丰富自己知识体系的同时,也拓宽了学生的学习视野。在扩大知识面的同时,她带着学生一起论证、求实。她告诉学生,学习知识不能满足于追求知识的多少,还要追求知识的价值,博观而约取,先"博"而后"约"才是求学人真正应该具有的精神。正是这种"苟日新,日日新"的求知精神,为她后来的教学与科研打下了坚实基础。

2002年，为了进一步拓展能力，提高教学水平，胡麦秀进入西安交通大学经济与金融学院继续深造。其间，她开始着手经济贸易方面的深入研究，并产出了一系列研究成果，发表了《关税减让对中国非农产品进口绩效的影响效应分析》《贸易保护壁垒与对外直接投资关系的最新理论进展》等多篇论文，其中有的文章被《对外经济、国际贸易》（人大复印资料）全文转载。对于当时刚刚加入世贸组织的中国来说，这些研究成果对国家相关领域具有很大参考价值，在一定程度上填补了中国在国际贸易中的一些空白，为国际贸易"过河"提供了"摸得着的石头"。

2005年，孔雀东南飞，胡麦秀来到上海海洋大学。其间，胡麦秀认真备好每一堂课，专注于提高学生的专业知识水平；她主张"寓教于乐"，教学方式幽默风趣，一方面努力提高学生的学习兴趣，另一方面将经济学专业知识以一种轻松的方式传授给同学，培养学生主动探索的动力。此外，胡麦秀还主动帮助学习上有困难的学生，提醒学生规划好自己日后的方向，并付诸努力。正是这种对学生负责、陪伴学生成长的责任感，使胡麦秀成为学生心目中受欢迎的好老师，并被评选为上海海洋大学经济管理学院的优秀教师。

2006年至2008年，胡麦秀在复旦大学进行了2年的博士后研究工作，开始了独立主持项目进行研究工作的阶段。2011年至2012年，胡麦秀又远赴美国范德堡大学访学。其间，她与范德堡大学的经济领域教授进行探讨交流，开阔了自己的研究视野；同时，她了解到国外的教学模式在于培养学生的思辨能力。

勇于探索新领域　敢于攀登新高地

胡麦秀秉持自己矢志逐梦的信念，在教学与科研的道路上不断探索，实现自己的人生价值。在搞好教学的同时，她也不放松科研工作。

对国家社会科学基金项目"技术　环境壁垒与企业国际竞争力研究"等有关贸易壁垒项目的研究，提升了她在国内相关领域的学术地位。其间，她所发表的关于TPP的论文，紧跟当时国际形势，分析了美国战略动因及对中国的启示,并作为重要论文刊登在《情报杂志》上。

2014 年,在国家建设"海洋强国"的大背景下,胡麦秀开始思考如何为建设"海洋强国"出谋划策,如何将国际贸易与"海洋强国"建设有机结合起来。于是,她便开展了关于北极——尤其是北极航道——的研究,研究内容主要涵盖北极航道的开通对于世界贸易格局的影响、北极航道的开通对于世界能源格局的影响、北极航道的开通对于世界地缘政治格局的影响、北极国家的北极政策等。其中,她将重点放在"北极航道经济性评估"领域。在积极推进北极航道研究的过程中,胡麦秀先后主持国家社会科学基金项目"北极航道开通与世界贸易格局和地缘政治格局的演变研究"和教育部后期资助(重大)项目"北极航道开发利用有关问题研究",并依托"'北极航道'开通与中国的潜在战略利益研究"项目,获评上海市浦江人才计划。

当时,对于包括"北极航道"在内的北极地区相关问题之研究主要集中于国外学术界,国内对于"北极航道"问题的研究仍处于起步阶段,相关研究成果较少,对北极航道的经济性评估,以及关于北极航道的开通对世界贸易格局的影响效应分析更是寥寥无几。这便要求胡麦秀只能一点一点去钻研。鉴于当时实际通航北极航道,尤其是国际跨境运输的航行实践非常少,缺乏实际的通航数据,因此在研究过程中,胡麦秀面临较多需要突破的事项,包括如何将北极航道开通的相关影响效应进行量化等。这些问题在当时都具有一定的挑战性。

刚刚开始的时候,北极航道的研究是一个相当冷门的研究领域,一些人认为做这项研究看不到回报,于是转身去研究更加热门的领域,而胡麦秀毅然坚持了下来。她觉得哪怕"北极航道"未来只有很小的可能会被国家用到,那也是值得的。不管什么方向,总要有人去做,如果都不做,那么万一哪一天国家需要用到了怎么办? 只要有人去做,我们对于北极及北极航道的科学认知就不会落后于其他国家,我们就有参与北极事务的着力点和突破口。胡麦秀认为,做研究、做科研,不能只讲求个人回报,而是要考虑到国家利益,考虑到全民族利益。一次科研上的突破,背后是千千万万科研人员默默无闻的奉献。所谓"功成不必在我,功成必定有我"。正是这种信念和精神,坚定了胡麦秀进行"北极航道"问题研究的信心，并促使她开展了一系列探索和实践。如今，随着苏伊士运河这样的传统航道所存在的问题日益浮现，北极——尤其是"北极航道"——的战略地位渐渐凸显，其对中国的潜在战略价值也大幅提升。如果没有像胡麦秀这样一批北极科研工作者日复一日的研究和实践，那么中国对于北极航道的科学认知便可能会远远落后于世界其他国家。

2018 年 5 月，胡麦秀在挪威特罗姆瑟参加第六届中国—北欧北极研究合作研讨会

为了更近距离地了解北极航道，2019 年 5 月，胡麦秀前往冰岛的阿克雷里大学访学。其间，胡麦秀孜孜不倦地查询并收集相关资料和实际数据。同时，她与国外相关领域的北极专家进行交流，并开展了大量的实地考察工作。冰岛室外寒冷的天气和不同的环境，使胡麦秀的身体屡感不适，但她觉得这是值得的。通过这次访学，她了解到国外一线北极科研工作者的研究内容和理念，从而加深了自己对于"北极航道"的科学认知，拓宽了自己关于北极问题的研究方向，丰富了其研究"北极航道"的视角。

随着全球气候的变暖，北极海冰加速融化，北极航道——尤其是位于俄罗斯和挪威北部沿岸的东北航道——的通航条件日益明朗，通航期逐渐延长，各大航运公司在北极的试航活动也陆续开展。北极地区

2019 年 8 月，胡麦秀在中国设立于冰岛的北极科考站为前往北欧游学的上海中学生作有关北极航道的报告

2019 年 8 月，胡麦秀参观中国设立于冰岛的北极科考站

蕴藏着大量石油、天然气、煤炭及渔业资源，而随着国际形势的变化，中国作为一个资源（尤其是能源）消费大国，寻找一个更为安全、更为可靠的资源供应地的需求也变得极为迫切，因此北极地区丰富的各类资源对于提高中国的资源供应安全具有深远意义；同时，北极航道是一条连接东北亚与西北欧的最短的"黄金水道"，中国作为世界贸易大国，北极航道的开发和利用会对中国的国际贸易潜力产生重大影响。而今，胡麦秀关于北极航道研究的重要性日益凸显。基于国内相关部门和大型

航运企业的需要，胡麦秀分别与国家海洋局极地研究中心和中国远洋运输集团展开合作，并为其提供了自己的研究成果和参考意见，实现了理论研究与业界实践的有效对接。

2021年7月，胡麦秀（前三排右四）在上海极地码头参加"极地航运研究"研讨会

2021年7月，胡麦秀（右五）在上海国际问题研究院参加"方法与实践：2035北极航运场景分析"研讨会

胡麦秀感觉一切努力都不会白费，多年潜心研究的成果终于可以服务国家建设和发展，这对她是最大的认可和激励。对于一个潜心科研的研究人员而言，研究成果能为国家和人民造福，无疑是最好的回

报。在做研究的时候,胡麦秀一直想能为经济学、为国家做些什么,只要条件允许,她会一直做下去。每当工作遇到困难的时候,胡麦秀都会停下来想一想自己的理想和初衷,只要想到她的工作是于国于民有益的,她就马上变得精力旺盛,热血沸腾。国家和人民的利益,以及发展国内经济学的决心,是她坚持下去的最大动力。

胡麦秀现在对自己的要求更加严格。她说,现在国家需要有关北极航道问题研究的参考,她要把自己的研究做得更加贴近现实,更具有现实意义,从而为中国能够更好地参与北极治理,争取在北极地区的参与权和话语权,尽自己的一份绵薄之力。在做好科研工作的同时,她会继续站好三尺讲台,致力于培养更多的科研人才,为经济学的基础教学工作贡献力量。

胡麦秀把科研当成了理想,当成了内心的光,以引导自己前行。在科研的道路上,她就像一个矢志前行的逐梦人,志之所趋,无远弗届,穷山距海,不能限也。她靠着这股一往无前的精神,劈波斩浪,跨山越洋。正是千千万万像胡麦秀这样默默奉献、积极探索的研究工作者,成就了中国日新月异的知识创新之风。

人生感悟

高尚的梦想是人生的指路明灯。有了它,生活就有了方向;有了它,内心就感到充实。迈开坚定的步伐,走向既定的目标吧!

寄 语

不要因暂时的不得意而苦闷,相信自己。"是金子,总会发光的!"

(2019 级应用经济学专业　姜苗苗)

崔凤

崔凤(1967.5—)，吉林乾安人，中共党员，社会学教授，吉林大学哲学博士，中国社会科学院社会学博士后。现为上海海洋大学海洋文化与法律学院社会工作系主任、海洋文化研究中心主任。教育部"新世纪优秀人才"，教育部高等学校社会学类本科专业教学指导委员会委员。现任中国社会学会理事，中国社会学会海洋社会学专业委员会理事长，中国社会学会环境社会学专业委员会常务理事兼学术委员会委员，《中国海洋社会学研究》《海洋社会蓝皮书：中国海洋社会发展报告》主编等。出版《海洋与社会——海洋社会学初探》《海洋社会学的建构——基本概念与体系框架》《海洋与社会协调发展战略》等多部著作。中国社会学会社会福利研究专业委员会常务理事。曾主持国家级、省部级项目3项，其他项目20余项。发表学术论文100余篇。

走好人生的每一步

大学生还是要有理想，要有目标，为了实现理想目标做好学业和职业规划，脚踏实地地学习，不能好高骛远。

崔风

2022 年 55 岁的崔风，总给人一种"此身恰似弄潮儿，曾过了千重浪"的感觉。然而，对于崔风来说，他只是用心走好人生每一步，竭尽全力做好每一件事。

在平淡中绽放出流光溢彩的感动

学生时代，崔风从来没有想过自己要成为什么样的人，从事什么样的工作，没有考虑过自己的未来，直到上了高中以后，他才有意识自己要读大学。高中时期，崔风就读的是全县仅有的一所重点高中。在紧迫的学习氛围中，崔风每天上完课就回家，生活日常就变成了上上学、打打球。令人惊讶的是，他的学习成绩却很优秀。他认为自己没有班里面的同学努力，成绩好可能得益于他的学习方法。虽然高中学的是理科，但是他们当时也要考政治。在周围的同学都很头疼时，崔风自己就能很好地理解一些哲学的基本概念。在大家用题海战术应对理科时，他选择去总结题目的规律。到了高三，面对成堆的试卷，做过的类似题他就不做，这样就大大提高了效率。他认为，题目大都是相似的，不过是题目的形式变了而已，重要的是要掌握好基本公式。那时，高考的录取率很低，大学也只划分为重点和非重点。作为重点大学的吉林大学当年只招收了 1200 人,不到现在招收学生人数的十分之一,崔凤却很顺利地考上了吉林大学。他擅长发现规律,掌握理论基础很扎实,能敏感地抓住问题关键。这不仅让他顺利度过了学生时代,也为后来的学术生涯埋下了伏笔。

　　大学期间,崔凤尤其热爱参加各种讲座,喜欢阅读各种书籍。这个时期的他,也从未想过日后会从事学术研究工作。1990 年,崔凤大学毕业,他放弃了留校做辅导员的机会,在工厂找了一个工作,担任厂长秘书。工作了一段时间后,他选择了考研。后来的事实证明,崔凤的这个决定是对的,因为他考上研不到 2 年,工厂就倒闭了。研究生毕业后,他也找过报社、出版社的工作,但兜兜转转还是选择了留校,这才成为了一名大学老师。因为机缘巧合,他留在了社会学系,从事社会学教学工作。教学工作需要提升学历层次,但当时全国只有个别学校设有社会学博士点,而且因为在职的原因,他最终选择在吉林大学攻读哲学博士学位。博士学位获得以后,考虑到自己是从事社会学研究的,崔凤后来又在中国社会科学院做社会学博士后研究。

　　崔凤未在少年立下壮志,未在青年构建蓝图,他只是在认真地生活,从学习到工作都是走一步看一步。成为一名大学老师、进入社会学领域,崔凤认为都是机缘巧合的结果。在年少时,崔凤还不知道有大学老师这个职业,那时的老师大都是指中小学老师,所以他一直不愿意当老师。大学毕业后,崔凤也未想过考研,他是在工作不顺利后,才"被迫"考研。刚开始研究生阶段的学习时,他也没想过当老师,是直到留校时才确定的。从事社会学研究也是一样,本硕都是学哲学的他,因为留校工作,恰好留在了社会学系。即使对社会学不了解,但因为工作需要,以及做一件事就要做好的性格,他便开始了社会学研究。这一路,不是他选择了教师与社会学,而是教师与社会学选择了他。他只是一步步走来,成为了现在的崔凤。单看崔凤的青年时代,和很多现在热爱运动的年轻人一样,上课听课,下课运动。后来考大学,他也面临工作的困境,然后考研、留校。没有想象中的戏剧性,人生轨迹与现在的大学生好像跳过了时光间隔,在某些阶段意外重合。就是这样一个出生在 20 世纪 60 年代末期,成长在 20 世纪 80 年代末期的普通青年,脚踏实地地走好自己人生的每一步,遇到困难依旧做好每一件事,走过了一段普通但不平凡的岁月。

在岁月里镶满云淡风轻的坚守

1995 年,崔凤研究生毕业。同年,吉林大学决定将社会学系与哲学系合并,建立哲学社会学院。学院初建,正是缺人之际,崔凤因此机缘巧合地选择留校成为了一名老师。他认为,一名大学老师有两个任务,一是教学,二是学术研究。所以,在潜心提升教学能力的同时,他先后发表了《社会保障实施的社区机制》《从历次制宪与修宪看中国社会保障的发展》《社会保障的人权基础》《全面理解社会保障的内涵》等十余篇文章,而且多篇文章被中国人民大学复印报刊资料转载。同时,他出版了《社会保障进社区的过程与影响》《福利社会学》等著作。

2003 年,崔凤离开吉林大学,到中国海洋大学任教。因为教学的需要,他的研究不断聚焦在海洋领域。他组织教师策划"海洋发展对沿海社会变迁的影响研究"课题,并于 2004 年发表《海洋与社会协调发展:研究视角与存在问题》一文,提出只有树立正确的海洋社会观,才能正确处理海洋与社会之间的关系,才能实现海洋与社会的协调发展,才能最大限度地发挥海洋在人类社会发展中的作用。2006 年,《海洋社会学:社会学应用研究的一项新探索》一文正式提出了"海洋社会学"的概念,并对"海洋环境问题研究、海洋渔村研究、海洋民俗研究、海洋移民问题研究、海洋政策研究"等海洋社会学的核心概念进行了阐述。之后,崔凤连续发表《改革开放以来我国海洋环境变迁:一种环境社会学视角的考察》《海洋发展对沿海社会变迁的影响———一个研究框架》等一系列重要文章,并出版《海洋与社会———海洋社会学初探》《海洋社会学的建构———基本概念与体系框架》《海洋与社会协调发展战略》等多部著作。经过多年努力,他为海洋社会学这个领域构建了基本框架,使该领域迸发出生机和活力。

2019 年,出于继续对海洋社会学研究的需要,崔凤离开了工作 16 年的中国海洋大学,来到上海海洋大学任职。2022 年,他 55 岁,一代人终将老去。不少一同研究海洋社会学的老教授们已经退休,而年轻的学者还未露锋芒,所以他还在坚持。崔凤像操场跑道上的领跑员,独自一人跑在前面,他希望有人且最好是无数的人能够跑在他的前面,这样他才能退出这场比赛,海洋社会学才能长久发展。所以,他还在坚持着,努力做好当下的每件事。

崔凤认为,运动和学术研究有着相同之处。第一,是兴趣。运动是他的爱好,运动成为他生活的一部分;学术也一样,学术需要研究者的兴趣。第二,是心智。体育运动和学术一样,都能够锻炼人们的心智。第三,是意志,是坚持。运动需要人们长期的坚持,不能半途而废;做学术更要坚持,不能遇到困难就退缩,只有不断的坚持才能做好学术研究。崔凤将爱好融合在了一起,现在他也会带着学生运动。同时,在学术上,崔凤不断地向学生强调基础的重要性。正如当年认为基本公式重要一样,他要求学生掌握扎实的理论基础与研究方法,并且有意去培养学生找问题的能力。

很难将成长在20世纪80年代的崔凤与现今充满青春气息的大学生联系起来,但在崔凤身上总能找到青春的影子,曾经年少的他和依然青春的他。在鲜活的学生时代里,他热爱运动,喜欢玩乐,认真学习,努力生活。崔凤身上展现了青春梦想的无数可能性,以及人生道路的无数可能性。他没有像其他励志人物一样,走过艰辛的岁月,但也经历着起起伏伏的人生。曼德拉在《漫漫自由路》里写道:"我已经发现了一个秘密,那就是,在登上一座大山之后,你会发现还有更多的山要去攀登。"崔凤像一个爬山的智者,恪守自由和责任,保持一颗强大的勇者之心,不断地攀过一座又一座高峰,认真走好人生的每一步。

现在的他,依旧坐在办公室里面,每天忙忙碌碌,忙着做研究,忙着看书,忙着教学生,忙着打球,忙着过好作为学者的每一天。

（2020级渔业环境保护与治理专业 艾嫚丽）

谢晶

谢晶(1968.5—)，女，上海人，中共党员，工学博士，教授，上海海洋大学食品学院院长，国家"万人计划"科技创新领军人才，国家百千万人才工程国家级人选，享受国务院政府特殊津贴。上海市食品科学与工程高原学科带头人。兼任国际制冷学会食品科学与工程专业委员会副主席、上海市制冷学会副理事长等职。1993年，硕士毕业于上海水产大学并留校任教；1997年，获得上海理工大学博士学位；2001年至2002年，在美国俄勒冈州立大学(OSU)从事博士后研究。主要研究方向为食品冷藏链设备与技术、食品保鲜、食品冷冻冷藏工艺和制冷工程。先后承担国家863重点项目、国家科技支撑计划项目、国家自然科学基金面上项目、上海科委重点项目、上海市科技兴农重点攻关项目等研究工作。主编《海产品保鲜贮运技术与冷链装备》《食品冷藏链技术与装置》《食品冷冻冷藏原理与技术》等著作10余部，担任《食品科学》《制冷学报》《食品工业科技》《上海海洋大学学报》等编委，以及 *Aquaculture & Fisheries* 副主编。以第一完成人身份获得上海市技术发明奖一等奖、二等奖、三等奖各1项，上海市科技进步奖2项，其他省部级奖项8项。2017—2021年，在国内外核心期刊上发表论文300余篇，其中包括SCI/EI收录期刊100余篇、ESI 1篇。

潜心食品冷链　致力保鲜惠民

潜心研究　关注制冷最前沿

中国的食品冷链技术起步较晚，在设备技术、行业标准、系统管理水平等方面与发达国家存在着一定差距，而且物流成本高、食品运输过程损耗大、存在潜在食品安全隐患等问题也较为突出。谢晶在读研究生期间就致力于制冷技术探索，并为实际的生产生活提出可行方案。

近年来，谢晶带领的团队潜心研究冷链物流装备，致力于工艺优化和绿色节能探究。他们已试制成功成品生产的多温区冷藏车、上下冲击式新型速冻机等，填补了冷链物流的薄弱环节，促进了行业进步。特别是多温区冷藏车，可以实现单车多品种运输，提高了冷链物流效率和便捷性。谢晶团队还构建了冷链装置基于多物理场的流场耦合模型，优化了冷链装置设计。他们提出的一种新型冷库节能控温系统及新型融霜模式，使得冷库电耗从每年每立方米76千瓦时降低到55千瓦时，实现了节能降耗。同时，她创制出的新型蒸发式冷凝器和吸吹式空气幕也是节能节电的先进设备。新型蒸发式冷凝器相比于老式蒸发式冷凝器，单位面积散热量由每平方米5.9千瓦提高到7.0千瓦；新型空气幕的热湿隔离效率，从行业平均水平的50%提高至75%—80%，高于单层下吹式空气幕和双层空气幕,填补了国内空白。

2018 年,谢晶(左二)出席第十三届全国食品冷藏链大会高端对话

开拓创新　引领食品新风尚

　　高品质的食品是健康之源、幸福之源,谢晶为此把科研目标锁定在食品新鲜,保证其安全与高品质方面。她带领团队克服实验中的重重困难,先后破解了水产品无水保活、物流过程中货架期预测等难题,因此成功入选农业农村部海水鱼产业技术体系保鲜与贮运岗位科学家。

　　鲜活鱼的大密度运输,是物流界的一个难题。谢晶团队深入探索鱼类低温无水保活过程的应激反应现象,揭示低温无水保活机制,提出鱼类无水保活工艺及商品化销售的装置。以鳜鱼为例,经过植物麻醉剂和降温处理后,鳜鱼在无水状态下可以存活 20 小时,从而可以在中短途运输中实现大密度运输,成活率超 96%,破解了中短途运输鲜活水产品的难题。谢晶团队还应用生物化学方法,系统研究了典型水产品(带鱼、鱼糜、鲳鱼、对虾、河鲫鱼等)的品质与存放温度、时间之关系,提出了物流过程货架期预测模型,他们研发的水产品流通中品质动态评价技术,以及货架期 RFID(Radio Frequency Identification,又称无线射频识别,是一种通信技术,可通过无线电讯号来识别特定目标并读写相关数据，无需识别系统与特定目标之间建立机械或光学接触）无限传输指示设备，实现了在低温流通中实时监控水产品的品质与安全，填补了国内空白。

不同食品在贮藏过程中的保鲜问题，也是谢晶团队一直关注的领域。他们认为，栅栏技术（最早由德国专家提出，其原理是利用食品中的各种影响因子，使其产生交互作用来控制食品的腐败变质过程，从而提高贮藏过程中的安全和品质）可以弥补单一保鲜技术的不足，实现1+1大于2的效果，但技术手段越多成本也越高，要在技术应用和经济效益之间找出平衡点绝非易事。谢晶带领研究团队已经实现通过将保鲜涂膜处理、气调包装、低温环境贮藏三种保鲜技术结合，使鲕鱼的货架期从通常的11—12天延长到21—23天，从而大大提升了产业效益。谢晶说，这样的例子在他们实验室里有很多。目前，中国的保鲜技术与发达国家相比还有较大差距，所以要对现有的保鲜手段进行创新性优化，为消费者提供优质放心的食品。

2020年，谢晶在第十二届全国冷冻冷藏产业创新发展年会上作专题报告

教书育人　桃李芬芳遍天下

自1993年任教以来，谢晶一直扎根在教学和科研第一线。如今，

谢晶身上的社会兼职头衔繁多，日程紧张而繁忙，但她仍然坚持为本科生、硕士生和博士生上课。她在教学中注重教学与艺术的融合、多学科交叉互通的融合、产业技术与学科理论的融合、跨专业驾驭应用能力的融合，重视学生社会主义核心价值观、爱国主义、科学精神、家国情怀的培养；同时，她将最新的科研课题和进展充实与完善进教学内容，以实现教学相长。她主讲的"食品冷冻冷藏原理与技术"获上海市精品课程、上海市重点建设课程，并于 2020 年获上海市一流本科课程；负责的食品冷冻冷藏系列课程于 2010 年获评为上海市教学团队；完成教改论文 20 余篇；获上海市级教学成果奖（高等教育）一等奖 1 项；主编的《食品低温物流》获全国农业教育优秀教材；负责上海市一流专业示范点建设。谢晶主讲的其他课程还有"制冷原理与设备"（本科生）、"科技英语（制冷及低温工程）"（硕士研究生）、"现代食品冷冻技术"（硕士研究生）、"食品冷冻冷藏新技术专题"（博士研究生）等。她说："和年轻人在一起，也会让我觉得自己依然青春有活力。"

自上海海洋大学于 2017 年入选"双一流"学科建设高校，并于 2022年再度入选"双一流"建设高校以来，研究生招生人数连年增长。2017—2021 年，谢晶累计指导毕业的博士研究生有 9 人、硕士研究生44 人。尽管要指导的学生很多，但是她总结出一套独到的管理方法，对学生的关心和要求双管齐下、毫不松懈。谢晶以高标准要求着自己，也督促着学生，她会关心每位学生的科研进度，并且组织学生进行定期的学术交流。她说学生最富有的就是时间和激情，千万不能浪费掉。她的学生也深有体会地说："谢老师对我们挺严格的，但这种督促也使我们在不断进步。""我经常晚上收到谢老师给我回复的邮件，她对我的文章提出了很有价值的意见，也很细致。"

有了专业的指导和自身的努力，谢晶的学生都十分优秀。2018—2020 年，在谢晶指导的学生中，共有 7 人荣获国家奖学金，12 人获评为上海市优秀毕业生，20 人获评为校级优秀毕业生。这些学生累计发表文章百余篇，申请专利近 150 项。谢晶二十年如一日，坚持以身作则、教书育人，为国家食品领域培养了一批专业技能扎实、实践能力出众的人才，可谓"桃李满天下"。

谢晶(左一)在指导研究生进行课题研究

谢晶接受上海市科技进步奖表彰

后　记

从制冷新秀到食品保鲜专家，谢晶用勤奋与创新，坚实地走出了一条桃李芬芳的科研人生路。

（2019 级食品科学与工程专业　卫赛超）

鲍宝龙

鲍宝龙(1970.6—)，浙江临海人，博士，教授，博士生导师。1991年，毕业于浙江水产学院海水养殖本科专业；1996年，获上海水产大学水产养殖农学硕士学位；2006年，获复旦大学遗传学博士学位。2004年3月至2005年8月，在美国奥本大学担任访问学者；2007年9月至2009年9月，在美国内布拉斯加大学林肯分校进修博士后。兼任中国鱼类学会理事、中国水产学会水产生物技术专业委员会理事。曾获上海市"浦江学者"等称号。

潜心生物科研　尽力生物教育

2021年盛夏时节,笔者来到上海海洋大学水产与生命学院,采访中国鱼类学会理事、中国水产学会水产生物技术专业委员会理事鲍宝龙教授。

为什么选择做教师

张謇曾说:"兴学之本,惟有师范。"民族想要崛起就要读书,对于每一位渴望进步的求知者而言,好的教育者和领路人是非常重要的。

"我为什么会做老师呢?"在接受采访时,鲍宝龙反问自己。作为一名学有所成的教授,鲍宝龙一直在提醒自己教书育人和科研创新的初心。他当初为什么选择做教师? 是为了给年轻人领路。他觉得自己在成长过程中没有百分之百的领路人,很多时候都是走一步看一步。因为缺少了领路人,鲍宝龙在求学路上多走了很多弯路,所以他很想通过努力去成为年轻人的领路人,而立志成为一名大学教师是比较好的选择。对于考大学时为什么选择水产专业,鲍宝龙逗趣地说:"理由也很简单,就是我喜欢吃鱼,我想培育出更好吃的鱼。"一句简单幽默的回答,承载了多少求学初心! 鲍宝龙践行初心、实现理想的经历,正应了著名文学家列夫·托尔斯泰的那句名言:"理想是指路明灯,没有理想就没有坚定的方向,而没有方向,就没有生活。"

大学毕业后,鲍宝龙没有到水产单位去工作。由于当时水产单位人员饱和,很多同学都去乡镇企业求职了。鲍宝龙觉得乡镇企业不太符合自己的个性,他一心想把自主权掌握在自己手里,于是发奋学习,考取了上海水产大学的硕士研究生。

1996年,鲍宝龙硕士研究生毕业后留校任教,践行了初心。他之所以选择留校,首要原因是对水产、对搞科研感兴趣,其次是可以得到身边更多优秀教师的熏陶。鲍宝龙崇尚大学教书育人的职业追求,认为高校工作和学习环境好,如下班了想踢球就可以约上伙伴们随兴踢一场,全身心地放松自己。对喜欢足球的他来说,人到中年还能时不时以球为乐,无疑是做教师的一份额外福利。他觉得,在学校能专心教书做科研就是人生最大乐趣。对物质生活要求简单,对自然充满好奇心,让鲍宝龙不断通过学习和创新,一点点去解决科学未解之谜。鲍宝龙非常享受科研、教学的过程,正是享受和热爱,让他感到充实和满足。鲍宝龙通过努力来获得国家经费支持,使研究项目得以延续,他憧憬自己带领的实验室将来能形成系统的科学技术体系,并且在科研上能有所收获。

鲍宝龙在工作室

现在，鲍宝龙正在编写一部比目鱼变态应用方面的专著。在比目鱼变态研究领域，他经过多年潜心研究和试验，已经走在了世界最前沿。而今，面对科技改变世界的新趋势，鲍宝龙日益重视学以致用，希望能把知识转化为生产力，更多地为社会发展和人民福祉服务。他一边继续追寻探索自然奥秘的初心，一边寻求与水产、海洋、生物产业界合作，带领实验室人员，致力于把科研成果转化为生产力的探索。

20 世纪 90 年代，上海水产大学聚集着孟庆闻、苏锦祥、伍汉霖、周碧云等著名鱼类学家，他们都将鱼类学课程建设放在第一位，围绕鱼类学开展研究、著书立说。鲍宝龙感兴趣的比目鱼变态研究，也属于鱼类学研究范畴。他借助分子生物学技术，深入了解鲆鲽类鱼类的发育生物学机理。包括他后来从事的肌间刺研究，也是探讨鱼类学结构与功能的组成部分。说到肌间刺，鲍宝龙发现，此前对肌间刺发育机制了解甚少，他想通过研究搞清楚为什么有些鱼有肌间刺，有些鱼没有肌间刺，其背后机理是什么。这一研究如果取得突破，有望为水产养殖业培育出没有肌间刺的养殖品种，使更多人爱上吃鱼。如今，鲍宝龙正与唐文乔教授一起编写鱼类学、鱼类生态学等教材；此外，他还在参加比目鱼变态方面的专著编撰。

1996 年，鲍宝龙开始主讲本科生课程"鱼类学"，并先后讲授"普通动物学——脊椎动物部分""普通生物学"，以及"前沿课程讲座"的"基因组学研究进展"等本科生课程。2006 年起，他主讲"分子发育生物学""鱼类的发育生物学"等硕士研究生学位课程。2007 年开始，他参讲博士研究生课程"繁殖生物学进展"的鱼类部分。

2002 年开始，鲍宝龙和鱼类学学科点的同事们一道，开发了"鱼类学 CAI 课件"，并在学校首先开始应用该课件进行多媒体辅助教学的尝试。经过几年实践，"鱼类学课程教学改革建设"获得 2005 年上海市教学成果奖三等奖，"'鱼类学'多媒体 CAI 系统的研发和体会"获得中国教育新理论杂志的优秀论文二等奖。2005 年，"鱼类学"获上海市精品课程称号。2006 年，"鱼类学"获国家级精品课程称号。

因兴趣而潜心探索

比目鱼是非常有趣的一种鱼类,成体的双眼长在身体同一侧,以至于演化出鹣鲽情深的美好寓意,成为爱情的隐喻和象征。其实,刚孵化出来的比目鱼,眼睛也是生在头部两侧的,在长到体长约3厘米的时候,一侧眼睛开始向头顶上方移动,渐渐越过头顶上缘移到另一侧,直到接近另一只眼睛时才停止。当小比目鱼从开放水域迁移到海底生活和摄食时,第二个形态变化发生了,即比目鱼贴着海底一侧的皮肤色素消失了。这些转变要求比目鱼在生理和行为上都要随之发生彻底改变。比目鱼变态非常奇特,因此长期以来成为鱼类学家试图破解的重要谜题。

达尔文在《物种起源》中提出,物种是逐渐演化出来的,是自然选择的结果。然而,比目鱼变态却成为一些学者攻击进化论的一个靶子。他们提出,比目鱼的眼睛从一侧移动另一侧有什么好处呢?如果没有好处,那又如何被自然选择下来呢?达尔文当时并没有给出令人信服的解答。2008年,芝加哥考古学家马特·弗里德曼发现了眼睛移动处于中间阶段的比目鱼化石,提供了比目鱼物种逐渐演化的强力证据,但自然选择在比目鱼进化中如何发挥作用,仍是待解之谜。为解决这个问题,需要对比目鱼变态机制进行更深入的研究。

比目鱼属于经济鱼类,是中国第二大鱼类产业,中国养殖了世界上超过一半的比目鱼。在养殖生产过程中,比目鱼存在变态不同步、体色异常等诸多问题,给养殖生产造成数以百万计的损失。解开比目鱼变态之谜,不仅是基础科学研究的新突破,对破解比目鱼养殖难题亦具有实践价值。早在2001年,鲍宝龙就对比目鱼变态产生了浓厚兴趣,他开始查找相关文献来寻根溯源,结果发现,学者们对比目鱼的认识大多只停留于比目鱼的眼睛移动是额骨扭动造成的,缺乏后续的进一步研究。鲍宝龙梳理文献后,大胆地提出一个新的假设,即比目鱼的眼睛移动与其说是额骨的扭动,不如说是一侧细胞的大量分裂推进了一侧眼睛向另一侧的移动。他着手用实验去证明,从发育学角度去揭示比目鱼变态原理。当时,学校的发育生物学研究条件有限,甚至没有开展此类实验的实验室。鲍宝龙凭借对科学研究的兴趣,克服困难,坚持了下来,埋头于实验室,醉心于研究。其间,在复旦大学攻读博士学位的鲍宝龙,对发育与进化有了更深入的理解,为研究比目鱼变态打下了良好基础。2008 年,鲍宝龙在学校和国家自然科学基金的资助下,成立了自己的实验室。

科学研究首先需要大胆假设,然后小心求证。在研究比目鱼变态时,鲍宝龙推测比目鱼的眼睛移动是眼眶下区域的细胞分裂推动眼睛向上移动所导致的。为了验证这一假说,鲍宝龙指导研究生用细胞分裂抑制剂去抑制这一区域的细胞分裂,最终成功地抑制住眼睛的移动。在此基础上,他发现了视黄酸通过干扰甲状腺激素对视黄酸受体/甲状腺激素受体形成的异二聚体作用而抑制眼睛移动,揭示了褐牙鲆眼睛的移动受到甲状腺激素和视黄酸信号通路的拮抗调控。这一实验成果,推翻了 1987 年英国学者(Brewst)认为比目鱼的眼睛移动是额骨扭转导致的观点,并且于 2011 年首次在国际上发表论文。这篇论文为比目鱼变态研究重新打开了一扇窗。

在发现比目鱼变态过程中眼睛移动的调控机制之后,鲍宝龙实验室继续深入探索。通过联合中国水产科学研究院黄海水产研究所陈松林实验室,鲍宝龙继续研究比目鱼类变态产生的身体左右两侧体色的不对称现象。在研究褐牙鲆两侧皮肤视黄酸浓度差异时,科研人员惊奇地发现,视黄酸在比目鱼体色不对称的发育中也起到重要调控作用。在不同波长光照射下,随着比目鱼在变态过程中身体逐渐发生扭转,有眼侧皮肤的蓝光视蛋白可以接受更多的光照,导致体表视黄酸的合成,诱导成体型色素细胞分化;而无眼侧皮肤由于光照较少,导致该体侧皮肤细胞不能形成大量黑色素,从而首次揭示了比目鱼体色左右不对称的形成机制。

鲍宝龙带领他的实验室前后花费 10 多年时间,研究了比目鱼的眼睛移动、头骨变形、体色不对称等主要发育调控机理。这些研究成果在比目鱼变态研究领域处于世界领先地位,对于理解其他鱼类的变态发育及鱼类伪装色的形成,也提供了非常重要的帮助,并且揭示了脊椎动物和无脊椎动物在变态上是有联系的。在进化上，到底是什么基因突变导致比目鱼的变态目前尚不清楚，因此鲍宝龙实验室之后会抽丝剥茧、深入研究。希望不久的将来，他们能最终阐释比目鱼眼睛左右不对称进化起源的机制，从而帮助达尔文回复质疑。

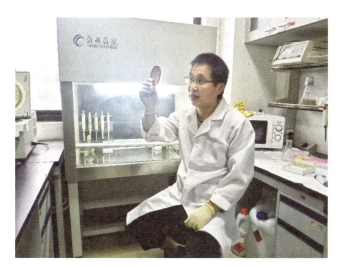

鲍宝龙在观察样本

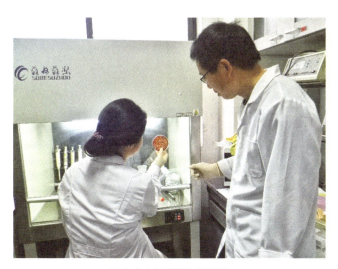

鲍宝龙在指导学生做实验

科研贵在创新，不创新就无法进步。中国发展形势越来越好，日益需要可以促进产业发展的基础研究成果和关键技术，所以要通过"科技强国"建设来促进自主研发和自主创新。鲍宝龙认为，科研应该以原始创新为驱动力，因此他一直致力于基础研究。他强调，基础研究要么做出来，要么没有做出来。鲍宝龙坚持认为，别人做过的东西他们有可能涉及，但是大家的技术不同，即使别人做出来了，但如果他们没有掌握技术，日后也很难出成果。科技强国对从事生物学等基础学科的研究人员而言犹如一股春风，原始创新得到更多重视，从而使研究人员从中获得更多动力，保持创新热情。

苏霍姆林斯基认为，当教师必不可少的，甚至几乎是主要的品质就是热爱学生。鲍宝龙也正是秉承着这样的初心，培养出了一届又一届的优秀学子。对实验室里的研究生和本科生，他鼓励他们到实验室多学新知识，提升社会竞争力，希望他们有好前途。对研究生，他希望教会他们怎么做研究，怎么保持好奇心，然后做出有价值的成果，为学生将来就业或深造奠定良好基础。他是学生心中和蔼可亲的好老师，也是学术界的好科研人！

鲍宝龙的治学理念，是通过科研来增加新知识，然后通过论文、课堂教学等多种形式，把新知识传授给学生，培养出更多具备原始创新能力的优秀人才。在这个过程中，有些知识可以直接服务于产业，造福于社会。鲍宝龙希望通过科研、经济与产业界的合作，将科研成果尽快产业化，把最新知识成果转化为生产力，推动经济社会发展。

鲍宝龙自始至终都有着明确目标，善于剖析自身擅长及感兴趣的方面，并且自始至终都能为热爱的事业而奋斗。对依然在校的莘莘学子或即将进入社会的青年学子来说，他是一个非常好的榜样。鲍宝龙的个人经历对广大青年来说，也有着非常重要的启示和借鉴意义。

寄　语

或者创新，或者消亡。尤其是在技术推动型产业当中，再也没有比成功消失得更快的了。做科研要有创新精神和探索精神，挖掘潜力，发挥特长;要有使命感,把眼光放得长远一些,把自己潜能发挥出来。只有从外界吸取知识与营养,才能更多地为社会服务。

（2020 级生物学专业　周家宇）

刘春芳

刘春芳(1970.7—　)，博士，教授，硕士生导师，中共党员。2009 年，毕业于东北师范大学外国语学院，获博士学位，研究方向为英美文学及西方文论。2018 年，入职上海海洋大学。曾受国家留学基金委员会资助，于 2013 年和 2014 年赴美国莫瑞州立大学访学。近年来，主持国家社科基金项目 2 项，博士后科学基金 1 项。在《外国文学评论》《外国文学》《外国文学研究》《社会科学战线》等期刊发表论文 30 余篇，在国内外知名出版社出版合作专著 3 部。担任《山东外语教学》《社会科学战线》《天津大学学报》等期刊匿名审稿人。

以恒心追求梦想　以务实勾绘人生

拒绝一时诱惑　坚持长远梦想

作为上海海洋大学外国语学院一位辛勤耕耘的教师，一位有着终生学习意识的知识分子，一位努力为新生代身体力行的中共党员，刘春芳身上有许多闪耀的光点。对正在大学校园孜孜以求的莘莘学子，刘春芳谆谆告诫他们"在学校便应当要认真读书"。

本科毕业之后，刘春芳短暂地进入机关工作了一段时间。其后，刘春芳很快就发现，这不是她渴望拥有的生活。这段工作经历反而激起了刘春芳对学习的渴望，对弥足珍贵的学习环境的渴望，也让她更加怀念校园时光。于是，刘春芳拼命复习考研，读上了研究生。

刘春芳读研时与不少同学的想法不同。那时，研究生还十分"稀有"，有些人考上研究生后总想着不菲的回报，但是刘春芳一有时间就奔赴图书馆，周末也经常整天整天泡在图书馆里，直到闭馆才回寝室。20 世纪 90 年代初，中国的科技水平比较落后，图书馆的服务项目比较传统，去图书馆借还书的手续也十分繁琐。当时，刘春芳去图书馆借书，每本书的后面都有一个小纸袋，要把自己的名字写在纸上、放进袋子里才能拿走想要的书。就是在这样的情况下，刘春芳还是坚持不懈地阅读了大量书籍。两年时间里，刘春芳不仅把专业课相关的书全部读了一遍，还读了不少其他专业的书；连有些后面"小袋子"里一个借阅人名字都没有的冷僻书，刘春芳也会将其带回宿舍挑灯阅读。

刘春芳的研究方向是英语文学，而文学所涉及的知识内容范围极其广阔。如果想要在文学上有所造诣，除了文学相关书籍，历史学、哲学等方面的书都需要广泛涉猎，所以泡图书馆成了刘春芳的家常便饭。她早晨起来就背着书包去图书馆，吃中饭时稍稍休息就继续跑到图书馆读书、学习，直到晚上图书馆闭馆。她凭着对所学学科的热爱和超乎寻常的毅力坚持了整整两年，几乎要把图书馆给"搬空了"。面对刘春芳读的冷僻书，有同学纳闷：你看这些书为什么，老师没让你看这些书呀？而刘春芳有着自己的坚持，不想陷入代课挣钱的怪圈，她依然选择驰骋在图书馆的书海里，度过美好的求学时光。

大量阅读为刘春芳打下了牢固的知识基础，也使刘春芳对一些文学作品的看法超出了一般人的认识。顶住一时的压力与诱惑去读书，从长远角度考虑有着巨大益处；同时，这样海量的阅读，也是刘春芳考博成功的重要原因之一。

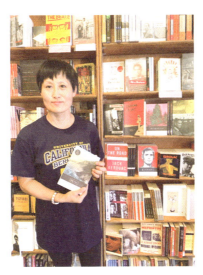

刘春芳与书有不解之缘

珍惜读书机会　坚持不懈向前

　　刘春芳的求学生涯是曲折的。当时，有位看重刘春芳的老师鼓励她道："我知道你有一位学长考上博士了，你为什么不也去试一试呢？"在老师的鼓励下，刘春芳准备继续求学。在工作、生活之余，她又开始了学习、复习的旅程。只是可以安心读书的时间太少了，尤其是有了孩子之后，每天熬夜看书成了奢望。要继续读书，既要顶住诱惑，又要顶住养育孩子的压力，她每天只有晚上才能抽出 2 个小时学习。在重重压力下，刘春芳第一次考博仍然取得了第一名的好成绩。然而，当时必须工作满一定年限才可以离开单位继续深造。面对这一打击，尽管失望和难受，但是刘春芳努力调整好了状态，开始了考博"二战"之旅。终于，功夫不负有心人，在经历了挫折、障碍的磨砺和捶打之后，刘春芳在 2000 年初考博成功。正如海明威所言："Man is not made to be defeated.（人只能被摧毁，不能被打败。）"

　　"Nothing is more abhorrent than a life of ease. None of us has any right to ease. There is no place in civilization for the idler."这是刘老师最喜欢的一本书——亨利·福特自传 *My Life and Work* 中的一句话。也正是靠着这样百折不挠的毅力，以及无数岁月堆叠起来的努力，她战胜了困难，实现了人生追求。

刘春芳出席学术会议

传承海大精神　追求美好生活

或许是文学专业工作者的"通病"，在刘春芳心中，感性大于理性，她认定要勇敢地去追求心中所想的事物。刘春芳的第一个工作单位在烟台。在一次旅行中，刘春芳为大海的浪漫气息所包围，沉浸在对海边生活的幸福畅想之中，于是她就选择了烟台。然而，烟台是一个相对较小的城市，她很快发现，人生似乎已经一眼望到头。在烟台的生活很安逸，随着工龄的增加，刘春芳在学校里也越来越得到重视，然而她没有忘记年轻时考研、考博的斗志，仍然想要去追逐富有激情的生活。人生短暂，她认为活着就需要给人生更多的挑战，需要为人生增添不一样的风景。刘春芳希望去拼搏奋斗，去挑战未知，于是她选择了上海海洋大学。

刘春芳在青海茶卡盐湖

作为一线城市，上海充满了更多挑战和机会，其蒸蒸日上的发展潜力吸引着四面八方的优秀人才。在这样一个国际化都市之中，生活节奏紧张、忙碌而充实，充满活力和张力。如果说此前的生活犹如平静的湖水，那么刘春芳在上海就好像驶入了广阔的大海，更加广阔、自由，也更加快乐。此外，刘春芳发现，上海临港是一个比较新的地方。首先，从经济上来说，临港的整体物价、房价并没有像上海市中心一样高昂，

刘春芳生活照

总体还是可以负担的状态。如果她在临港定居，那么在孩子读书、自己工作等方面也会比较合适。此外，临港环境优美，人口密度也不是太高，刘春芳对充斥着现代气息的临港充满好感。

刘春芳到海大任职，跟"海大人"接触之后，她发现"海大人"都十分朴实，海大"勤朴忠实"的校训十分贴合自己的价值观。来到海大，走在白墙灰瓦的教学楼间，给那些淘气又机灵的同学上课，坚定了刘春芳在海大教书的决心。

感　悟

在人生道路上奋力前行，脚踏实地做事、踏踏实实做人，必将收获美好而辉煌的未来。

寄　语

勤朴忠实。

（2019 级朝鲜语专业　金诗瑶）

唐议

唐议(1971.6—)，中共党员，教授，博士生导师，长期从事海洋、渔业政策与法规的研究和教学。2003年以来，主持国家社科基金，以及农业农村部、外交部、国家海洋局等部门的科研项目50多项；发表论文60余篇，主编或参编教材10余本；获得上海市科技进步奖一等奖1次、上海市海洋科技奖特等奖1次、上海海洋大学人文社科成果奖6次；荣获2010年上海市精品课程、2011年全国农业高等院校优秀教材奖、2014年上海市育才奖、2016年宝钢教育奖优秀教师奖。2017起，每年作为中方代表，参加联合国大会关于"通过1995年《执行1982年12月10日《联合国海洋法公约》有关养护和管理跨界鱼类种群和高度洄游鱼类种群的规定的协定》和相关文书等途径实现可持续渔业决议"草案磋商；2017年、2018年、2019年、2022年，4次参加"在《联合国海洋法》框架下就养护和可持续利用国家管辖外区域海洋生物多样性(BBNJ)拟订一份具有法律约束力的国际文书"的预备委员会会议和政府间谈判会议；2018年6月及11月，参与WTO渔业补贴谈判；2020年，唐议团队撰写的项目报告《危机与疫情下的鱼和鱼产品贸易协定条款：谈判和能力建设的建议》入选联合国智库，并获得杰出贡献评价。2003年，到农业部渔业局挂职锻炼；2005—2006年，挂职担任上海市杨浦区环境保护局副局长；现任上海海洋大学海洋文化与法律学院院长、上海海洋大学MPA教育中心主任，兼任中国太平洋学会常务理事、中国太平洋学会深远海资源环境管理研究分会会长、上海市法学会海洋法治研究会副会长、上海市公共事务管理研究会理事、长江水域生态保护战略研究中心副主任、渔业政策法律法规研究与咨询中心主任、全国海洋渔业资源评估委员会委员、全国渔港管理专家委员会委员、农业农村部全球重要农业文化遗产专家委员会委员、上海市海防工作专家咨询委员会委员、上海公安机关"长江大保护"智库专家、国家边海防工作专家委员会委员、《上海海洋大学学报》编委等职。

风从海上去又来　只为渔舟唱晚时

　　不知不觉，唐议已经在渔业领域里耕耘了近 30 年，从挽着裤腿在渔船上与外国船员一起工作、生活的年轻后生，成长为代表国家出席国际谈判的资深专家。他自己却说，30 年不算长，也还刚起步，还有很多事情要做。

书生与渔：征途是星辰大海

　　唐议看过《老人与海》的故事，听说过大海的辽阔，但是他在上大学之前却从未见过。远洋作业的实习和专业设置的游泳课，让一个少年毫不犹豫地做出了选择。1993 年，唐议远离故乡，只身来到东海之滨求学，学习的专业是海洋渔业。"鹏北海，风朝阳，又携书剑路茫茫"，海大学子注定是要搏浪天涯的。毕业留校后一年，唐议便主动参与到远洋渔业海上科研调查和生产工作中，开始了 4 年的"探险"之旅。如果说最开始贪恋的是大海的新奇和对未知的向往，那么经历了远洋作业的辛苦和艰险，看过了平行世界里的发展不平衡，唐议却陷入了思考：世界上还有那么多贫困的人口，渔业"从哪里来""到哪里去"，中国渔业在今后的世界格局中会占有怎样的位置，自己还能做些什么？这样的思考伴随唐议至今，一种责任和使命感也悄然而生。唐议说，在工作之余，有一个画面让他记忆犹新：夕阳西下，渔船归港，是那样的宁静、和谐与美好，仿佛置身中国古诗词所描绘的"渔舟唱晚"的景象。渔民很辛苦，海鲜很美味，渔业很复杂，资源环境的保护也很迫切，要守护这种美好很不容易。一颗种子在书生质朴的情感中悄然生长，这样的经历也让唐议坚定了在渔业领域深耕的决心。

唐议（右）在西非参加渔业生产实践

师者授渔：不拘一格中的教学相长

唐议始终都记得投身教学的最初体验。1998年，唐议第一次试讲海洋法课程，为此他查阅了大量文献资料，反复修改教案。在教研室的老师们面前试讲了3次后，他才正式为学生讲授。这使唐议深刻地体会到，"教学"最重要的是，如何更好地把知识和思想呈现给学生；这也使唐议养成了认真准备每一次讲演的习惯，再小的课题或报告他都会精心准备、反复推敲。

研究生们都知道，在唐议的课堂上想偷懒是不可能的。在课堂上，唐议多采用启发式的教学方法。老师讲授和学生报告相辅相成，朋辈点评和引申拓展相得益彰。"你怎么看？还有吗？"是他经常挂在嘴边的。需要学生理解、掌握的基础知识讲授完毕，唐议就会给学生抛出问题清单，学生自由认领，按照课程进度顺次讨论。问题不局限也不固定，根据大家报告的情况，普遍掌握较好的专题可能一带而过，而大家问题比较多的环节和国际上的热议论点也可能追加一个专题。有时，唐议还会请高年级学生来"客串助演"，报告自己的相关课题研究进展，从而既锻炼了高年级学生，又给低年级学生带来前沿知识和方法的冲击。在课堂上，他也会追问不同专业学生的研究进展，请教一些他所不熟悉的知识领域。

唐议(左二)与毕业研究生合影

想让学生成为什么样的人，首先你自己要先成为什么样的人，这便是最好的教育。唐议是教育的受益者，他在海大汲取了勤朴忠实的养分，又将这种品质在言传身教中传递给了学生。即使再忙，唐议都会认真地备好每一节课，他始终保持着与学生的互动，以保证自己不被学生"抛弃"。唐议说，学生日趋多元化，向学生学习能够促进自我的成长；读懂学生，才能更好地应对教育面临的新变化。

学者问渔：如切如磋，如琢如磨

"做学问，容不得半点马虎"，这是唐议对学生的要求，更是对自己的提醒。从最开始的浮躁到最后的淡定，团队也渐渐习惯了一篇论文的破茧之旅。调研、撰写、组会报告，无数次的反复修改，一字一句的推敲，有时候一个词都能讨论两节课的时间。唐议对文字的要求近乎苛刻。大到篇章布局，小到引用格式、标点符号，即使已经"身经百炼"，经过唐议修改的论文通常也是满篇飘红。"痛并快乐着"，陈文瑾，一位刚刚经历过通宵修改论文的同学这样形容。面对这样的"吐槽"，唐议却笑了，他说："对自己负责，对自己的研究负责，这可能会成为你们最好的礼物。"

2011级研究生陈园园在学位论文致谢中是这样写的："三年的时间，我最大的收获就是在唐老师的指导下，培养了独立自主的学习与思考能力，以及研究过程当中的怀疑和批判思维，唐老师总是有意识地培养我们发现问题和解决问题的能力，这种研究方法和能力的培养无疑使我终生受益。"这种思维和能力后来也迁移到了她的生活与工作中。毕业不过几年，陈园园已经是年利润过千万公司的负责人。

仁者治渔：学以致用和"诗与远方"

2020年底，唐议去北京出差，全国的朋友圈都被故宫的初雪刷屏，学生们羡慕地说："老师，您是不是可以去故宫看初雪啊！"唐议答曰："从没去过故宫，太忙了。"这件事情深深地触动了学生。在他们眼里，唐老师像一个空中飞人，世界各地到处飞，很是风光，还可以到处去玩，没想到竟然连故宫都无暇游览！其实，这只不过是他的日常。

但是，这些年，唐议没有忘记在星辰大海中航行时对自己的承诺。从渤海到南海，从长江头至长江尾，从太平洋到大西洋，他始终行走于渔业生产的一线，问渔版图遍布亚、非、欧、美等大陆的20多个国家和地区。他不仅把论文写在了中国的江河湖海上，更是跨越万里，促进了国际的学术交流和互动。除了参与国内的渔业治理,唐议还作为专家,支持与参加国际渔业事务的决策。2018 年是他出差次数最多的一年,单是出国就有 8 次,飞行时间达到几百个小时;即使出差途中,他也是在工作中度过的。2017 年,国家社科基金课题近 5 万字的项目申报书也是他在飞行途中完成的。错过了午饭时间,他从餐厅带回盒饭匆匆扒几口就算对付了;为了醒脑提神,风油精成了他的随身必备之物;他自嘲"一上车就睡觉",不过是因为太累了而已……

　　唐议用自己的学识和情怀,为服务社会和国家而踔厉前行;他也在用坚持和勤勉来守护自己的初心,这是一位学者对"诗与远方"的另一种解读。

2018 年,唐议(左二)参加联合国大会可持续渔业磋商会议

智者谋渔:为了走向更大的舞台

　　谈到学院发展,作为院长的唐议还会略显"焦虑",觉得时间不够用,还有很多事情可以做。面对学科的迅速发展,如何在激烈的竞争中立足,学生将来可以站在哪里,能够做什么,成为什么样的人,是育人成果的最直接体现。一边要争取资源,搭建平台,为师生提供更多机会;

一边要优化整合,提升内涵,探索交叉学科下的人才培养新模式。经过唐议与全院老师的共同努力,学院的学科发展更具特色也更加聚焦,学院的研究团队建设初见成效,研究和实践平台更加多元。

心有多大,舞台才可能有多大。刚从美国学成归来任教的苏舒于2017年研究生毕业后,在唐议的帮助下,到美国缅因大学继续攻读博士学位。在那里,她有机会参与国际层面的项目,接触到国际知名专家,也得到更全面的学术训练。她说:"这样的机会,放在之前我可能都不敢想,因为有了这样的经历,我现在愿意相信一切皆有可能。"为学生提供更优质的资源和平台,让学生有机会站在更大的舞台上,让每个学生都可以培养出自己的核心竞争力,这是唐议一直在努力的。

唐议(右二)在美国 NOAA 渔业局与副局长交流

渔者无"娱":学生们的心有戚戚

虽是理工科出身,但这丝毫不影响唐议的"文艺气质"。唐议喜欢摄影,也爱好绘画,并且受过相关的专业训练,只是因为工作繁忙,他已经很少去钻研了。但是,不经意的一张"随手拍",还是能够看出他的"基本功"。"我们很希望有机会可以跟唐老师多交流,但是他太忙了,

我们不好意思打扰他……"几乎采访的每个学生都很无奈,于是便有了来自学生们的隔空喊话:

邵同学(坐标威海):唐老师,请拿起相机,工作之余带我们领略世界的美好!

赵同学(坐标日照):唐老师,少抽烟多运动,笑容永远温暖,眼里永远有光!

一大群同学(坐标上海海洋大学):学习有点苦,请加双倍"糖"!

一路访谈下来,"科学、严谨、规范"的标签在唐议的身上异常闪亮,他对工作、对学生的要求如此,对自己的要求也是如此。难得的是,"开放、包容、创新"也同样在他身上并存。不囿于形式,不困于经验,不落于俗套,所谓君子不器,大抵便是如此。

力耕不欺,你走过的路、见过的人、读过的书,都会如星光般照亮你的征途。唐议说,在他们的年代里还不流行生涯规划,他只是知道要做好当下的事。行则将至,理想可能有些远,过程很艰难,但只要坚持,总是可以离得更近一些。

感　悟

机会总是青睐有准备的人。

寄　语

永远记得,收获与付出成正比,如果你没觉得,是你还没发现。

(2019 级渔业环境保护与治理专业　孙晓凤

2019 级渔业资源专业　范晶玲)

陈廷贵

陈廷贵(1971.11—)，上海海洋大学经济管理学院副院长，教授，博士生导师，农业农村部长江水域生态保护战略研究中心副主任，中国农业经济学会食物经济专业委员会副主任委员，上海食品学会理事，上海海洋大学学术委员会委员。日本爱媛大学博士，日本九州大学博士后，美国佐治亚大学高级访问学者，入选上海浦江人才计划。精通日语，熟练掌握英语。主要研究领域为资源环境经济和食物经济。主持国家自然科学基金、上海哲社课题等国家和省部级科研项目 20 余项。以第一作者及通讯作者身份，在 CSSCI、SSCI 与 SCI 期刊上发表论文 40 余篇。

追寻憧憬　勠力前行

胸怀憧憬　脚踏实地

陈廷贵于 1971 年出生在重庆农村。在当时的城乡二元户籍制度下，能够从农村人变成城里人、吃上商品粮是绝大多数农村人的梦想，陈廷贵也不例外。小时候，生活条件非常艰苦，陈廷贵学习的最大动力很朴实，就是成为城里人、吃上商品粮。

陈廷贵在青少年时代生活艰辛，教育经历也几经波折。初中毕业时，陈廷贵面前摆着两条变成"城里人"的路：一条是考中等师范学校，另一条是考中等专科学校。前者毕业之后大概率是成为乡村小学教师。带着对城市生活的憧憬，陈廷贵全身心地投入报考中等专科学校的学习。可是命运却开了一个玩笑，陈廷贵患有色弱，很多报考专业都受到限制。作为复读生，陈廷贵当年报考的是重庆市永川财贸学校，虽然成绩远超录取线，但是因为色弱，最终没有被录取。这个打击没有停止一个年轻人的脚步。陈廷贵的父母比较开明，格外重视孩子教育，也支持他继续学习。中专不成，陈廷贵选择读高中。

当时，读高中并非农村普通人家的"优选项"，因为费用不菲，最后能不能考上大学也是个未知数。现在回首过往，陈廷贵觉得走过的地方、见过的人、看过的风景,不负当年奋斗的青春。这些经历熔铸了一生成长的品质,开阔了一个人的思想和境界。

转换角色　甘于奉献

高中的学习任务繁重,但陈廷贵却乐在其中,因为他知道学习的意义和潜在而有力的改变。不幸的是,尽管陈廷贵高中学习成绩在年级一路领先,但是高考期间的彻夜失眠,致使他再次落榜,农村到城市的巨大鸿沟依然横亘于前。又经过一年的复习,他终于以高出当年重点大学录取分数线 30 多分的成绩,成功考上西南农业大学(今西南大学)经济管理学院。当时,他对未来并没有清晰规划,只是觉得做好当下、夯实基础、抓住未来,就可以改变自己的命运。

上大学以后,陈廷贵依旧努力学习。为了减轻家里经济负担,他从大一第二学期就开始去做家教。陈廷贵一边做兼职,一边坚持学业,一直获得学校的一等奖学金。临近毕业之际,他获得一个保研同时留校工作的机会。对自小在乡下长大的人来说,陈廷贵的社会资源有限,与其大学毕业后找个一般性的工作养家糊口,不如搏一搏,于是他毫不犹豫地申请了。由于在校期间表现一直很好,陈廷贵成功入围。试讲环节以后,老师们都觉得陈廷贵很合适。于是,他顺利留校,边读研究生,边从事教学工作。陈廷贵本科学的是审计专业,研究生选择的是会计专业。陈廷贵去日本攻读硕士学位的时候选的是农业经济。他认为,人在接触到某些新事物时,只要全身心去学就能很快接受,但是如果心里存在抵触,就算是一个简单的事情,半天也学不会。现在有一个热词叫"身份认同",是说一个人要先认同身份的转换,然后才会调动身上所有因素去应对它;如果一开始就不认同,不想努力应对,那么这个新事物本身难或者不难,都已经没有任何实质性意义了。

1998 年,根据西南农业大学和日本爱媛大学的合作协议,学院里有一个有奖学金资助赴日本短暂交换留学的机会。学院觉得陈廷贵是比较合适的人选,但由于日方材料转递原因,当年未能办理,次年才开始受理申请。1999 年 10 月,陈廷贵暂停了国内研究生学习,转赴日本留学。作为一个敢于转换角色，喜欢接受新事物的人，陈廷贵非常珍惜这次机会，他觉得日本之行一定会带来不一样的体验和感触。

勤学苦练　虚心求教

到日本留学之前，冉光和院长对陈廷贵说，因为只有一年时间，加上专业也不对口，要重点把日语学好。陈廷贵把院长的建议牢记在心里。学习语言一定要勤加练习，每次上完课，他都想方设法与日本人交流，提高语言能力。比如，陈廷贵明明知道邮局该怎么走，但他还是会故意请教路上的日本人，问往邮局怎么走，以增加日语对话的机会。陈廷贵创造一切可能的机会，以提升日语口语和听力能力。短短的一年交流行将结束的时候，陈廷贵已经初步克服日语交流困难，听课什么的已经可以跟得上了。

按照协议，交换学习结束后，陈廷贵要返回中国。由于在交换留学期间，无论是学习成果还是为人处世，日本的导师对陈廷贵都很满意，因此导师乐意收他继续攻读学位。2000 年 8 月，陈廷贵回到西南农业大学向学院领导汇报，并在学院支持下继续赴日本留学。办理完相关手续，陈廷贵于 2000 年 10 月再次赴日本，做了半年预科生；2001 年 4 月，他开始攻读硕士研究生。读预科时没有奖学金，陈廷贵就一边打零工一边读书。那段时间，他一般是晚上 9 点下班，然后回到研究室（也叫自习室）继续学习到 24 时。自习是自觉自愿的，没有任何人督促，完全依靠自律。当一个人清楚地知道努力的意义的时候，就会全身心地投入。最终，陈廷贵获得全额奖学金，并继续攻读博士学位。

打工不仅可以获得一些收入，更重要的是继续磨练了陈廷贵的日语能力，同时也让陈廷贵看到了形形色色的日本社会，从而进一步为他带来了更多收获。日语分为好几种体系，不同的体系实际上应用的场景差距是很明显的，如敬语体系就是用在晚辈对长辈的交流当中。陈廷贵花了很大工夫在不同的日语情境中去学习，这样在跟不同身份的人交流时，就会使对方轻松自然，协调彼此的关系时就相对容易，而且也会使他们乐意与陈廷贵沟通交流。这个办法使陈廷贵受益匪浅。陈廷贵在撰写《规模农业对企业经营发展机制研究》的时候，需要农业企业的一手财务数据，而这对当时的他来说颇有困难。陈廷贵就去找导师寻求帮助，导师很爽快地答应，然后开车带着他来到三家农业企业。因为有导师引荐，公司很快就把十几年的财务报表给了陈廷贵。

陈廷贵对困难怀有一种敬意，正是这些困难和挑战督促着一个人不断学习、获得成长，所谓"吃一堑长一智"就是这个道理。其实，人与人之间的差距，有时很微小，有时又似乎很遥远。对有些知识，一些人就是学得飞快，吸收得也快，而另一些人就需要细嚼慢咽，缓缓消化吸收。像孙悟空那样，师父敲他三下就知道凌晨三点去见师傅，拥有这样悟性的人是天赋异禀，但是对绝大多数普通人而言，需要不断在实践中反馈，在反馈中规划未来。那些人生路上的痛与曲折的弯路，要切身实践，用心体会，把它们变成自己的财富，变成下一个成长的动力或基础。

陈廷贵（左）与日本著名经济学家速水佑次郎（右）博士合影

爱岗敬业　共同成长

陈廷贵在日本一待就是 9 年，这是他人生中的宝贵经历。除了在语言上获得很大提升以外，陈廷贵最大的感触就是日本人浓厚的敬业精神，这深深地影响着他。在日本，无论任何职业、任何阶层，敬业都是共同的特征。

陈廷贵刚开始打工时，接触的是日本农民和工人阶层。他打的第一份工是洗碗工，后面给一个做屋顶防水维修的个体户做帮手。再后来，陈廷贵兼职做翻译，而且做到很高级的翻译。这些经历使他接触了日本社会中形形色色的阶层。

陈廷贵所接触的日本大学教授，从来没有周末或节假日，每天都自觉去工作，是没有任何外部约束的自我行为。现在的陈廷贵也是五加二、白加黑，一周七天在工作。对此，陈廷贵已经习惯成自然。他在日本留学的时候，打完工就继续学习，每天学习到深夜。这种敬业精神延续至今。

2009 年，陈廷贵入职上海海洋大学；到 2016 年，8 年时间里，他一直坚持研究自己喜欢的领域。他感谢上海海洋大学提供了这样的空间和自由度，使自己专心于喜欢的研究选题。在这 8 年时间里，陈廷贵充分融入到上海海洋大学这个集体当中，也成长了很多。日语里有句话叫"职务培养人"，或者叫"工作培养人"。陈廷贵从 2017 年开始做经济管理学院副院长，分管科研和研究生工作。上海海洋大学经济管理学院的优势和特色学科是渔业经济管理。然而，2016 年以前，陈廷贵对此却涉猎不多。直到担任新职务，受职责所驱，陈廷贵必须要去学习，尽快完成转化。当时，刚好有个机会是长江大保护的项目，国家要推行"十年禁渔"政策，需要学校为这个政策的制定和实施开展支撑研究。为此，陈廷贵进入一个新的研究领域，即渔业经济与管理。同时，2019 年，中国水产科学研究院东海研究所委托陈廷贵做了一个海洋拖网渔业的项目，使他对海洋渔业有了更深入的了解。这让陈廷贵迅速进入新角色，在渔业经济领域有所收获。

尤其是针对长江大保护这个项目，上海海洋大学建立了一支专家团队，这支队伍于 2017 年起步。2018 年，上海海洋大学与农业部长江流域渔政监督管理办公室合作成立"长江水域生态保护战略研究中心"。在中心成立后的 4 年多时间里，这支团队获得国家自然科学基金项目和社会科学基金项目各 1 项、教育部人文社会科学项目 3 项、上海市哲学社会科学项目 2 项，共 7 项重要的研究基金资助，并在 SCI、SSCI、CSSCI 等高水平期刊上发表多篇论文。这支团队是一个跨学院、跨学科的团队，人员来自经济管理学院、海洋文化与法律学院及其他学院。这支团队在短时间内培养了大量人才，培养了不少研究生，讲师成长为副教授，副教授晋升为教授，是有效的合作、紧密的合作、出成果的合作，为上海海洋大学树立了一个良好的跨学科合作案例。不少团队成员发现，越早改变自己，越早拥抱学校与学院的主流学科、主流方向，成长得就越快，也越能够发挥自身优势。

经过入职后 13 年的磨合，陈廷贵感到自己与上海海洋大学已经密不可分，成为其中的一分子。在未来的日子里，他会一如既往地积极进取、继往开来，倾尽全力地为学校做出自己的贡献。

2021 年，陈廷贵（右）在长江大保护项目调研当中与渔民进行交流

感　悟

人生是一场长跑，只要坚持不懈，终会结出美丽的花朵。

寄　语

不虚掷光阴，做自己喜欢的事情，能够自食其力，就很了不起。

（2021 级农业管理专业　高士海）

刘华楠

刘华楠(1971.10—)，湖北武汉人，华中科技大学管理科学与工程专业博士。曾任华中农业大学经济管理学院副教授。现为上海海洋大学经济管理学院教授，硕士生导师，研究领域为食品安全管理、企业战略管理、农业科技创新及农产品品牌推广。担任商务部创办的《食品安全导刊》编委，中国食品产业网特聘专家。2004年7月—2005年12月，参与国家社会科学基金课题"转基因食品安全管理研究"；2011年5月，*Product Safety, Collateral Damage and Trade Policy Responses: Restoring Confidence in China's Exports* 获得上海海洋大学社会科学成果奖（论文）三等奖；2012年12月，获上海海洋大学本科毕业论文优秀指导教师奖；2013年8月，"食品质量与安全管理"微课获教育部首届微课比赛上海区二等奖；2016年1月—2021年12月，主持上海市农委科技兴农项目"中华绒螯蟹河蟹产业体系建设"子项目"上海河蟹种苗品牌建设与蟹文化的推介"。出版专著《西部绿色农业科技创新战略研究》，并发表论文《崇明世界级生态岛建设背景下河蟹养殖模式探析》、*Product Safety, Collateral Damage and Trade Policy Responses: Restoring Confidence in China's Exports* 等。

倾情三尺讲台　潜心教书育人

潜心育人　下自成蹊

刘华楠(中间)与学生合影

从教 20 多年,刘华楠深受学生们喜欢。究竟是什么原因选择了教师这份职业? 刘华楠动情地说:"弹指一挥间,不知不觉就已走过了 20 多年的教学生涯。其实 20 多年,说短也不短,说长也不长。20 多年大约是一个人一生的四分之一,也大约是一个人职业生涯的三分之二。虽然是一段艰辛的历程,但这 20 年,是最富青春、活力、激情的 20 年,也是自己人生最辉煌最精彩的 20 年,我是无怨无悔的! 我出身书香门第,在做教师之前,当过武汉工程技术研究院自动化研究所的助理工程师,也在海南证券做过大户管理员。可能还是受家庭环境的熏陶,1999 年硕士毕业后,我选择了留校当老师。这一当就是 20 多年。从职业生涯来讲,虽历经风雨,但确实是幸福的 20 多年!按马斯洛层次需要理论来讲,我实现了塔尖的需求,自我实现的需要,我从事的是我热爱的职业,因为这是一份阳光和圣洁的职业;这是一份让我心永感青春年轻的职业;这是一份极富有成就感的职业。每每翻看获奖证书和学生的合影,每到教师节收到一声声问候和一份份贺卡时,我心中充满了无限快乐与陶醉!"

刘华楠(前排左三)与毕业研究生合影

为了提高学生理论与实践结合的能力,刘华楠会邀请一些企业专家给学生们讲创业、讲管理,并且组织学生们深入企业现场研学,增长见识。她会策划各种主题,让各个小组轮流动手,搜索相应领域的重点知识,并让小组成员总结与评论。她还分享很多前沿论文要点给学生,引导学生自由地探索和思考。她要求大家上课时要多听讲,多参与讨论,认真领会老师的观点,而不是将时间都花在记笔记上。刘华楠总能保持饱满的激情,学生们在课堂上受到很大感染,在她的课堂上总能听到大家热情洋溢的讨论。

刘华楠爱岗敬业,热爱教师职业。"为师重师德,诚心做良师;为师重师艺，精心育新人"，是刘华楠的为师准则。由于刘华楠的诚心与精心，学生们在她的课堂上犹如进入了一个广阔天地。在她的课堂上，学生们不但深化了对书本知识的理解，而且思考与分析问题的能力也水涨船高。参天之木，必有其根；环山之水，必有其源。

凡心所向　素履可往

"刘华楠老师在我们的心目中是顶好的，你都不知道别人多羡慕我们师门！"在第一次师门聚会的时候，笔者就听师姐这样评价刘华楠老师。"漂亮有气质"，大家不约而同地感觉她"像玫瑰一样"。可是，当事人听了这番话，只是右手托腮，半扬起脸咧着嘴，声音轻柔地跟大家聊天，并不在意。

"从我们认识您的时候开始，我们都知道您在从事河蟹产业项目的研究，您都快成'养螃蟹的代表'啦！那您能跟我们具体说说这个项目的工作吗？"

"自从 2015 年起，我就开始从事河蟹产业项目的相关研究了。2016 年加入上海市农委'上海中华绒螯蟹产业体系'项目团队。作为该项目经济文化组组长，不仅要全方位了解上海河蟹产业整体发展状况，还需着重分析河蟹产业体系经济效益、宣传蟹文化及推广上海河蟹品牌。任务很重的咧！协调力度也很大。在曾经的调研过程中，我也遇到有些农户不配合，很多农户都觉得这些调研又不能立马提升他们收入，对细致的询问比较抵触，而且那时候科研经费不足，难以大范围获得有效数据。本来科研就是一件见效很慢的事，河蟹研究更是需要坚持。在遇到重重阻力和压力时，我也曾一度想辞掉组长一职，但是受到团队成员和首席专家的支持，我还是坚信这是一项有益民生的事业，所以坚持多和农户沟通交流，增加拜访次数，建立感情，从上海河蟹品牌中最有潜力的'崇明清水蟹'这一品牌入手，研究如何打破传统的口碑相传模式，利用新媒介唱响品牌，提高声誉。经过多方沟通协调，2020 年 10 月，我们在崇明举办了'畅行蟹乡　共享蟹乐——2020 上海河蟹产业推广崇明行'活动，通过骑行、科技论坛和河蟹美食品介活动的结合，对崇明清水蟹进行了一次多渠道的创新宣传，不仅提升了崇明清水蟹知名度，而且为蟹农拓展了销售新渠道和模式，受到上海市农委和崇明农委领导及蟹农的高度好评。这次活动的成功举办，让我深深体会到成功是苦拼出来的，但一定要坚定信心，就跟战场打仗一样。"刘华楠边思索边细数河蟹产业体系的工作，其间仍带着标志性的笑容，轻描淡写地讲述着工作进行中的各种困难。她还时常感叹这是一份团队性质的工作，并经常强调其他教授和专家的协作与帮助。

在工作过程中，刘华楠务求思虑周全，妥善地协调好方方面面。2021 年 10 月 17 日，作为"看大蟹　庆丰收——2021 上海河蟹产业体系浦东行"活动主持人，刘华楠细心地策划整场活动，完善每一个细节。其间，她仍心系学生们的学业，因此在举办活动时把学生们都带上。刘华楠在上海塘之趣水产养殖基地接受采访时说："这是一个很好的理论和实践相结合的机会，因为我们海大是提倡'把毕业论文写在江河湖泊上'。这将是一个很好的论文素材。"驻足回首，刘华楠一直在步步前行。谁说玫瑰只能娇弱，凡心之所向者，虽千万人，素履亦可往矣！

2020 年 10 月 11 日，刘华楠在崇明开展河蟹产业推广活动

寻常窗前月　梅花便不同

"您对上海市河蟹产业体系的投入有目共睹，其中艰苦可见一斑。我们仅仅倾听都感到难能可贵。在项目执行过程中，您是否遇到过一些印象深刻的事情？"

"印象最深刻的事，"刘华楠略微沉吟后说，"2017 年 12 月 28 日，我作为经济文化组的组长汇报完毕，中间休息时，上海市农委领导特意祝贺说：'小刘，今天汇报，讲得真不错！'我心中顿时备感温暖，也备受鼓舞，而且信心大增。同时，我心中也感概，第一次做项目一支笔，就是要管理好项目的各项支出；第一次面对多头绪、多层次的协调工作，涉及行业专家、领导、蟹农、组员、学生等，非常复杂和繁琐，每个细节都不能出差错。能顺利打好这一仗，其实关键就是有责任和热心把事情做好，做好表率，尊重每一位组员，也服务好每一位组员，如此才能带动大家积极性。"

在提到困难和波折时，刘华楠轻描淡写；而当提及所获得的肯定和那些"第一次"的突破时，刘华楠却难抑心中的激动。在信息爆炸与科技革新不断深化的时代，人们都说天下没有两片相同的叶子，可是独特性仍然是当今的稀缺品。所谓独特，并不是由个人喜好所决定的，而是每个人的经历所塑造的。在茫茫人海里，刘华楠用她的一言一行，塑造了她的独特性。有人说真正的谦逊不是把"别人"放在"我"之前，而是忘记"我"的存在。在采访过程中，刘华楠似乎都没有想起过自己。她谈困苦遭遇，谈别人的肯定和成就，却几乎很少谈自己。每每涉及自己时，她总是浅淡而匆快，颇有股武侠小说里"自己微不足道，任凭他人评说"的风轻云淡。"才有梅花便不同"这句霎时间涌进笔者脑海。人生中总是有许许多多第一次，要品尝各式各样的奇妙经历，事情只要经过打磨就终会迎来一份结果。大家遭遇的磨难都是在身而为人这个条件下所要经历的考验，但有了梅花，就不一样了。

功崇惟志　业广惟勤

"我们都知道经过风雨的成就总是分外香甜,但也有人说,成就仅凭努力是不够的,还需要有天分和运气,那您是怎么看待天赋和努力之间的关系呢?"

"我很喜欢一句话:'任何成就都是刻苦劳动的结果。'这是宋庆龄的名言。天赋只决定一个人适合干什么,但是一个人是否成功,更重要的是需要有超凡的坚韧毅力与勤奋刻苦的精神,能耐得住寂寞,能经受挫折,所有光环背后都是有心酸和汗水的。只有流过血的手指,才能弹奏出世间的绝唱。"刘华楠早上五六点起床来学校上课,中间马不停歇地处理相关工作,其间还不忘关心门下研究生的生活,偶尔也会跟学生们感叹时光不饶人。"精力比不上年轻时候了。"刘华楠笑着跟我们说。

在 20 多年的教学和科研生涯中,刘华楠始终勤勤恳恳地践行着宋庆龄的那句名言。她一边认真对待繁重的工作任务,一边温柔地帮助和教导莘莘学子,默默书写着春夏秋冬寒来暑往的教师生活。不管他人如何评价,不管世事如何变迁,她的为人和工作作风始终如一,始终保持着一颗平常心,低调做人,勤奋执着做事。她也常常教育学生如此这般,用真诚和热情、爱心和宽容铸就学生们飞翔的翅膀。

寄　语

不为功利而耕耘,不因平凡而懈怠。

（2020 级农业管理专业　赵宝迪　2021 级农林经济管理专业　曾杨）

廖泽芳

廖泽芳(1973.7—)，四川渠县人，中国人民大学世界经济专业博士，复旦大学应用经济学博士后，现为上海海洋大学经济管理学院国际经济与贸易系教授，博士生导师。兼任复旦发展研究院兼职研究员，新兴经济体论坛智库专家，上海海洋大学经济管理学院教授委员会成员，上海海洋大学国贸金融会计系党支部书记，以及《国际金融研究》《当代经济科学》审稿人。主要研究方向：国际金融、国际贸易、海洋经济。在《国际金融研究》《国际贸易问题》《中国人民大学学报》《经济理论与经济管理》《世界经济研究》《当代经济科学》《国际经贸探索》《上海经济研究》等期刊发表学术论文 50 余篇，其中包括 CSSCI 和 SSCI 论文 20 余篇；出版独立专著 1 部，参加著作与教材编写 5 部；主持国家社科后期资助、教育部人文社科规划基金、中国博士后基金、省自然科学基金等课题 20 余项，获得省哲学社会科学优秀成果奖(2017 年)、新兴经济体论坛征文奖(2015 年、2016 年、2017 年)、广东社会科学学术年会优秀论文(2015 年)等科研奖励 10 余项。

潜心科研　静待花开

初涉学术之路

　　廖泽芳本科就读于华北水利水电学院水电站动力工程专业，这段学习经历为她后来攻读硕士、博士学位打下了良好的数理基础。由于数理功底扎实，又具有钻研精神，她很快就适应了新的研究领域。在本科学习期间，她就经常泡在图书馆，在知识的海洋里广泛涉猎，并着重打好基础，训练动手能力。

　　本科毕业多年后，廖泽芳决定重新走上探索学术之路，实现更高的追求和自身价值。通过努力备考，凭借坚韧毅力，她考入了南开大学西方经济学专业。她报考经济学方向，既是出于兴趣，也有切合当时就业实际的考虑。对于从零开始学习经济学的廖泽芳而言，本科四年工科专业的学习成了她的最大优势，使她得以触类旁通，经常用数学模型来分析和解答经济学问题。以往人生经历，使廖泽芳更加珍惜重回大学校园的美好时光。她的目标和规划更加清晰，对学术更加专注，几乎天天泡在图书馆里刻苦学习，为将来而努力。

　　学术之路永无止境。2009 年，廖泽芳踏上赴中国人民大学的求学之路。她转为研究世界经济，视野更加开阔。然而，求学之路常常挑战与收获并存。在撰写博士学位论文时，她碰到了进展不下去的困境。这时，导师给予她很大鼓舞，认为她动手能力强，逻辑思维清晰，一定能够找到症结所在和解决问题的办法。她投入更多时间来思考和分析，最终搭建起论文框架，并慢慢充实完善。这段经历让廖泽芳更加认识到逻辑思维能力和数理基础的重要性。无论后来从事什么方向的研究，她都对博士阶段培养起来的分析训练能力念念不忘。在学术研究道路上，她常常会因为冲过一个"坎"，而迎来陌上花开的收获。逾越挑战的她，迸发出很多研究思路和想法，短短几年就发表了数篇论文，为后续职业发展奠定了良好基础。

学习之余，廖泽芳也从未放弃自己的爱好。为了保持强健的体魄，她喜欢一天抽出一个小时去跑步，以保持充足精力来继续投入科研。大学时代的廖泽芳，性格开朗、豁达，充满毅力和坚韧，脸上也常常挂着活泼和热情的笑容。

探索国际金融与贸易前沿

2012年夏，廖泽芳从中国人民大学毕业，回到广东海洋大学当教师，主要讲授国际金融（双语）、国际贸易概论、国际贸易实务、国际贸易理论与实务、财政与金融、西方经济学、发展经济学等课程。她指导学生开展"'禁塑令'的蝴蝶效应""广东农村生育问题"等社会实践活动。读博期间的艰苦付出加上对科研的倾情投入，使廖泽芳从讲师、副教授一路晋升为教授，她在学术领域如面朝大海，春暖花开。

2017年，廖泽芳来到上海海洋大学工作。从教学到科研，她一步一个脚印，持续向前。她依旧以饱满的热情投身到每一节课，每一个课题，每一篇论文中。进入高校从事科研工作不到10年时间，廖泽芳已经主持和参与国家社科及省部级课题近30项，并且在《国际金融研究》《中国人民大学学报》等期刊发表学术论文50余篇。

2019年，廖泽芳作为访问学者赴美国东卡罗莱纳大学经济系进行为期9个月的访学。借此机会，她得以学习国外先进经验与前沿知识。9个月里，廖泽芳几乎将所有时间和精力都投入工作。她在美国的忘我投入，赢得了国际友人的尊重；同时，她也收获了更多新想法、新思路及前沿研究方法，并将其纳入后续论文的撰写中，为中国国际贸易发展提出真知灼见。

廖泽芳参加自贸区临港新片区协同创新研究中心成立论证会

回国以后，廖泽芳想方设法寻找途径，为年轻人创造出国深造或进修的机会，以期他们回国后学以致用，发展国际金融及贸易事业。为使青年人得到提高，廖泽芳既帮助他们联系国外学校的教师，又为他们写推荐信，并且积极为学生争取荣誉。

廖泽芳的丰硕科研成果不是凭空而来的，一方面是源于她丰富的专业知识和经验积累，另一方面则是源于她善于发现和捕捉前沿信息的洞察能力。例如，廖泽芳于 2013 年发表在《国际商务》中的论文《中国的全球价值链地位考察——基于附加值贸易视角》利用最新公布的企业出口附加值数据，计算得到中国的全球价值链地位，有力规避了当时用总值计算全球价值链地位的弊端，提供了研究中国全球价值链地位的全新研究视角。

执着攀登学术高峰

作为一名女性科研工作者，廖泽芳的科研热情很高，对工作全身心投入。廖泽芳接受了良好的教育，漫长的求学生涯教会了她自尊、自强、自立。无论什么时候去做什么事，她总是保持着饱满的热情和高度的专业性，竭尽全力做到最好。

在科研道路上，廖泽芳也并非一帆风顺。无论是工作多年后，重新踏上科研之路，还是转换研究方向或课题中遇到各种问题，廖泽芳都咬咬牙坚持下来。她不计较个人得失，只一心一意投入工作。她常对学生说："搞科研工作，遇到困难，不要畏惧，吃亏也并非是坏事，希望你们能保持开朗豁达的心态，对工作和生活充满激情，对家人和朋友充满爱和关心。"

如今，她在《国际金融研究》《国际贸易问题》《中国人民大学学报》《经济理论与经济管理》《世界经济研究》《当代经济科学》《国际经贸探索》《上海经济研究》等期刊发表学术论文 50 余篇，其中包括 CSSCI 和 SSCI 论文 20 余篇；出版独立专著 1 部，即《基于利益分配视角的全球经济失衡研究》（中国人民大学出版社，2013），参编著作与教材 5 部；主持国家社科后期资助、教育部人文社科规划基金、中国博士后基金、省自然科学基金等课题 20 余项，获得广东省哲学社会科学优秀成果奖、新兴经济体论坛征文奖、广东社会科学学术年会优秀论文等科研奖励 10 余项。这对一名科研工作者来说，可谓硕果累累。

2016 年，廖泽芳参加中国新兴经济体研究会的年会

作为一名女性学者,廖泽芳的学术之路不乏艰辛。本科毕业工作多年后,重新起航科研之路,她比其他人更懂得珍惜来之不易的求学之路。从工科转到世界经济领域,她每天都比同学花更多时间去学习。她每天的学习和工作时间经常长达十几个小时。读研和读博期间,她打下了扎实基础,为长远研究做了许多准备,从而获得了更多科研成果。

廖泽芳的踏实肯干也得到同事们的认可。一个向着目标奋进的人,世界也会给她让步。廖泽芳的执着、坚强、厚德,让每一个认识她的人都难以忘怀。她也让学生明白,女性不是眼里就只能有家庭,女性也可以为了热爱的事业而放下一切,不怕苦、不怕累,愿意克服一切困难。女性做科研有自己的优势,廖泽芳希望学生勇于突破自我,找到自我的人生价值,在科研道路上收获更多人生果实。

唯盼青出于蓝而胜于蓝

廖泽芳自担任研究生导师起,每年大约招收 3 名学生。廖泽芳不愿意做挂名导师,她深感必须要对每一位学生负责。她总是亲力亲为,从不假手于人。对于学生来说,她是一位好老师,和母亲一样亲切、慈祥。她喜爱自己的每一个学生,关心他们甚于关心自己。例如,学生做科研、写文章,她总是手把手指导,一字一句地修改;学生写出一篇有价值的学术论文,她比自己做出了成果还要高兴;学生毕业之前,她还要悉心指点他们,根据每一位学生的特长,为他们找实习机会,设计就业方向。廖泽芳的学生,有的出国深造,有的在国内知名研究机构、大学里工作。他们中的很多人也在岗位上挥洒着自己的学术热情,努力成为国际金融和贸易行业的专家,不断发扬着导师的优良品质。廖泽芳欣慰于学生的成才,并且她也以自己的人格魅力和慈爱赢得了学生的尊敬和爱戴。学生们提及导师,每个人都由衷感激。

尽管廖泽芳对学生态度和蔼,但是她在专业上对学生的要求很严格。她在教导学生的时候,为学生指定外文文献,要学生在专业课之外认真自学,广泛阅读文献,并要求学生每个月汇报自己的科研进展和学习进度。

廖泽芳对每一个学生的背景和专业知识都有详细了解,她从学生一进学校走上科研道路开始,就积极了解他们的想法和规划,关心他们的成长。廖泽芳带学生总是亲力亲为,从定课题到研究思路,都是亲自辅导,带着学生做课题。在能顺利完成课题的基础之上,为了让学生得到更好的锻炼,她也积极推荐学生到企业实习。

廖泽芳不仅关心学生的研究,还处处体贴着学生的日常生活,她把学生当作孩子一样关照。在学生心目中,导师和妈妈一样慈祥。这不仅仅是因为廖泽芳在学业上关心学生,毫无保留地为学生传道、授业、解惑,并且在生活中处处体贴关怀学生,更是因为廖泽芳总是以无私的人格魅力感染着他们。她曾对学生说:"我非常理解你们现在面临的挑战和竞争压力,希望你们每个人都能保持豁达开朗的心态,也由衷期盼,你们每一个人都能够青出于蓝而胜于蓝。"问到对导师的评价,她的学生这样说:

"能成为廖老师的弟子,是我们的幸运。老师身上总有使不完的干劲,她孜孜不倦学习新事物、百折不挠探索前沿的精神一直激励着我们。她不仅把我们领上科研之路,还深深影响了我们的处事为人,是我们学习的楷模。

导师的教诲,我们会牢记于心。导师之于我们,是春风化雨,润物于无声;更是高山景行,虽不能至,心向往之。"

寄　语

越努力,越幸运。希望年轻学子脚踏实地,做到"知行合一",将理性与行动有机结合。只想不做,只能停留在想象层面;只做不想,难以达到高度。不仅需要勤思考,而且需要勤阅读、勤动手。

(2019 级应用经济学专业　杨思彤)

张云

张云(1974.5—   )，日本东京海洋大学应用环境专攻博士学位。2005—2011年，在日本 Geosurf 株式会社担任技术总监；2011 迄今，在上海海洋大学信息学院任教授，现任计算机科学与技术系主任。兼任科技部与欧空局"中欧导航卫星反射信号联合研究工作组"专家组成员、上海市计算机科学与技术专业教指委委员、上海航天电子研究所卫星载荷专家委员会委员、日本测位地理空间情报的高度活用研究委员会委员。主要研究方向：导航系统的高精度定位原理研究、导航系统的反射信号的海洋遥感技术研究、导航遥感技术的海洋应用产品的研究与开发等。

张弓追星辰　云海探苍穹

张弓追星辰。其中,"张",一为"张"姓,即代表本文主人公张云教授;二为动词,即张开、打开的意思。"弓",此处引申为工具、仪器、探测仪、接收机、地基、机载、星载实验等遥感工具及其专业技术。"追",即追寻、探索的意思,也代表追梦的意思。"星辰",代表北斗卫星导航卫星系统等国之重器。

云海探苍穹。其中,"云",一为云端,代表天空、云端的卫星或引申为导航卫星系统;二为"张云"的云,亦指张云教授。"海",一为"海洋",二为"海大"。"探",即探测、探索。

整句含义为,海大张云利用北斗和全球卫星导航系统,不断探索上到云海苍穹,下到江河海洋间的真知和奥秘,生动诠释了"利用国之重器把论文写在世界的大洋大海和祖国的江河湖泊上"。

标题首句开头的"张"与后句首字的"云"为藏头设计,在一起组合为"张云",凸显了主人公张云心无旁骛、孜孜不倦、逐梦云海、"追星辰、探苍穹"的科学态度和精神写照。

路漫漫其修远兮　吾将上下而求索

凌晨一点许,上海海洋大学信息学院一间办公室的灯还亮着,一场视频组会正在召开。简易的办公桌前，48 岁的张云没有丝毫睡意，一双眼睛炯炯有神，他和遥感导航实验室科研团队正在绘制又一项 GNSS-R 海洋遥感测控技术蓝图——基于 GNSS-R 的海况研究。

早在 20 世纪 90 年代，美国和俄罗斯就分别实现了美国全球定位系统（GPS）和俄罗斯格洛纳斯系统（GLONASS）。为了打破技术垄断和保障国家安全，中国毅然决定研发自己的导航系统，名为"北斗"，寓意为如北斗星一样指引方向。随着各导航卫星系统的逐渐完善，星座的增多，以及观测站的增加，GNSS 系统的应用领域越来越广泛。GNSS 系统不仅应用于定位、授时和导航，还可以利用其表面反射信号进行遥感研究。在如此具有挑战性的学科面前，张云毅然走上了 GNSS 系统的科研道路。

自 1993 年由欧空局（ESA）Martin Neira 提出 GPS 海洋反射信号可以反演海面高度以来，GNSS-R 海洋遥感发展迅速，已然成为一个新的热点研究领域，引起众多发达国家和发展中国家的广泛关注。随着中国北斗导航卫星系统的不断完善，其理论研究和在气象预报、灾害预警、海洋测高、卫星技术等方面的应用，具有重要的科学意义和广阔的发展前景。作为科技部与欧空局的"中欧导航卫星反射信号联合研究工作组"专家组成员、上海市计算机科学与技术专业教指委委员、上海航天电子研究所卫星载荷专家委员会委员，张云和卫星导航系统打了 20 多年交道，致力于推进导航高精度定位与导航遥感技术从科学研究向产品化、产业化等成果转化的发展。他带领信息学院实验室科研团队勇于创新、积极探索，与专业用户（国家及省级海洋局、航天局、气象局等部门和单位）联合开展了一系列基于导航系统的高精度定位研究，以及 GPS/北斗集成定位性能评估、GNSS-R 遥感测高技术等领域的研究，取得了一系列重要研究成果，跻身国内导航遥感理论、技术、科研的前列。

从青丝到华发，从笔尖描绘到卫星导航遥感探测，从求学日本、执掌技术总监到回归家乡来上海海洋大学执教……张云深情地说，他的青春就映射在每一帧导航遥感探测的信号上。

张云在办公室

情暮暮而怀归兮　依依西望

时光回转。2001 年,张云东渡日本求学。2004 年 9 月,张云获日本东京海洋大学流通情报工学硕士学位;2008 年 3 月,张云获东京海洋大学应用环境系统学博士学位。读博士期间,他师从日本测位导航学会会长、卫星测位应用中心卫星测位增强事业推进委员会委员长、亚洲大洋洲地区卫星导航推广协议会议长、多届日本航海学会 GPS 研究会会长、日本准天顶卫星测位补偿技术委员会委员安田明生教授。一次偶然的促膝聊天,安田教授说道:"不久的将来,卫星导航系统将改变一个国家的未来和命运。"张云被这句话深深影响。求学期间,他潜心钻研 GPS 的测位原理和误差计算,成功地开发了 GPS/QZSS 软件模拟器,并首次提交了日本准天顶卫星对东南亚区域定位精度影响的评估报告。

博士毕业后,张云在日本 GEOSURF 株式会社工作,并担任首席系统工程师。2005—2011 年,他主要从事 GPS 应用研究和系统开发,主持及参与 40 余项日本国土局、日本著名大学研究所及日本国内或国际大型企业研究所委托的 GPS 应用系统开发工程,主要包括高密度 GPS 网长期火山观测监控系统、RTK-GPS 与 TPS 组合海面打桩实时监控系统、廉价 GPS 与廉价 3D-GYRO 组合精密农业拖拉机导航系统、RTK-GPS 土木工程信息化施工管理系统、RTK-GPS 水深测量系统等。张云成功地开发了四轮拖拉机运行动态模型,并以此为基础,开发出拖拉机导航系统产品和无人拖拉机驾驶系统;同时,他利用卡尔曼滤波的方法对 GPS 输出数据进行二次处理,成功将定位精度至提升毫米级别。鉴于张云在卫星导航系统领域所从事研究的价值及其影响,他曾连续 2 年应邀在美国导航学会全球卫星导航年会国际卫星技术分会(ION GNSS International Technical Meeting of the Satellite Division)上作主题报告,并被聘为日本测法航法学会杂志审稿人、日本测位 G 空间高度活用协同委员会委员。

2011 年,张云到上海海洋大学执教,被中共上海市教育卫生工作委员会、上海市教育委员会授予 2010 年"上海高校特聘教授"称号。2012 年,张云与信息学院实验室科研团队发起成立 GNSS 课题组,充分发挥其积累的较为丰富的国际合作经验,创新建立并发展了一系列前沿性尖端实验技术,并在山东青岛、浙江舟山、辽宁大连等地相继成立卫星遥感地面观测站。张云积极开展国内外科研院所在导航遥感系统领域的学术交流与应用示范,先后多次成功举办国际组织、国内外高校及政府部门参加的卫星导航遥感论坛,从而促进多方合作开展科研成果转化项目,成为推动欧空局、日本测位导航学会、航天八院等国际国内组织、科研单位与海大实现科研合作并推动卫星导航系统产业发展的"拓荒牛"。

2012 年至 2017 年间,张云先后主持上海科委能力建设项目"基于船舶的海洋信息动态收集监控平台关键技术研究和系统开发",以及国家自然基金面上项目"基于全球导航卫星系统(GNSS)反射信号的海冰检测模型的研究"。2016 年至 2019 年,张云作为第一主编出版了《航运大数据》《北斗卫星系统的定位技术及船舶导航应用》两本技术应用型专著。专著具有较高的学术水平和很强的应用价值,填补了中国在航运大数据、船舶导航等相关领域的空白,对推动中国海洋强国战略具有积极意义。

自回归祖国的那一刻起，从黄海之滨到南海之畔，从东海鲸波到渤海潮头，海洋的余晖留下了张云矢志巡航的身影。执教十年间，张云主编专著 2 部，以第一作者身份发表 SCI 论文 45 篇，作为第一发明人获得国家授权发明专利 4 项、成果技术转让 5 项。

回国后，作为实验室和 GNSS 课题组的"领头雁"，无论是科学研究，还是为人处事，张云始终保持着纯粹和谦逊。在追求科学真理的道路上，在追求人类幸福的旅途中，他遵循着自己的兴趣和责任，不忘初心，踏实前行。

乘骐骥以驰骋兮　来吾道夫先路

在张云看来，做任何事情都要保持纯粹初心，让每一步都脚踏实地，这样蕴藏在其中的生动意义就会自然吐露芬芳。每每谈到张云教授，实验室科研团队的同事们都会流露出尊敬之情。

在实验室，他是不怕失败的研究者；在讲台上，他是科研探索的领路者；在日常生活中，他永远是一个诚恳且谦逊的求学者。张云在值得大家敬佩和学习的同时，也启发着身边师生思考科研的意义与目标，鼓励着大家去追寻自我纯粹的理想，以严谨的态度来看待真理。

2020 级研究生严梓钰对此深有体会，她说："虽然我在张云老师实验室和课题组的时间不长，但是张云老师'5＋2''白＋黑'的科研热情以及他一丝不苟的科研态度让我们受益匪浅，也让我们有信心在科研道路上一路向前。"

张云始终将自己的学生比作科研路上的"同行者"。他在获得上海海洋大学最佳研究生导师奖时感言："在科学探索的道路上常常会感到渺茫与寂寞，我很幸运有一批批的学生陪伴我，让我一路走来不太寂寞，反而充满期待，倍感信心。"从教十年来，张云先后培养了 80 余名硕博研究生和 2 名博士后研究人员，他十分注重培养学生对社会动态的关注及人文情怀。

"学问不能只在论文上，要从社会需求和人文关怀出发，把握高端

张云（左五）带团外出进行科学考察

科技在国民经济重大发展中的落脚点。"这句话，张云常常讲给他的学生听，是他常挂在嘴边的一句话。这种对于社会发展和国家未来的使命感，也影响着他的一批又一批学生，使他们积极投身到祖国的建设中去。

说起未来的规划，张云早已胸有宏图。在围绕卫星导航高精度定位的特色课题基础上，最为紧要的，是提升导航遥感技术研究的国际化水平与跨学科发展。

走出上海海洋大学信息学院办公室，仰望星空，北斗璀璨。张云步履坚定，思绪翩翩。未来，他的人生要继续刻画在卫星导航和遥感事业的蓝图上。

寄　语

科研创新是搜索的过程。科研创新本质上不是在创造新东西，事实上那些东西本来就在，只是被发现了。科研创新是寻找的过程，就像捉迷藏，只有不停地找，才可能找到答案。

勤于思考。创新就是做些未知的东西，没有现成的可以参考。这

张云(第三排左五)与学生合影

个时候需要思考,通过写作来深度思考、完善思考、修改思考,分享写作的内容以得到更加有效的反馈,最终提升做事效率。

做事要够狠。更多的是对自己要狠,要有把事情彻底搞清楚的勇气和自己能够搞清楚的信心。同时,搞科研也是跟自己过不去,我们有时候在做一些自己不知道答案是什么,甚至可能没有答案的事情,这是一个经历无数次失败后才可以看到成功的过程。

（2020 级电子信息专业　严梓钰　李沛橦）

杨筱珍

杨筱珍(1977.8—)，女，山东济南人，中共党员，教授，博士，博士生导师。2005 年，获中国农业大学博士学位；同年，到上海海洋大学水产与生命学院水产营养与饲料系任教。中国解剖学会和上海动物学会会员。《海洋湖沼学报》《畜牧兽医学报》《中国细胞生物学学报》等学术期刊审稿人。2008 年，赴澳大利亚塔斯马尼亚大学进行为期一个半月的授课培训和访学。2012 年 7 月—2013 年 7 月，担任美国密歇根大学分子、细胞和发育生物学系高级访问学者。主要研究方向为动物生殖生理与细胞生物、动物免疫组织的细胞学及功能、外源因子对动物生长发育的影响(主要从消化与免疫的角度进行研究)、水产动物的健康养殖(主要是河蟹养殖)。

心系科技兴渔　只为绪谱华章

　　"几朵青山成畏友，一窗白日照初心。"杨筱珍自踏入上海海洋大学成为一名人民教师、一名科研工作者以来，眨眼间已过十余年。当被问到当时为何选择水产事业时，杨筱珍眼神中闪着坚定的光芒，瘦小的身躯仿佛蕴含着巨大的能量……

点燃水产之灯　照亮前行之路

　　杨筱珍是一位愿意与新一代水产人同学同行的教师，一位愿意为水产事业敬业奉献的科研工作者。在接触水产学之前，杨筱珍便认识到水生生物资源对中国的重要意义。中国的人口基数大且依然呈增长趋势，人均资源占有率很低，而且还会继续逐渐减少。在这一前提下，以往种植业、养殖业中广种薄收、大面积低效益的生产方式越来越需要改变。生产者的着眼点必须从通过外延扩大再生产，转移到以内涵扩大再生产上来，即提高科技含量，调整产业结构，转变生产观念，发展综合性产业。由此，水产业的生态、健康、安全养殖就日益凸显其重要性和广阔发展前景。从生态上而言，水生生物在整个生态系统中是一个非常重要的类群。在中国辽阔的土地上，江河纵横交错，湖泊星罗棋布，内陆水体面积约占全国总面积的 1/50，水生生物资源异常丰富；在经济方面，中国仍处于发展中国家，水生生物作为一类经济动植物，发展生态、健康、科学的养殖方法不仅能够增加渔民收入，而且会创造显著的经济效益。

　　杨筱珍于 2005 年获得中国农业大学博士学位后，到上海海洋大学水产与生命科学学院、农业部水产种质资源与养殖生态重点开放实验室工作。迄今为止，她长期致力于动物医学、环境应激和甲壳动物健康养殖方面的教学与科研工作，现主要从事水产动物（以甲壳动物为主）繁殖生物及环境毒理的研究。她先后参与河蟹、石磺、糠虾、硬骨鱼等水生动物繁殖生物学研究课题，研究成果先后获国家、上海市、贵州省颁发的奖项。在上海海洋大学，杨筱珍认识了很多水产领域的泰斗人物，他们经过多年研究，积累了很多经验与知识，在他们身上可以学到很多在他处学不到或无法触及的水产知识。杨筱珍觉得自己是站在巨人的肩膀上搞科研，她将老前辈们的研究经验总结下来，将科学的、仍适用的研究经验和理念进行传承与发展。

　　在上海海洋大学的工作和生活，更加坚定了杨筱珍在水产领域搞科研的决心。虽然一个人能够潜心做研究的时间有限，就像在学校读书一样，时间总是短暂而匆忙，但是杨筱珍愿意为中国的水产事业贡献一己之力，全身心用这有限的时间，努力做出对国家、对水产事业发展有经济价值和社会价值的研究成果！

在问题中找思路　在思路中找出路

　　从事科研工作后，对杨筱珍意义比较重大的科研项目有两个，分别是 2008—2010 年的国家自然基金青年基金项目"生物胺（尸胺和 HA）对糠虾生长、繁殖及其机理的研究"，以及 2005—2007 年的上海水产大学博士科研启动基金项目"孔雀石绿对成年草鱼肝微粒体 EROD 活性的影响"。

　　杨筱珍选择国家自然基金青年基金项目"生物胺（尸胺和 HA）对糠虾生长、繁殖及其机理的研究"，是因为糠虾类是水域生态系统中的重要组成部分，在水生生态系统的结构、功能和生物生产力中占有重要位置,是鱼类优质的天然饵料,对水产经济动物养殖有重要意义。近几年来,随着大黄鱼、牙鲆、东方鲀、大菱鲆、石斑鱼、真鲷、海马等海产名贵鱼类人工养殖的开展,利用糠虾作为活饵料是绝佳选择。特别是在育苗期间,糠虾是鱼苗的最适活饵料。糠虾的营养价值很高,其蛋白质接近于干重的70%,脂肪量约占15%左右。作为饵料生物,糠虾在海洋系统基础生态位上占有重要位置。目前,有的国家将糠虾引种入池来改良和加强鱼类饵料基础,从而提高渔业和鱼类质量,取得了很好效果。中国也逐渐开展了糠虾的人工养殖。此外,组织胺是鱼粉或其蛋白质成分在加工与保存过程中,由细菌将组氨酸脱羧而形成的物质,其在饲料中含量的高低,是评价鱼粉质量的重要指标。同时,它也常在腐败后的冰冻野杂鱼中有蓄积,而这些杂鱼常被作为水产养殖中的饵料使用。这些被污染的饵料可能会对养殖动物的存活和生长造成不良影响,并且将危害环境和人类食品安全。当时,有许多研究发现,组织胺的摄入对鱼或虾类的摄食、生长、发育和存活有一定影响。虽然中国养殖面积和养殖量在世界上占有举足轻重的位置,但是养殖水平总体较低,饲料品质参差不齐,并且没有对水产养殖饲料和常见冰冻野杂鱼饵料中的组织胺含量进行系统研究和报道,因此选择一种合适的实验动物来开展相关基础而系统的研究显得十分重要。

然而,在开展组织胺对糠虾生长、繁殖及其机理的研究过程中,杨筱珍遇到很多挑战。首先,在初步养殖糠虾时,她就碰到了问题。糠虾的生长环境需要咸水或半咸水,杨筱珍在摸索适合实验糠虾生长的水体盐度条件上,就花费了不少工夫。此外,糠虾基础生物学资料缺乏,而温度、光照、大小分养等环境因素和养殖技术影响着糠虾的生长、发育和存活。如果缺乏这些基础资料,那么必然会影响后续实验的顺利开展。为了解决这一难题,杨筱珍查阅了多部国外学者关于糠虾生长繁殖的文献。经过与几届研究生的反复实验和摸索后,她掌握了糠虾的适宜生长条件和相关养殖技术。随后,她又遇到另一个难题,即如何进行组织切片观察。糠虾体型较小,平均体长仅有1厘米。在探究组织胺对黑褐新糠虾血细胞组成和功能影响时,需要进行血细胞染色和显微镜观察拍照。面对糠虾过小的体型,如何采血成为当时研究进程的一大阻碍。杨筱珍带着学生坚持不懈、永不放弃，终于跨越了这一难关，成功完成"组织胺对糠虾生长、繁殖及其机理的影响"的研究课题。"古之立大事者，不惟有超世之才，亦必有坚韧不拔之志。"该项目的成功开展，成为杨筱珍继续坚持在水产领域进行研究的原因之一。

此外，杨筱珍曾主持 2005—2007 年的上海海洋大学博士科研启动基金项目"孔雀石绿对成年草鱼肝微粒体 EROD 活性的影响"。众所周知，水产品蛋白是一种优质、高效的动物蛋白，其以鲜美的味道和丰富的营养，成为受人们欢迎的食品之一。中国水产品的来源已完成了由以捕捞为主到以养殖为主的转变，这对解决中国人均动物蛋白摄入不足、营养不良、体质较差等问题具有重要意义。然而，在水产养殖中，有些不规范的养殖户存在药物滥用、乱用现象，尤其是禁用药物的使用，从而为水产品的质量安全带来极大隐患，孔雀石绿就是其中的典型代表。孔雀石绿和无色孔雀石绿均是一种三苯甲烷类染料，都具有三苯甲烷化学官能团。这个化学官能团不仅具有高毒性、高残留性、高致癌性和高致畸性，而且结构牢靠，不容易被破坏，因此能在水生动物体内长时间残留，还可以通过食物链，转移至哺乳动物和人体内，对人类健康和生态环境安全造成很大危害。1991 年，美国食品药品管理局禁止使用该药。中国农业部（现农业农村部）在 2000 年就下文禁止在渔业上使用孔雀石绿；2002 年，孔雀石绿被列入《食品动物禁用的兽药及其化合物清单》及"水产养殖中禁止使用的药物"。

上海海洋大学杨先乐领衔的团队历时十余年研制的孔雀石绿替代药"美婷"，已于 2017 年 3 月核准为四类新兽药［(2017)新兽药证字 18 号］。这是中国水产养殖领域第一个化学类新兽药，填补了世界各国在孔雀石绿禁用后长期无水霉病有效治疗药物的空白，为解决孔雀石绿屡禁不止所引发的食品安全问题提供了强有力的技术后盾。这项研究对杨筱珍的科研之路、中国的养殖事业、世界的水产业发展都有着重要影响，凸显了"海大人"为中国水产事业孜孜以求的钻研精神。尽管在寻找"出路"的科研道路上屡遇坎坷，但是只要秉持不抛弃、不放弃的精神，在问题中找思路，在思路中找出路，不断解决问题，就会柳暗花明、峰回路转！

其后,杨筱珍的研究从与环境有关的浮游生物,转向中国重要的经济水产品中华绒螯蟹。可以说,她是从环境监测转到了特有水产经济动物养殖,研究的丰富度明显加大,研究内容更贴近中国水产事业!

寄 语

青春是短暂的,但是充满各种可能性和希望。如今的大学生活丰富多彩,但是在丰富多彩的同时,更为重要的是要先学好专业知识。杨筱珍知道有些学生当时考进水产专业是阴差阳错,起初心里不太情愿、不太喜欢,甚至有些同学心有不甘、负重前行。其实,人生之路很长,人生之路充满曲折是常态,只有善于抓住人生之路上的每一个拐点,在这个拐点上重塑行进方向和内在动力,才是一种人生智慧。价值认同是可以培养和塑造的,况且最初的意向就一定是最适合自己的意向吗?谁也无法肯定。这需要我们及时进行自我调整,为人生的每一个拐点找到认同的意义。对此,可以思考或请教前辈:校内所学专业知识对未来会有什么帮助呢?也可以找志同道合、互相鼓励的学伴、师兄、师姐或老师一起前行。一旦找到学习中的成就感,就能帮助自己喜欢上这个专业。其实,许多同学也许刚开始不喜欢某个专业,但是认真学了之后,发现自己学得很好,经常还能得到老师和同学的称赞,慢慢也就喜欢上了这个专业。中国科学院院士汪品先曾说过自己喜欢搞文科,但生活让他走上了理科。如今,专业的跨学科特点越来越强,任何一个专业都可能和其他专业领域发生关联,这意味着只要努力,就可以找到兴趣的勾连点,并且延伸、创造和发展。因此,既来之,则安之,认真完成学习任务,积累学习的收获感和成就感,当可以做到自主学习的时候,就会慢慢爱上这个专业,兴许其还会成为自己倾心一辈子的事业。

做科研很辛苦,但苦中有乐,贵在以苦为乐、乐在其中。科学研究就是为了解决未知,可以是开创出一条崭新的道路,可以是修正拓宽已有的道路,可以是进一步解释为什么某个东西是对的、好的,也可以是探索怎样才能更对、更好。无论是哪一种研究,都要求科研工作者付出心血和努力。搞学术是开创之路,在选定的研究道路上可以并肩而行的人并不多。我们会在遇到挫折时怀疑自己，在一筹莫展时觉得前路渺茫，在中期枯燥的实验生活中觉得毫无动力，在后期实验结果有问题时面对外界压力。科研这条道路就是面对前路的未知一路向前，不惧挫折与困难，在不经意间迎来一片花开。

面对新一代水产人，杨筱珍想说："一定要不断努力，不怕困难，始终坚持。学生时代其实是养成一生良好学习习惯的过程。学会自主学习，学会从实践中学习，学会创造性学习，学会终生学习。任何时候都要做有心人，做有责任心的人。相信会有更多年轻人，在坚持与努力下实现新的成就与突破，为中国的水产事业做出新的贡献，在知识创新、科教兴国的道路上开创新的水产道路！"

(2018 级水生动物医学专业　李杰航)

图书在版编目(CIP)数据

湛湛人生 2023/宁波，王伟江，刘晓丹主编. —上海：上海三联书店，2023.7
ISBN 978 - 7 - 5426 - 7997 - 0

Ⅰ.①湛⋯ Ⅱ.①宁⋯②王⋯③刘⋯ Ⅲ.①故事—作品集—中国—当代 Ⅳ.①I247.81

中国国家版本馆 CIP 数据核字(2023)第 000732 号

湛湛人生 2023

主　　编 / 宁　波　王伟江　刘晓丹

责任编辑 / 宋寅悦
装帧设计 / 一本好书
监　　制 / 姚　军
责任校对 / 王凌霄

出版发行 / 上海三联书店
　　　　　　(200030)中国上海市漕溪北路 331 号 A 座 6 楼
邮　　箱 / sdxsanlian@sina.com
邮购电话 / 021 - 22895540
印　　刷 / 上海艾登印刷有限公司

版　　次 / 2023 年 7 月第 1 版
印　　次 / 2023 年 7 月第 1 次印刷
开　　本 / 640 mm × 960 mm　1/16
字　　数 / 320 千字
印　　张 / 22.25
书　　号 / ISBN 978 - 7 - 5426 - 7997 - 0/G·1666
定　　价 / 138.00 元

敬启读者，如发现本书有印装质量问题，请与印刷厂联系 021 - 62213990